魔王様、リトライ！ 9

桐《きり》野《の》悠《ゆう》

ナンバーズ
田《た》原《はら》勇《いさみ》

近藤《こんどう》友哉《ゆうや》
漁船
トロン

Maousama
Retry!

魔王様、リトライ！

9

神崎黒音
Kurone Kanzaki

[ill] 飯野まこと
Makoto Iino

魔王様、リトライ！9

十一章　大侵攻

十一章　大侵攻

反撃の狼煙

――聖光国　北部――

そこは試される大地、とでも言うべきであろうか？

聖光国の東部は、水脈が途絶えた荒野であるが、北部は少し違う。猛暑が続いたかと思えば、翌日には大吹雪《ふぶき》になるような天候不順の土地なのだ。

北部の大地そのものが、神話時代の負の遺産であると言ってもいい。

古代における神話戦争の末期、ゲートキーパーは押し寄せる魔族の軍勢から人類を守る最後の防波堤として機能していたが、それも遂に破られる時が訪れた。

その後は北部の大地が主戦場となり、智天使率いる人類の生き残りと悪魔王の軍勢が激突することとなったのである。

光と闇が幾度となく衝突し、大気は荒れ、水は涸《か》れ果て、空は暗雲へと包まれていった。

戦いの趨勢は魔族側に軍配が上がり、徐々に主戦場は東部へと移り変わっていったが、北部に残されたのは幾つものクレーターや、底すら見えない巨大な裂け目などである。

その後、生き残った人類は要塞の修復に成功したが、２千年もの年月が経過した今でも北部の天候は回復の兆しすら見えない。

かつての戦争が、如何《いか》に巨大な規模であったのか、窺い知れる一幕であろう。

そんな過酷な大地に、猟犬のような集団が雪崩《なだ》れ込んでいた。

ゼノビア新王国から派遣された、５千もの軍勢である。

「頭《かしら》ぁ、この辺りは冷えやすね…………昼間は暑ぃってのに」

「馬鹿野郎、俺のことは閣下と呼べと言ったろ。今は将軍様なんだからよ」

「へっへっ、そうでした。閣下、次はどうしやす？」

「…………蝶を待つぞ。この辺りは、漁ってても大したモンは出てこねぇからな」

軍勢を率いる将、ゾルムがニヤリと嗤《わら》う。今は訳あって将軍と名乗っているが、本来はレオンの副官であった男である。

この男を一言で示すのであれば、低俗な前線指揮官と言ったところであろう。

その凶暴さは元より、放火や略奪、レイプや誘拐、民間人への拷問など、何でもアリの狂犬と言った男である。

実際、彼の率いる軍勢は聖光国の各地を荒らし回っては、あらゆる物資を強奪し、死体からも貴金属を剥ぎ、若い女を見れば攫い、集団で強姦していた。

そんな野蛮な集団など空想の産物——現実には、そんな絵に描いたような愚かな軍隊など存在しない。これを聞いた誰もが、そう考える筈である。

しかし、現実とは時に空想すら超え、救いようがないものであった。

ＴＶを付ければ、とても21世紀とは思えない、モラルが崩壊した軍が存在することを我々にまざまざと教えてくれるのだから。

それを鑑《かんが》みれば、ゾルム率いる軍勢は異常でも何でもなく、武力を持った集団が辿る、一つのパターンであるのかも知れない。

「かし……あいや、閣下。また付近の村長が挨拶《あいさつ》に来てやすぜ」

「貢物だけ受け取って、さっさと追い返せ」

「へいっ」

付近が戦場になった際、貧しい村々では物資を掻き集め、献上することも珍しくない。襲撃される前に大人しく物資を献上し、村を襲わないでくれと懇願するためである。女を奪われ、働き手を殺され、挙句に放火などされては、再建も覚束《おぼつか》ない。村長を追い返し、副官はしみじみと漏らす。

「武断派でしたっけ？　あいつらも酷な集団でさぁ。領民を守りもしねぇで。こんな時のために高い税を納めてるってのに」

ゾルムの部下が、らしくもないことを口にしたが、概ね正しいものであった。領民が、貴族に納める税とは有事の際に守ってくれ、という一種の契約でもあるのだから。

税だけはしっかり取るが、有事の際には何もしないでは話が通らない。

「民ってのは馬鹿だからな。幻想に金を出してやがんのさ。自分のケツに火が着いてるってのに民を守る軍隊なんざいやしねぇんだよ」

それに対するゾルムの返答も、大概であった。身も蓋もない、とはこのことであろう。

ゾルムが薄笑いを浮かべた時、前方から歓声が響き渡り、二人は慌てて首を伸ばす。

「頭ぁ！　また蝶が現れたみたいですぜ！」

「カッカッ、馬鹿な女がいたもんだ」

部下が懲りずに頭、と呼んでいたが、それにすら気付かない素振りでゾルムが笑う。蝶とは、マダムが北部に送り込もうとしている、補給物資の隠語である。

「頭ぁ、金持ちの貴族ってのは、どうしてこう、オツムが弱いんですかねぇ」

「ハッ、生まれてこの方、ナイフとフォークしか持ったことがねぇ連中だぞ？　これを届けろ、と命令すりゃ、何処にでも荷が届くと思ってやがんのさ」

一言命じれば、執事やメイドが右へ左へと動く。どんな無理難題であっても、命じれば家臣がどうにかする、と考えるのが貴族という生き物である。

ゾルムから見たマダムとは典型的な、世間知らずの大貴族そのものであった。

「適当に追い込め。だが、深追いはしなくていいぞ」

「へっへっ、行ってきやす！」

馬に鞭を入れ、部下も喜色を浮かべながら走り出す。

どの御者も命が惜しいのか、適当に追い込めば荷を切り離して逃げるのである。こんなことが幾度となく繰り返されており、今では軍の士気も緩みっぱなしであった。

荷が満載された馬車が戻ると、あちこちから口笛が鳴り響く。

彼らの表情から察するに、イージーゲームであるとでも言いたいのであろう。

「頭ぁ、たっぷり金貨の詰まった袋と、上等なワインまで積んでやしたぜ！」

「上等なワイン、か。南部の女主人は、戦場を舞踏会か何かと思っていやがるらしい」

そんなゾルムの軽口に、周囲の男たちがドッと笑い声を上げる。

戦場を知らない愚かな女貴族が、自ら財貨を運んできてくれるのだ。まさに鴨が葱を背負って来るようなものである。

異常と言えば異常な状況であったが、それを不思議なことだとは誰も思わなかった。

何も知らない大貴族が無茶振りな命令を下し、それを聞いた家臣は馬鹿馬鹿しい、と内心では辟易しながらも従順な面持ちで頷く。

そんな姿は、この大陸の何処にでも転がっている風景の一つでしかない。

「……ったく。あの連中、逃げ足だけは速いんでさぁ」

「あったりめぇだろ。馬鹿貴族の無茶振りに付き合ってたら、命が幾つあっても足りねぇよ」

変則的な見方になるが、ゾルムもその部下たちも、無茶な命を下された御者たちには同情的であったのだ。多くの軍勢が犇めく中、それを突破して物資を届けるなど不可能に近い。

まして、荷を満載した馬車が、騎兵を振り切れる筈もないのだから。

命じる方も馬鹿なら、それを忠実に守って命を落とすのも馬鹿である。程々に接近し、程々のところで逃げ出す、これがベストであるとゾルムたちも納得しているのであろう。

「頭ぁ、また近くの村から村長が来てやすぜ。追い返しやすか？」

「……いや、一度ここに連れてこい。聞きたいことができた」

ゾルムの前に引き出された村長は怯えきっており、村人から掻き集めた、銭の詰まった革袋を震えながら差し出す。

中身を見ると、銅貨や大銅貨ばかりであり、ゾルムは溜息を吐く。つい先程、金貨がたっぷり詰まった袋を見たばかりであり、その貧相さは比べるべくもない。

「爺ぃ、これは返してやる」

「お、お待ち下さい………！　村にはもう、他に差し出せる物が………」

「勘違いすんな。その代わりと言っちゃなんだが、野営地を探してな」

「わ、ワシの村は、80人ばかりが住む寒村でして………とても、このような人数は」

それを聞いて、ゾルムは密かに頭を痛める。

ここに居座っていれば、幾らでも蝶を捕まえられる夢のような戦場なのだ。しかし、良いことばかりとは言えなかった。

神話戦争から続く天候不順の大地が、ゾルムたちをも苦しめていたのである。

猛暑や吹雪、かと思えば滝のようなスコールが降り注ぐ日もあり、腰を据えて仕事をするには人馬に休息を与えられる野営地が不可欠であった。

「この辺りにゃ、他に何かねぇのか？」

「ここより北西に、破棄された大昔の砦がありますが、今は荒れ放題でして………」

「………砦、か。そこに案内しろ」

「お、お待ち下さい！　ワシの老いた足ではとても………」

「うるせぇ！　さっさと案内しやがれ！」

村長を強引に立たせ、軍勢は一路、北西へと向かう。

ゾルムは一応、奇襲を警戒しながら進んだものの、敵の斥候と遭遇することもなく、何十年も前に破棄されたと思わしき砦へと辿り着く。多少の城壁や建物は残されていたが、全て風化したものであり、廃墟と呼んだ方が早そうであった。

「爺ぃ、これは何だ？」

「そ、その…………大昔、山賊の集団が使っておったとか…………」

「ケッ、ロクな寝床もありゃしねぇ！　ここはクソどもの掃き溜めか⁉」

村長は顔を伏せ、相手の怒りを何とかやり過ごそうとする。

勝手に他国の領土へ押しかけて来ておいて、クソの掃き溜めと罵られるなど、村長からすれば堪ったものではない。

「頭ぁ、お怒りなのは判りやすが、皆《みな》にそろそろ休息も必要ですぜ？」

「…………しょうがねぇ。せめて、使えるように片付けさせろ」

「へいっ」

その指示に、５千もの軍勢が一斉に動き出す。残骸を片付け、崩れた城壁の修復を行い、次に清掃と、一日がかりの大仕事であった。その間も、ゾルムは城壁に見張りを立たせ、一応は警戒していたが、敵の気配すら見えない。

昼夜を問わぬ突貫作業で、翌日には急造の砦が完成することとなった。

「…………よし、後は交代で休ませろ」

「頭ぁ、どうせなら貯め込んだワインも飲みましょうや」

「おいおい、ここは敵地だぞ」

「そうは言っても、ここ数年、あの堅物の下にいたんですぜ…………？　皆、ストレスが溜まってるんでさぁ」

　その言葉に、ゾルムもうんざりとした表情となる。

　かつての上官、レオンは略奪や強姦などを一切許さず、酒など論外であった。戦場を、欲望の発散場所としていたゾルムとは正反対の男である。

　あの厳粛な佇まいと、声を思い出したのか、ゾルムは吐き捨てるように言う。

「…………あの堅物は馬鹿さ。お国に忠なんてものを立てて、ご立派な軍人でござい、なんて面をしてやがったが、肝心の王様から嫌われちまったんだからよ」

　ゲラゲラと嗤いながら、ゾルムはこれでもかと罵詈雑言を並べる。

　余程、不満が溜まっていたのであろう。

「戦場で功績を立てすぎた奴ぁ、遠ざけられるか、始末されるのさ。あの馬鹿はそんなことすら判らねぇってんだから、話にならねぇよ」

　実際、戦場で英雄となった人物が、権力者から次第に疎まれ、遠ざけられるのは珍しい話ではない。自身の立場を危うくする、敵にすら見えてくるのであろう。

　英雄とは、前方だけでなく、後方にも目を配らなければならないのだから、言葉の持つ甘美な響きとは裏腹に、割に合わない立場であるとも言える。

「頭ぁ、あんな堅物の話より、お貴族様が飲むワインで祝杯といきましょうや！」

「ハッ、お調子者が。但し、見張りは立てておけよ」

粗雑に見えるが、ゾルムも戦場に立って長い男である。ここが敵地である、という意識は捨てなかったが、気の緩みは如何ともし難い。

彼らはこの遠征で連戦連勝を続けており、莫大な財貨まで手中に収めた。略奪した品はどれもマダムの領地から輸送された逸品ばかりである。

金銀だけでなく、肉や魚、上等なチーズにも事欠かない。これで気を緩めず、何処までも己を律せよ、と言っても無理があるであろう。

「しかし、頭ぁ。あの連中はずっと要塞に籠もるつもりなんすかねぇ？　あ、これ美味《うめ》ぇ！」

高価なワインをラッパ飲みしながら部下が下品な声をあげる。ゾルムも当然、武断派の立場となって戦略を考えていた。

自分の立場から見るだけでなく、相手の立場から物を考える。簡単なようで、難しいそれを、ゾルムは長い戦場生活で学んできた。

とは言え、その思考は自身の能力が及ぶ範囲でしかなく、自ずと限界がある。アーツのような戦巧者や、田原《たはら》のような規格外の男には、まるで通用しないであろう。

「外に出たらやられる、連中もその程度のことは判ってんだろうよ。終戦まで要塞に籠り、後は交渉で領地を幾許か残す、って辺りが落としどころだろうな」

ゾルムの口から出たのは、この大陸における定石と言ったもの。

戦争期、休戦期などが設けられていることもあってか、北方では程々のところで双方の面子が立つような形で紛争を収めるケースが多い。

まして、今回のような内戦であれば尚更だ。

同国人で徹底的に殺《や》り合ったところで、喜ぶのは他国ばかりなのだから。

「じゃあ、連中はもう戦うつもりはないんで？」

「戦うも何も、水を止められちゃ、どうにもなんねぇだろうが。この内戦はな、戦う前から既に勝敗が決していたんだよ」

「おっ、今の言い回し、レオンの野郎にちょっと似てやしたぜ！」

「よしやがれ、反吐《へど》が出らぁ」

二人はそう言いながら、下品な笑い声を立てる。

略奪品の一部を解放し、歓喜の声をあげる彼らであったが、砦の周囲に不気味な影が近づいていることには、全く気が付かなかった。

無論、アーツ率いる武断派の軍勢である。

彼らはこの苦難の大地と共に生きてきた者たちであり、何処に身を隠し、時には砂嵐に紛れながら標的に近付くかなどを、熟知しているのだ。

彼らはその気になれば、瞬く間に蛸壺壕を掘り、その中に身を隠すこともある。

油断しきった見張りなど、まるで案山子《かかし》同然であった。

ようやく寝床を手に入れたゼノビアの軍勢は、高価なワインに酔い痴れ、これまでの大勝利を祝ったが、その幸運は長く続かなかった。

月明かりさえ途絶えた暗夜――黒い影が次々と崩れた城壁をよじ登り、見張りを無言で始末していく。その動きはまるで、黒豹のようにしなやかであり、一撃で相手を仕留めるのに十分な力強さを持っていた。

黒い影の正体は、武断派の女たちである。彼女らは男顔負けの度胸と腕力を持っており、上で欠伸《あくび》を漏らしていた連中など、ナイフ一本で片がついた。

「随分と歯応えのない連中だね」

「あたいらに囲まれてるってのに、暢気《のんき》なもんだ」

「まぁ、あっちは解放しているが…………生まれてきたことを後悔するだろうね」

彼女たちは呆れながらも下に手を振り、合図を出す。この古い砦にも四方に城門があったが、今は形ばかりであり、そこに埋められていた秘密兵器に火矢が放たれていく。

松脂《まつやに》や硝石、油や硫黄、ナフサといった可燃性の高い物質を詰め込んだ危険物である。

一つ一つの物資が希少であり、高価でもあったが、今の武断派は複数の勢力から支援を受けており、これらを躊躇なく使用することができた。

武断の火、と呼ばれる一種の火薬に火が放たれ、それらが一斉に轟音をあげる。

「な、なんだ⁉」

「ひ、火だ！　敵が攻めてきたぞ！」

先程まで祝宴を開いていたこともあってか、寝惚けている者ばかりであったが、周囲の騒音と凄まじい熱波に次々と目を覚ましていく。

深酒をしていたゾルムと部下も、慌てて奥から飛び出した。

「クソが……見張りはどうしたぁ！　目玉を鴉にでも食われたってのか!?」

「頭ぁ、門が全部燃えてやがる！　どうしたら!?」

部下が思わず悲鳴を上げたが、反撃はまだ始まったばかりであった。城壁の上に立つ武断派の女たちが、狙い澄ましたように次々と将官を弓で射ていく。

何日も前から偵察し、誰を殺せば部隊が混乱するのか、入念に計画していたのであろう。

続けて、城壁の上から間断なく火矢が放たれ、砦の内部が紅蓮の炎に包まれていく。事前に、武断の火を要所要所に埋め込んでいたのであろう。

「涸れたミイラどもが、舐めた真似をしやがって…………！」

ゾルムは怒り狂ったが、火矢を放つ彼女たちの肌は光り輝いており、水に窮した様子もなく、戦場にありながらも何とも清潔で、健康的な佇まいであった。

この大陸では湯浴みや水浴びなど、裕福な者にしか味わえない特権である。庶民や貧困に喘ぐ者たちは汚れで真っ黒となり、悪臭を漂わせているのが普通なのだ。

武断派の領地も例外ではなかったが、今は違う。あのふざけた男が設置した銭湯が、何もかも全てを変えてしまったのである。

心身ともに充実した彼女らは自ら拵《こしら》えた矢を存分に放ち、相手を鳥のように射殺していく。

このままでは射殺されるか、焼き殺されるか、時間の問題であった。ゾルムは懸命に四方へと目を張り巡らせ、どうにか脱出口を探り当てる。

「西だ、西門の火が少ねぇ！　あっちに兵どもを突っ込ませろ！」

「で、でも、火が！」

「水でも被って突っ込めと命じてこい！　早くしろッ！」

部下が慌てて前線へと走り、戸惑う兵たちを叱りつけ、その尻を蹴り上げていく。

実際、他と比べれば西の火勢は弱く、マシに見えるのだ。その間、ゾルムは掻き集めた財貨を荷馬車へと載せ、共に脱出しようとしていた。

他人から奪ったものであるにも拘わらず、己の財産であるかのような顔付きである。

「おいッ！　それで、門は突っ切れたのか！」

「そ、それが………連中が罠を仕掛けてやがって！」

水を被り、西門へ突っ込んだ兵たちは悲惨であった。火に焼かれながらも突っ込めば、辺りに撒かれたまきびしが足に突き刺さり、動けなくなったのである。

火達磨《だるま》になりながらも、逃げることすらできず、地獄のような断末魔が辺りに響く。それでも西門を突っ切った兵たちは、更なる罠の餌食となった。

幾つもの竹が突き刺された落とし穴、引っかけると杭が飛んでくるロープ、虎挟みに毒蛇まで放たれており、まるで罠の博覧会のような有様である。

しかも、火勢を弱めようと水を撒けば、油が飛散し、余計に燃え広がるのだ。

普通の将官であれば、その報告を聞いて西門からの脱出を考え直すであろう。だが、ゾルムは生まれてこの方、戦場でやりたい放題にやってきた男であった。

過酷な戦場からどう生き延びるかを、よく知っている。

「構わねぇ。使えねぇ新兵どもを選んで、片っ端から突っ込ませろ！」

「で、ですが、頭…………向こうには罠が…………」

「あの門だけ、火の回りが遅い……準備が足りなかったんだろうよ。だから、罠なんぞ仕掛けて行く手を阻もうとしてやがんのさ」

「…………あの門が、連中の弱点ってことですかい⁉」

「そういうこった」

準備不足の門に何とか罠を仕掛け、そこからの脱出を断念させる——これこそが、連中のウィークポイントである、とゾルムは看破する。

彼は名将と呼ぶには程遠いが、相手側の立場になって戦略や戦術を考えることができる男ではあった。何より、前線指揮官として必要な残酷さを、過不足なく備えている。

「それに、一度かかった罠には…………もう、誰もかからねぇだろう？」

「へっへっ、なるほど」

部下もにやりと笑い、西門へと駆け出す。

そこからの展開は実に早かった。

ゾルムの言った通り、一度かかった罠はもう発動しない。

膨大な数の犠牲者を出しながらも、徐々に退路が切り開かれていく。後続する兵たちは安全な道を進むだけでよく、後方から槍を突き出しながら、新兵たちを突き進ませた。

「や、止めてくれ！　俺たちは味方だろ！」

「うるせぇ！　さっさと進みやがれ！」

「行かねぇってんなら、ここで突き殺すぞ！」

大昔から兵の逃亡などは付きものであり、それらを抑止するための督戦隊、と呼ばれるものが存在したが、この場合も新兵の背に槍を突き付けながら、前方へ走らせることとなった。

新兵たちが罠にかかれば、少なくともその場所は安全になる。まるで、地雷原の中へと罪人を突っ込ませ、安全を確保するようなやり方であった。

当然、新兵の側からすれば堪ったものではない。

「いい加減にしやがれッ！　俺たちに死ねってのか⁉」

「やってられるかよ！　こいつらを先に突っ込ませろ！」

そこで繰り広げられたのは、見るも悲惨な光景であった。

そこかしこで同士討ちがはじまり、西門を中心に大渋滞の有様となったのである。言うまでもないことだが、後方の砦にいる兵は猛火の中にあり、地獄の真っ只中であった。

新兵たちは前へ進むことを拒絶し、後方の兵は猛火から逃れようと必死で前へと進む。

何とも愚かな図であるが、死地にありながらも渋滞するという、災害時などに見られる人間の縮図ができあがったのである。

城壁からそれらを見下ろしながら、アーツとサンボは苦く笑う。

「一度かかった罠は、もう被害を生まない、か…………安全な立場にいる者の思考だ」

「何とも浅慮ですなぁ。実際に犠牲となる兵の気持ちを無視した話ですじゃ」

アーツはこの廃城を使い、敵軍を戦わずして殲滅する計画を練ってきたのである。実際、敵は火達磨となり、罠で膨大な犠牲者を生みながら、同士討ちまで始める有様であった。

その間にも黒煙が辺りを覆い、後方からは火の手まで迫ってくる。このまま放っておいても、敵軍の殆どは自滅したであろう。

だが、アーツとサンボは敵に、そんな生易しい死を与えるつもりはなかった。

「アーツ殿、そろそろ始めますかな？」

「あぁ、提に穴を開けてやるとしよう」

アーツからの返答に大きく頷き、サンボは一気に息を吸い込む。次の瞬間、戦場の全域に響き渡るような大喝が降り注いだ。

――――神の寵愛《ギフト》「天下三大音声」発動！――――

《《立ち止まっとる場合かッッ！　この先に大きな池がある！　そこまで走れィッッ！》》

（戦場の全域に届く大喝。味方にのみ響かせることも可能）

その一喝はまさしく、ダムを決壊させるような効果を生んだ。

迫り来る猛火から逃れんと、城内にいた兵は決死の形相で西門へと殺到し、その勢いに押されるような形で、人の波が再び動き始めたのである。

目標を与えられ、動き出した軍隊は簡単には止まらない。

前方にあると指示された池を目指して、全員が競走馬のように走り出したのである。

「池が！　向こうに行けば池があるぞ！」

「水、水、水！」

「どきやがれッ！　押すな！　てめぇら邪魔なんだよ！」

「止めろ！　この道には罠が…………！」

「おい、ふざけん……ぐぁぁぁぁ！」

大混乱に陥った兵を見て、ゾルムは必死に押し留めようとするも、無駄な努力であった。

絶叫と狂騒が支配し、黒煙と猛火に包まれた戦場で、どれだけ叫ぼうと蚊の羽音のようなものでしかない。

「クソッタレ！　誰が指示を出しやがった！　てめぇら、勝手に動くんじゃねぇ！」

ゾルムが無駄な足掻きを続ける間にも、事態は更に深刻化していく。

押す者、押される者、押し潰される者、煙に倒れる者。

全員に共通していたのは、この火災現場から、少しでも遠ざかりたいというものであった。

こんなパニック状態の大集団に、制止する声など届く筈もない。アーツは伏せていた兵たちを動かすべく、サンボに合図を送る。

《お主ら、仕事の時間じゃぞ！　獣どもを追い込めぃッッ！》

味方の兵たちに、そんな声が響き渡る。

沿道に伏せていた兵が次々と立ち上がり、猛火から逃れてきたゼノビア兵に向け、一斉に矢を放ち、長槍を向けた。道から外れようとした者は、容赦なく串刺しとなり、ゼノビア兵は完全にパニック状態へと陥っていく。

この戦場を俯瞰《ふかん》して見れば、ゼノビアの軍勢は最初から用意された場所へと引きずり込まれ、予定通りのルートを走らされていると言えるであろう。月の光も届かぬ暗闇の中、砂嵐まで吹き荒れ、視界は最悪の状態になりつつあった。

無論、アーツからすれば狙った通りの時間帯である。

「………さて、連中を墓穴へと案内してやろう」

「どうやら、最後尾も城から出たようですな」

アーツとサンボはそんな言葉を交わし、城から逃れた兵たちをU字形に包囲しつつ、ひらけた前方へと押し込んでいく。

パニック状態に陥ったゼノビアの兵たちは、互いに踏み重なりつつ我先にとひらけた前方へと駆け、遅れた兵は容赦なく踏み潰されていった。

その先に待っていたのは――――文字通り、底すら見えぬ巨大な裂け目であった。

かつて、智天使と悪魔王が激突した際に生じた地殻変動である。その横幅は、軽く150㎞はあるであろう。落ちたら最後、底すら見えぬ暗闇に飲み込まれるのみである。

前方に待ち受ける、仄暗い死に気付いたのか、新兵たちが必死に叫ぶ。

「押すな！　前に、前に、崖がある！」

「うるせぇよ！　それが池だろうが！」
「早く行け！　後ろから敵が来てるんだよ！」

後方からの圧は凄まじく、前にいた新兵たちは押し流されるようにして、真っ暗な断崖へ突き落とされていく。

「止めろ！　前に、穴が！　押すなぁぁぁぁぁ！」
「嫌だ……こんなところで死にたくない！　押すなって言ってんだろッッ！」

そこへ落ちたら、二度と帰ってこられない。

人としての本能がそう訴えているのか、彼らの叫びは悲痛なものであったが、後方の兵からすれば知ったことではない。

押し出された兵たちは、虚空の空を踏みながら落下していき、人雪崩を作りながら、凄まじい勢いで巨大な裂け目へと滑落していった。

アーツは無言で包囲と圧力を強め、まるで獣を追い落とすようにして巨大な穴に敵兵を次々と追い落としていく。

悲痛な断末魔が木霊する中、サンボはしみじみと呟く。

「自らの足で墓地へ埋葬させる………見事な手腕でしたな、アーツ殿」
「奴らなど、まともに戦う価値もない」

聖光国を散々に荒らし回り、罪もない民衆を害してきた集団である。自らの足で墓に入るのがお似合いだ、とでも言いたげな表情でアーツは返す。

気付けば、朝露のように5千もの兵が地上から消滅し、残されたのはゾルムと、僅かな将官のみであった。

「何が……いったい、何が起きたってんだ………！」

呆然とするゾルムの下に、ランタンを手にしたサンボが歩み寄る。

ランタンの中には高純度の光の魔石が収納されており、辺りを優しく照らしていた。武断派の将兵たちもランタンを手に集まり、ゾルム一党を無言で包囲する。

「悪党の最期にしては呆気なかったのぅ………何か言い残すことはあるか？」

「爺ぃ………ふざけんじゃねぇぞ！　こんなのは戦じゃねぇ！」

ゾルムは剣を抜きながら、血走った眼で叫ぶ。四方から火で追い立てられ、断崖へ突き落とされるなど、人と人との戦いではない。

だが、サンボの返答はあっけらかんとしたものであった。

「そりゃぁ、そうじゃろぅ。お主らは人の皮を被った獣なのじゃから。真っ当な誇りある敵と、害獣への対処では違って当然じゃろがい」

「害獣だと………！　爺ぃ、俺のことをそう言ったのか………？」

「それ以外の何かに聞こえたかのぅ。お主は頭だけでなく、耳まで悪いようじゃな？」

「………ぶっ殺してやるッッッ！」

ゾルムは猛烈な勢いで斬りかかったが、サンボはひらりと身を躱し、ついでと言わんばかりに足を引っかける。

無様に転んだ姿を見て、武断派の将兵が吹き出したが、サンボは苦笑するのみであった。

「怒りに我を忘れるか…………主には大軍を率いる器などはないの。50人ばかりを率いる、山賊の長であれば適任であろうが」

「舐めるなよ、爺ぃ！」

ゾルムは凄まじい勢いで剣を振り回し、サンボも渋々と言った態度で剣を抜いて対応するも、豪腕とも言うべきゾルムの一撃に剣を吹き飛ばされてしまう。

「カッカッ！　見たか、爺ぃ…………おぉぅ!?」

一瞬、勝ち誇ったゾルムであったが、気が付けば仰向けに転がされていた。サンボの剣は弾き飛ばされたのではなく、彼が進んで手放したのである。

その隙を突いて、サンボは軽々とタックルをかまし、相手を転ばせただけの話であった。

「てめっ、爺ぃ…………あがぁぁぁぁぁぁぁ！」

次の瞬間、ゾルムの右足首が悲痛な音を立てながらへし折られた。

サンボは歴戦の勇士であり、一通りの戦技をマスターしているが、それ以上に関節技に長けている。この老兵に接近などを許せば最後、全身の骨をバラバラにされてしまう。

「若ぃのぅ…………得物を飛ばした程度で勝ちを確信するなど」

サンボはゾルムの剣を蹴り飛ばすと、容赦なく相手の両手首を踏み砕いて、無力化する。

そのまま、ゾルムの体を天へと掲げるようにして持ち上げた。とてもではないが老兵などとは思えぬ膂力《りょりょく》である。

「ま、待て！　爺ぃ………降伏する！　俺は降伏する！」

サンボが何をしようとしているのか、察したのであろう。激痛を堪えながら、ゾルムは必死に叫んだものの、サンボは無言で断崖へと歩み寄っていく。

「害獣を野に放てば、同じことを繰り返すじゃろう？　また来世じゃ！」

「じ、爺ぃ……やめろ、やめてくれぇぇぇぇああああぁぁぁぁぁぁぁぁぁ！」

サンボは場違いなほどに明るい声で告げると、容赦なくゾルムを放り投げた。

断末魔の声が小さくなり、僅かに残されたゼノビアの将官たちは、降伏しても無駄である、と悟ったのか、震えながらも剣を抜く。

「わ、我らは降伏する気などないぞ……！」

「そ、そうだ……死なば諸共よ！」

「我ら誇りあるゼノビア………のごっ？」

その言葉が終わる前に、将官たちの首が中空に向かって威勢よく跳ね上がる。アーツの放った烈風脚が、全員の首を虚空に飛ばしたのだ。

「貴様らに、誇りある死など必要ない」

「いやはや、アーツ殿！　オンセンとやらに浸かってから、足のキレが増しましたのぅ！」

サンボが呵々大笑し、武断派の兵たちが残った遺体を次々と穴へと放り込んでいく。気付けば辺りには何も残されておらず、静かな闇が広がるのみであった。

こうして、北方での戦いは一方的な形で終わり、武断派の将兵たちが勝ち鬨《どき》を上げる。

勝利の声が響く中、サンボは次なる行動を問う。

「アーツ殿、次はどうしましょうかのぅ。やはり、ドナが籠もる要塞攻めですかの?」

元凶とも言うべきドナを討ち取らなければ、この戦いは終わらない。積年の恨みもあってか、サンボはドナの要塞を攻略するつもりであった。

「いや、それには及ぶまい。あの方が、ドナを放置するとは思えん」

その問いに対し、アーツは顎を撫でながら思案を纏める。ドナの要塞へ駆け付けたところで、

「なるほど。では、如何しますかのぅ?」

既に勝敗は決しているであろうと。

それよりも、外部からの侵入を阻止する方が肝要であった。皇国やゼノビアのように、内戦に介入しようとする勢力が現れるとも限らない。

「…………我々は、念のために不測の事態に備えよう。要塞へと戻る」

「了解ですじゃ!」

こうして、一人の犠牲者も出すことなく、アーツはゼノビア軍を完膚《かんぷ》なきまでに叩きのめし、颯爽《さつそう》と要塞へ帰還していく。

終わってみれば、北部での戦いは武断派の完勝となったが、現在の聖光国は、多方面で戦闘が勃発しており、それはラビの村であっても例外ではなかった。


――聖光国　東部への街道――

ラビの村へと続く街道を、50騎ほどの騎兵が駆けていた。

目が覚めるような赤い装束と、鎧を身に纏った異様な集団である。

強いこだわりがあるのか、馬面や馬鎧まで真紅の集団であった。もし、諸国の民が彼らの姿を見れば、一目散に逃げ出すであろう。

ライト皇国の悪名高き――――火精霊騎士団《サラマンダーナイツ》であった。

彼らは四方の村や街へと押し掛け、住民たちを捕らえては、光を信奉せぬ異端者であると決め付け、拷問を行うのだ。そして、最後には火を放って焼け野原にしてしまう。

とんでもない暴虐を振るう、異端審問官と呼んだ方が早い集団である。

皇国には火、水、風、土の名を冠した騎士団が存在するが、入隊できる者はごく僅かであり、エリートの中から更に選別された、特別な人間たちばかりである。

神官ばかりが持て囃《はや》される皇国の中にあっても、精霊騎士団《エレメンタルナイツ》は特別な存在であったが、彼らは違う。皇国の民ですら火精霊騎士団を恐れ、目を合わせぬような集団なのだ。

「この先に、亜人の住む村があると聞いたが……見渡すばかりの荒野ではないか」

「誇り高き我らが、このような蛮地に赴くことになろうとは」

「だが、亜人は評価が高い」

「うむ。根切りにして首を持ち帰れば、教皇聖下もお喜びになられよう」

かつてイーグルを追い、行く先々で地獄絵図を生み出してきた集団である。どの顔にも、血の通った温かみなど感じず、人とは違う生き物のようであった。

とは言え、彼らとて最初からこうであった訳ではない。

元を辿れば、由緒正しい騎士団であったのだ。

国内の悪人を捕らえ、犯罪者を追い詰め、捕縛する規律正しい組織であったが、「火の一族」が要職を専横するようになり、中身がすっかり変わってしまったのである。

悪人が居なければ、自分たちが作り上げ、それを捕らえればよいと。以降、点数稼ぎのために悪魔信奉者の炙り出しや、魔女狩りを乱発するようになっていったのだ。

「亜人の集団など、いつぶりであろうか？」

「女子供であろうと、全員の舌を引き抜く必要がある。奴らは人を誑《たぶら》かすからな」

「連中の血肉や髪も、一部の好事家やシャーマンに高く売れるぞ」

怖気が立つような会話を彼らは平然と交わす。己が信奉する正義に忠実な者ほど、他者に対し、もっとも残酷になれるものだ。

「諸君、判ってはいるだろうが………後続の本隊が着くまでに終わらせるぞ」

「うむ、激しい抵抗を受けたとでも報告すればいい。自衛のために反撃した、とな」

「百人ばかりの亜人だったか⁇　我らだけで十分よ」

彼らはあくまで先遣隊であり、亜人の住む村を確認し、位置を報告する使命を帯びていたが、功績に目が眩んでいるようであった。

「諸君、亜人を狩って、狩って、狩りまくれ！　一匹狩れば報奨金が空から降ってくるぞ！」

「我ら火の一族に栄光あれ！　亜人どもを地上から狩り尽くせぇぇぇぇ！」

「こんな薄汚い二等国など、浄化の火で全土を清めてくれるわ…………！」

暴走気味の彼らの耳に、遠慮がちな声が届く。

それは中性的な、どちらかと言えば可愛らしい声である。

「あ、あの～、ここから先に進むのは止めて貰っていいですか？」

見ると、「マグロ漁船」と描かれた奇妙なシャツを着た近藤《こんどう》が伏し目がちに立っていた。近藤の後ろには、武装した労働者たちの姿も見える。

それを見て、騎士団の面々はうんざりした表情で口を開く。

「何だ、貴様らは…………亜人に誑かされた連中か？　光の尊さも知らぬ蛮人どもめ！」

「亜人の村で暮らす悪魔信奉者か。この異端者ども…………」

「元より、救えん愚者どもよ。亜人共々、村ごと焼き払ってくれるわ」

それを聞いて、後ろの労働者たちが堪りかねたように叫ぶ。近藤は火精霊騎士団のことなど、何も知らなかったが、彼らはかの騎士団のことを痛いほどに知り尽くしている。

「亜人の村だと？　それが何だってんだ！」

「俺たちはなぁ、あの村で働いて生活してんだ！　燃やすなんて冗談じゃねぇぞ！」

「あんな良い職場を失ってたまるかよ！」

それは労働者たちの喉から出た、生の声であったのかも知れない。亜人がどうこう言っても、そんなものは平和な状態であってこそ、はじめて議論ができるものであろう。

明日、食うアテもない者に対し、光の尊さなどを説いても響く筈もない。

あの男がこの場に居たら、きっとこう返したであろう。

「偉そうな説教の前に、日々の食事と暖かいベッドでも用意したらどうだ？」と。

　古来、為政者は何らかの思想を押し付けてくるものだが、あの男は不気味なまでに沈黙を守り、食うアテもない者を集めてはせっせと仕事を与え、給金を支払ってくれるのである。

　政治的なことなど、何も考えていない証拠でもあるのだが、民衆からすればこんなありがたい存在は居ないであろう。

　ルシファー様の再降臨、と噂される存在に対し、ラビの村で働く労働者たちは、既に神格化に近いものを抱いており、今更、光の尊さなどを説かれても空虚であった。

　そんなものを信奉して2千年経ったが、何も変わらなかったのだから。紅い騎士たちは民衆の反応を見て、異端者であると確信して剣を抜く。

「道理の判らぬ屑どもが……残らず切り捨てよ！」

「東部はサタニストの温床であると聞いていたが、聞きしに勝る穢《けが》れであるわ」

　剣を抜いた騎士を見て、労働者たちは怯えながらも必死に抵抗の意思を示す。そんな緊迫した状態の中で、近藤の下にトロンがふわふわと飛んできたのだから堪らない。

「近藤、早くウサ娘の続きをやるの」

「あっ、そうですね。えっと、じゃあ、死んで貰って良いですか？」

　近藤の言葉こそ驚愕すべきものであったが、火精霊騎士団の面々は突然現れた魔人に仰天し、度を失った。バニーとは違い、魔人はれっきとした脅威なのである。

本物の討伐対象が現れ、彼らは魔の殲滅という使命を思い出したようであった。

「ま、まさか、魔人まで匿《かくま》っていたとは！」

「これは後方にも知らせねばなるまい…………既に魔族が入り込んでおるぞ！」

「第二種悪魔災害《イービルハザード》だ！　フレイ様にお知らせしろ！」

後方へ走り出そうとした騎士の首に、音もなく矢が突き刺さる。見ると、近藤の手に女神から与えられたような美しい弓が握られていた。

月穿《つきうが》ち――との名を与えられた、強力無比な武装である。

「あ、あの～、何だろう。勝手に帰るのやめて貰っていいですか？」

困ったような表情をしながら、近藤は弓の弦に矢をあてがう。その声色には、害虫を駆除するような、そんな面倒臭さが漂っていた。

「き、貴様！　抵抗するつもりか！」

「えぇい、まずは魔人を殺せ！　こいつの首を持って帰っ…………でげっ？」

思わぬ抵抗に驚く面々であったが、その顔が更に凍り付く。見ると、トロンの手に生首が握られていたからである。

「とても、嫌な色ばかりなの。この人たち、村の皆を殺す気なの」

子供のような姿をしているが、トロンはれっきとした魔人であり、その膂力など、魔王も驚くほどであった。その気になれば、人間の首など作物でも収穫するような勢いで捥《も》ぎ取ってしまうであろう。

「こ、このガキ！」

「かなり厄介な魔人だぞ！　見かけに騙されるな！」

騎士団の面々は危機感も露わに剣を構え、トロンへ向けて駆け出す。しかし、誰より危機感を持ったのは近藤であった。

「皆を殺すって…………冗談じゃないですよ！　こんな人たちを村に入れたら、長官からどんな目に遭わされるか！」

そんな意味不明なことを言いながら、近藤は一本の矢を天に向かって放つ。まるで見当違いの場所へ飛んだ矢を見て、騎士団の面々は怪訝《けげん》な顔付きとなった。

「…………小僧！　何処に狙いを付けている？」

「こんなガキは後回しでいい！　まずは魔人だ！」

「この魔人は危険だぞ。素手で首を捥ぎ取りやがった…………！」

騎士団の面々は長剣を掲げ、火精霊の召喚を始めたが、トロンは何処吹く風、と言った表情で近藤をじっと見ていた。

そして、その口から残酷な言葉がこぼれ落ちる。

「…………この人たちより、近藤の方が真っ黒だったの」

その言葉と同時に、天から終わりが降ってきた。

――――　ＦＩＲＳＴ　ＳＫＩＬＬ　「急襲」発動！　――――

（回避判定エラー、必中の初撃。固定ダメージ50）

――ＳＥＣＯＮＤ　ＳＫＩＬＬ「華乱《からん》」発動！――

（攻撃範囲をエリア全体の敵へと強制拡大。固定ダメージ30＋足負傷）

――ＴＨＩＲＤ　ＳＫＩＬＬ「五月雨打ち」発動！――

（天から降り注ぐ、矢の嵐。固定24ダメージ＋6セット）

空を覆うような矢の群れが、一斉に騎士団の頭上へと降り注ぐ。時刻はまだ昼間であったが、矢によって太陽が覆われ、急に辺りが暗くなった。

何の前触れもなく、唐突に訪れた死というものに対し、紅い騎士たちは呆然と呟く。

「なん、だ…………アレは…………」

「誰か、冗談だと言ってくれ…………」

こんな天変地異のような光景を前にして、人間に何ができるであろうか？　祈る暇すらなく、地獄のような矢の群れが、火精霊騎士団の命そのものへと突き刺さっていく。

絶え間ない絶叫の後、そこに残ったのは針鼠と化した死骸のみであった。

傍目から見れば虐殺でしかなかったのだが、近藤は背後の住民たちに優しく笑いかける。彼にしてみれば文字通り、害虫駆除やゲームのモンスター扱いでしかなかったのであろう。

「ふーっ。突然、村の中に湧いたりしないで良かったですよね。変なところにリスポーンしたりしたら困るので、綺麗に燃やして貰っても良いですか？」

「へ、ぁ…………は、はいっ！」

呆然と佇む労働者たちをよそに、近藤とトロンが歩き出す。

ゲームの続きでもするつもりなのであろう。

「近藤は救いようのないニートだけど、凄く強いの。少しだけ見直したの」

「僕は強くなんてないですよ…………只、ヘマをしたら長官から死んだ方がマシなお仕置きをされそうなので必死なだけです」

「まおーは、近藤にそんな酷いことしないと思うの」

何気なく、トロンが真実を告げていたが、近藤の耳には到底、届く筈もなかった。かつての、大帝国における九内伯斗の姿を見ていれば、そんな暢気な言葉が浮かぶ筈もないと。

「トロンさんは、まるで判っていませんよ！　長官なら、マジカルチンポを持った絶倫わからせおじさんとＳＥＸしないと出られない部屋とかに僕を閉じ込めるに決まってるんですから！」

「…………よく判らないけど、早く帰ってウサ娘でもするの」

「そ、そうですね、アプリを立ち上げてっと……ちょ、ゴルシちゃん、唐突な変顔やめてｗｗｗぶっさｗｗｗコミュ抜けるわｗｗｗｗ」

「近藤の言葉は相変わらず、よく判らないの」

何とも下らない会話を交わしながら、二人はのんびりと帰途につく。こうして、北部と東部における戦闘は終息したが、魔王陣営の反撃はまだ始まったばかりであった。

大侵攻――桐野 悠

「我ら、地に投げ堕ちた明星！　暁に勝利を得る者――――ッッッ！」

黒き波動が、周囲に暴風のように吹き荒れる。

魔王が発動させた決戦スキルの恩恵を得て、田原は体から込み上げてくる爆発的な力に興奮を抑えきれず、遂に大声で叫んだ。

「キタキタ！　キタァ〜〜〜〜〜〜〜〜〜ッ！」

ホワイトも、体内から込み上げる黒き衝動にその頭を揺らす。

次に立っていられないほどの震えが背筋を貫き、得体の知れない力が、全身を黒く染め上げていくようであった。

「こ、これが、ルシファー様の………力なの…………!?」

悠《ゆう》もまた、湧き上がる圧巻の暴力に酔ったように歌う。

それは、アルコールなどとは次元の違う――極上の酩酊であった。

「これが、長官からの愛の注入……………っ！　いえ、挿入！」

悠があらぬことを叫ぶ中、周辺の兵たちは立て続けに起こる異変を前に目を白黒させていたが、ようやく衝撃から立ち直ったのか、慌てて叫ぶ。

だが、その反応は余りにも遅く、致命的であった。

後に生き残った者たちは口を揃えて言う――――全員、ここで逃げ出すべきであったと。

田原が城内へと走り、暗視ゴーグルを装着しながら罠の確認を行う。同時に、魔王から手渡された「アマンダの種」を飲み込んだ。

彼はどんな戦場であれ、決して気を抜かない。

創造主である大野《おおの》晶《あきら》から天才というトンでもない設定を与えられているにもかかわらず、殺し合いでは絶対に油断しない男であった。

「………クリア。長官殿、見渡す限り問題ねぇみてぇだわ」

「そうか――――」

その声を聞いて魔王はしみじみと思う。

愚かにも、限度があると。

城門が破られ、敵が侵入してくる地点こそ、罠を仕掛ける絶好のポイントなのだから。

それは東洋であれ、西洋であれ、変わらない部分であろう。何も近代的な罠でなくとも、少し考えるだけで無数の妨害がある。

落とし穴を用意しても良いだろうし、ガラスの破片を撒くのもいい、門の内側を泥土へと変えておき、足止めに使うのも一つの手だ。

魔王は何やら、数学の方程式でも告げるように言う。

「古今東西、怠った者は怠った分の報いを受ける――――」

その言に側近たちは無言で頷き、ホワイトも沈痛な表情で聞き入っていた。

彼女からすれば――怠った、とは自分やドナだけではなく、聖光国全体を含めてそう言っているのだろうと思ったのだ。

「ホワイト、これを身に着けておけ」

「えっ、この装束は…………？」

「これは《アサシンローブ》と言ってな。発見率を大きく下げるものだ。売店でも復活すれば、いずれ《光学迷彩服》も手に入るだろうが、今はこれが精一杯だ」

「ばいて……？　迷彩？」

魔王はホワイトの体を黒いローブで包むと、その姿が見事に消えた。様々なゲームで見かけるステルス状態となる衣装である。かつての会場では敵の目を眩《くら》ます用途で使われたが、序盤でも不意打ちすれば獣ぐらいは狩ることができた。

　無造作に城内へ踏み込んできた一行を見て、貴族派の兵が叫ぶ。

「こやつら、武断派の連中か………舐めた真似をしおって！」

「北の野蛮人どもが！　分を弁えよ！」

「雑草如きが、我らに歯向かうか！」

　魔王はそれらの声を聞きながら、相手の装備へと目をやる。

　彼らが身に纏っている鎧兜は何とも華美であり、金のかかったものだ。大きな羽を広げた孔雀のような者も居れば、金銀や宝石を惜しげもなく装飾へと使っている者も多い。

　魔王の感覚からすれば、実戦など想定していない、儀仗兵に近いものがあった。

（どいつもこいつも、キンキラキンか。つい最近も見たな………）

ベルフェゴールの黄金鎧を思い出したのか、魔王は人知れず溜め息を吐く。とは言え、これはオルガンの父に対して失礼であったろう。

彼は次代の悪魔王と呼ばれるに相応《ふさわ》しい実力を兼ね備えており、ここに居る貴族派の将兵とは何もかもケタ違いの存在であったのだから。

目の前に並ぶ、金銀財宝の塊のような兵たちを見て、魔王は呆れたように口を開く。

「民衆からどれだけ搾取してきたのか、その格好が物語っているな」

事実、彼らは2千年にもわたって民を絞り上げ、一方的に搾取してきた者たちである。

内戦など名ばかりのものであり、物見遊山のような感覚の者も多い。

「猪どもが、何を人がましくほざいておる！」

「黒き羽など身に付けよって………誰ぞ、この勘違いした下民を躾《しつ》けてやれぃ！」

城内には雲霞のような儀仗兵が並び、好きなことを口にしている。

その誰もが薄汚れた犬でも見ているような顔付きをしており、自分たちの勝利を全く疑っていない様子であった。城門が打ち破られたというのに、そこには危機感などまるでない。

何せ、彼らは努力などせずとも、生まれた時から勝ち続けてきた者たちであったから。

その血が、家柄が、そうさせた。

故に都合の悪いことなど目に入らないし、深く考えもしない。

いや、違う————考える必要すらなかった。

実際、それで彼らは何の問題もなく、ここまで過ごしてこられたのだから。城内に犬が何匹か紛れ込んできた程度で、それを改める筈もない。

魔王は城門でも蹴り破れば、少しは連中の目も覚めるか、と淡い期待を抱いていたが、まるで見当違いの努力であった。

「…………ズレた餓鬼《がき》どもが」

金持ちのボンボンどもが得意気に剣や槍を振り回し、華麗な衣装を纏って遠足のような気分でいるのを見て、魔王の胸に不快感が込み上げてくる。

こんな連中が何の罪もない子供を攫い、好き勝手に嬲《なぶ》ってきたのかと。

城内の一角へ目をやると、悠のレポートを確認するまでもなく、領内の農民と思わしき死体の山が積み上がっていた。

幸か不幸か、この男はミルクとの国境で、こんな風景を見たばかりである。

「悠、あれらはレポートになかったと思うが、最近のものか？」

「そのようです。恐らく、反抗的な民を捕らえ、領内の引き締めに使ったのかと」

その返答は実に悠らしいものであったが、練兵場らしき場所では、弓の的にでもされたのか、磔にされた多数の女性が針鼠のようになっていた。

魔王は乾いた心で、煌めくような兵たちに問うてみる。

「この地では、強者は何をしても構わんルールがあるようだが、その認識で良いのかね？」

「何をほざいておるのか。我ら貴族派以外の人間など、草木に過ぎんわ！」

「そうか…………では、私も君たちのルールに従って行動しよう」

魔王は無言で顎をしゃくる。

それは全ての始まりと、終わりを同時に告げる凄惨極まりない合図であった。

「悠、私の道を空けろ――――ッ！」

「仰せのままに！」

その言葉を、長らく待っていたのであろう。

悠は握り締めた手榴弾を天高く放り上げ、そこに属性スキルを乗せていく。

手榴弾とは元々、広範囲にダメージを与える武器であり、悠がそれを投げれば通常攻撃だけで軽く数百ダメージを軽く超える代物になってしまう。

そこに連撃だけではなく、三連発の属性スキルまで乗るのだ。

決戦スキルの恩恵によって、その能力値が爆発的に上昇していることもあってか、悠の前では人も魔物も、平等に屍を晒す哀れな生物でしかなかった。

――属性スキル「爆弾知識」発動！

――属性スキル「四散」発動！

――属性スキル「連鎖爆破」発動！

無数にバラけた手榴弾が驕った者たちに降り注いだ時――耳をつんざくような爆発音と共に、一瞬で千人余りの肉体が蒸発した。

――戦闘スキル「狩人」発動！

「これ…………これこれェッ！」

辺りに絶叫と悲鳴が響き渡る中、悠は湧き上がる力に体を震わせる。

それは人間の男を殺害時、50％の確率で攻撃・防御・敏捷に＋1を行うスキルであった。

彼女はこれとは正反対の「鬼畜」というスキルも所持しており、それは人間の女を殺せば発動するという内容である。

どれも時間限定のものであるが、悠の能力はこれに留まらない。

「全ての因果は私に従い、味方する――――ッ！」

――生存スキル「因果律」発動！

更に生存スキルの「因果律」が、スキルの発動率を10％底上げする。自身に有利になるものは発動率が10％底上げされ、不利なものは10％低下するトンでもスキルであった。

確率的にこぼれ落ちたものを拾い上げ、悠の肉体に更なる強化が走る。

かつての会場では、莫大なSPを消費しなければ会得できない、レアスキルであった。

その昔、不夜城に挑むプレイヤーたちは口々にこう言ったものである。

桐野悠には――絶対に触れてはいけない、と。彼女は人間を殺せば殺すだけ、強化されていくのだから。比喩でも何でもなく、彼女にとって人間とは餌でしかない。

そんなことを知る由もない貴族派の将兵たちは、何が起こったのか判らないまま、でたらめに叫び、そして指示を飛ばした。

「ひ、ひぁぁぁぁぁぁ！」

「だ、誰か、誰かあいつを殺せぇぇぇ！」

「や、槍！　弓でもいい！　早くしろぉぉぉ！」

「と、突撃！　突撃だぁぁぁぁ！」

　混乱の極地にありながらも、貴族派の兵たちは弓をつがえ、次に喚声をあげながら、槍を手に悠へと殺到した。別に彼らが勇敢であった訳ではなく、見たこともない生き物に対し、動物的な恐怖を感じたせいであろう。

　次々に長槍や矢が悠の体へと殺到したが、彼女は両手を広げ、それを受け止めた。避けようと思えば幾らでも避けられるのだが、悠はそんな素振りも見せない。

　ファランクスと呼ばれる密集方陣からの槍が殺到しても、その体は微動だにせず、悠の顔には慈悲深い笑みまで浮かんでいる。

　まるで、魔女と認定された女性を寄って集って火炙りにし、残酷な方法で処刑するような姿に似ていたが、ここには一つだけ重大な違いがあった。

　彼女がどうしようもなく――本物の魔女であったことだ。

　ホワイトがその光景に悲鳴をあげ、田原も煙を吐き出しながら、痛ましそうな顔付きとなる。

　魔王だけは、それを無表情で見ていた。

「ル、ルシファー様！　あの方が！」

「何の心配も要らんさ」

　魔王は軽く答えたものの、田原の顔は沈痛極まりないものであり、相手を思ってか、念仏でも唱えるような仕草をした。

「あーぁ、俺ぁ知らねぇからナ。考えもなしに、あのマッド女に攻撃しやがって………」

悠が攻撃を受ける度に、その瞳が紅く光り、全身に無数の蛇が浮かび上がる様を見て、魔王は会心の笑みを浮かべる。それは、彼女の特殊能力が発動していることを示すモーションであり、結果に満足したのであろう。

悠も込み上げてくる嗤いに堪え切れなくなったのか、遂に哄笑する。獲物が足掻けば、足掻くほどに。歯向かえば、歯向かうほどに。

魔女は強化され、手に負えない末期症状へと加速度的に悪化していくのだ。

「アッハハッ！　本当に、お馬鹿さぁん！　お馬鹿さんばかりッッッ！」

――――特殊能力《無限に誕生する現実と90％の忘却》発動！

それは悠が攻撃を受ける度に、10％の確率で攻撃・防御・敏捷に＋2の上乗せがされる地獄の特殊能力であった。手数が増えれば増えるほど、弱い攻撃をぶつければぶつけるほどに、彼女は際限なく強化され、その上昇には制限など存在しない。

この魔女を本気で討とうとするなら、極大ダメージを与える数発の攻撃で沈めなければ、討伐など夢のまた夢なのだ。

数多の不夜城攻防戦の中、彼女のステータスは時に4ケタや5ケタの数値となり、攻め込んできたプレイヤーを皆殺しにしたこともある。

田原は堪りかねたように顔を覆い、これ以上は見たくもないという表情で叫ぶ。

「長官殿、ここは俺が殺っとくからよ………早くそのホラゲーのボスをどっかに連れて行ってくれや！　おっかなくてしょうがねぇっつーの！　こんなバケモンが同僚にいるとか、ブラック企業ってレベルじゃねーぞ！」

「ぜぇんぶ、聞こえてるわよ…………？　田原」

　そう言いながら振り返った悠の瞳は、禍々しい紅い光を湛えている。

　田原の言う通り、その姿は病院を舞台にしたホラーゲームの最後に登場してくるボスのようであり、その上、攻撃しても絶対に死なないタイプの敵であった。

「おわぁぁぁ！　長官殿、マジでヤバイって！　こいつ、ぜってー人間じゃねぇぞ！」

「全く、お前たちのやり取りは飽きんな。では、悠。行こうか――――？」

「は、はいっ！　長官の道は、私が切り開きます！」

　ころりと態度を変えた悠が先導し、城の奥へと歩き出す。人の群れが一斉に道を開け、悲鳴を上げながら真っ二つに切り裂かれていく。

　モーゼの十戒と同じく、これも奇跡の類であったのかどうか――――ホワイトは魔王の右手にしがみついたまま、恐る恐るその後を付いて行く。

　魔王は何かを思い出したのか、振り返りながら田原へ告げる。それは、短い言葉であったが、この男の強い意志を感じさせるものであった。

「田原、この城にいる外道どもは一匹残らず殺せ。馬鹿は、死んでも治らんからだ」

「ん。そだナ」

「それと、この騒ぎが終われば、お前の妹を呼ぶことになる」

「…………えっ？　ちょっ、それ、マジで言ってんのか⁉」

その言葉を最後に、魔王は軽く手を振りながら城内へと向かう。

ホワイトからすれば、驚天動地の連続であったろう。

特に数千人の人間を蒸発させた挙句、数多の攻撃を食らっても平然と前を歩き、先導している女など、人の形をした魔女でしかない。

「ル、ルシファー様……あの方は、いったい…………………」

「ん？　私の大切な側近だ。怯える必要はない」

先を歩く悠の耳がピクリと動き、次に肩が揺れた。

恐らく、「大切な」という部分に強く反応したのだろう。

月下を歩くその後ろ姿はとても美しいものであったが、正面から見れば、その顔はどうなっていたのであろうか？

大侵攻――田原 勇

その場に残った田原は吸殻を捨て、予備バッグから銃を取り出す。

それは以前、魔王が迷宮から拾ってきた物である。これを機会に、実戦でテストしてみようと思ったのだろう。

タイミングが良いのか悪いのか、正面から2千余りの軍勢が近付いてきており、田原は眠そうに目を細める。軍勢を率いる長は青色の布地と、鉄の鎧兜を纏っており、それは本来であれば、神都を守る聖堂騎士団の人間であることを無言で示唆していた。

早くから貴族派に寝返っていた聖堂騎士団の参謀長が、食い詰めた連中などを掻き集めた私兵集団である。それだけに、今回の内戦で戦功を立てようと気が逸《はや》っていた。

また、普段は平民上がりということで、周囲の貴族から見下されることが多かったため、その意気込みは強い。

「各々方は何を騒いでおる！　このようなコソ泥を前に狼狽するなど、普段の大口は何処へ消えてしまわれたか！」

チョビ髭をした参謀長からの叱声に、貴族派の将官たちが歯噛みする。

平民上がりから罵倒されるなど、彼らにとっては恥辱の極みでしかない。貴族の一人が高価な剣を振り上げ、顔を真っ赤にして叫ぶ。

「平民上がりが、何を人がましくほざくか！　貴様らなど、我ら…………あぶゅ！」

一筋の眩い閃光が走り、勇ましく叫んでいた貴族の顔が吹っ飛ぶ。そこで交わされていた会話など無視して、田原がトリガーを引いた結果である。

「へー、面白い銃だナ？　レーザーみてぇなもんか」

周囲の軍勢が一斉に色めき立ち、身構える。

何か魔法を放った、と思ったのだろう。まして、先程はとんでもない爆発音が鳴り響き、訳が分からないまま数百人の人間が蒸発したのだから尚更だ。

煌びやかな格好をした貴族が杖を掲げ、高らかに詠唱を開始する。

「我ら、大いなる水精霊《ウンディーネ》の力に――――ぷがッ！」

「何を歌ってんだ、おめぇは？　鼻歌なら風呂でやれっつーの」

田原は呆れたような顔付きで引き金を引き、相手の心臓を撃ち抜く。咥えた煙草に火を点けながら、その背後に無数の迷彩パネルが展開される。

それは田原が普段、銃器を仕舞っている異空間であった。そこから様々な形をした銃器が姿を現す。それはマシンガンであり、スナイパーライフルであり、ショットガンなどであった。

その他にも、軽機関銃や、対戦車ミサイルまで存在している。

現代人であれば、それが「銃器」や「火砲」の類であると即座に気付いたであろう。

だが、この大陸にはそんな物は存在していないため、彼らの目には黒い長槍や、棍棒のようにしか認識できなかったのだ。

余りにも異様な光景に、反射的に貴族派の将官が命令を下す。

「あ、あの男、何かをしようとしておるぞ！　討て！」

「はぇ～、撃てってか？　そう言われちゃ、遠慮してらんねぇナ」

田原が右手を軽く上げ、それを振り下ろす。

それと同時に、中空に浮かんでいた銃器が一斉に火を噴いた。百雷でも落ちたような射撃音が響き渡り、貴族派の将兵が暴風に吹き飛ばされるように薙ぎ倒されていく。

別段、放たれた銃弾には善意も悪意もない。

ただ、食らった人間は全身に風穴が開き、頭が破裂し、臓腑を撒き散らし、手足が吹き飛び、ドミノ倒しのように斃れていくだけであった。

いちいち数えるのも馬鹿らしくなるほどの銃器が火を噴き続ける中、田原はのんびりと歩き、謡うように属性スキルを上乗せしていく。

彼にしてみれば、これは戦闘などではなく、既に残敵を片付ける掃討戦であった。

「しばらくは――――《連射》」

（追加15ダメージ）

「花の上なる――――《弾幕》」

（追加10～15ダメージ　75％の確率で動脈負傷）

「月夜かな――――《乱射》」

（銃器に装填されている弾丸数×１・５ダメージ　装填弾丸を全消費）

止まない銃弾、終わらない射撃。地獄のような光景の中、田原は無表情のまま、煙を吐き出しながら歩を進めていく。

無数の兵が薙ぎ倒されていく中、その姿は夜の散歩でもしているようであった。

実際、彼の眼中に軍勢など目に入っていなかったであろう。遠くから魔法でも撃たれたら面倒だと、スナイパーライフルを油断なく、あちこちへと走らせているだけだ。

「毎度思うんだが、おめーらそんな格好でよく俺の前に出て来れたもんだわナ。そのクソ度胸とガッツは何処から湧いてくんだ？」

田原の前に立つのであれば、対銃器に特化した武装や、スキル構成が必須であった。かつての会場では、西洋風の鎧は斬撃や刺突には強いが、銃器には無力であったのだ。

田原からすれば、全裸で立ち向かってくるようなものであり、正気を疑う話である。

銃器群の弾丸がようやく尽きたのか、音が止み、自動的にリロード態勢へと入った。

本来、この時こそ田原へと攻撃を加える絶好のチャンスであったのだが、この場に居る誰もが動けず、数千にも及ぶ貴族派の将兵は無残な形で骸《むくろ》を晒していた。

生き残った者たちは何が起きているのか判らず、人の身では到底抗えぬ災害を前にしたように呆然と只、佇んでいるばかりである。

それも、無理からぬ話であったろう。先程まで華麗な戦衣装に身を包み、意気揚々としていた連中が全身に風穴を開けられ、臓腑をブチ撒けているのだから。

その死は余りにも唐突かつ、無慈悲であり、富める者にも貧しき者にも、平等であった。

「で？　さっき偉そうに口上を述べてたチョビ髭クンは何処にいったよ？」

田原が振り返ると、そこには顔を青くした参謀長と、２千の兵がいた。参謀長は髭を震わせ、辛うじて口を開く。

「ま、待て………おまえは、いや、貴方様は、悪魔の使いか何かか⁉」

「何を言ってんだ、おめぇは？」

「わ、私がここに居るのは本意ではない！　クルマに、そう、ドナとクルマに唆《そそのか》されて！」

「…………眠てぇぞ？」

パァン、と乾いた音が響き渡り、参謀長の頭が破裂した。その光景はまるで、嘘を吐けば喰われる怪物を前にした人のよう。

参謀長に従い、ドナの側で散々に美味しい思いをしてきた2千の兵たちも、余りにも無慈悲な怪物を前に、全身をわなわなと震わせた。

「で、お前らはどうすんだ？　まっ、敵の城にいるんだから敵だわナ」

「こ、降伏します！」

「我々は参謀長に無理やり！」

「降伏！　降伏！　皆、早く武器を捨てろ！」

私兵集団の誰もが武器を放り投げ、地へ伏せていく。とてもではないが、抗えるような存在ではないと判断したのだろう。

目の前に居るこの男は、人間ではなく悪魔――

いや、悪魔よりも酷い、見たこともない生物であると遅まきながら気付いたのだ。

「降伏だぁ？　悪ぃけどよ、俺は裏切り癖のある人間は信用しねぇんだわ。そういう奴ぁ、状況次第で必ず繰り返す。これ、次のテストに出るから覚えとけよ？」

銃器の群れが、今度は私兵集団へと向けられる。

その間、田原は煙草《たばこ》の煙を燻《くすぶ》らせながら、のんびりと月を見上げていた。彼からすれば、敵は何処までいっても敵であり、何があろうと決して動かない記号だ。

数多の銃が軍勢を包囲するように動き、そこへ連撃、属性スキルに加え、今度は特殊能力まで上乗せされた、凄まじい十字砲火が構築されていく。

青く光る瞳が、２千にも及ぶ兵を余さずロックオンし、その右手が振り上げられた。

「おめぇら、長官殿に喧嘩を売るにゃぁ、５千年ばかり早かったんじゃねぇの？」

――――特殊能力《ＮＯＩＳＹ　ＳＴＯＲＭ》発動！

それは銃弾の雨であり、嵐であり、局地的な台風。

小さな都市など、丸ごと吹き飛ばしそうな銃弾が放たれたが、その一斉射撃には、特殊能力によって25～45ダメージの16連射が上乗せされている。

48もの銃器が嵐のようなコンボを放つのだから、洒落にならない。

ドナ陣営へと寝返った２千の兵たちが、木の葉のように体を舞わせた。

貴族であろうが、平民であろうが、田原が敵であると認識した者の末路は死しかない。

射撃音が止んだ後は貴賤を問わず、死という平等な結果だけが残された。

「おっし、ここも片付いたナ。後は、他の連中を片付けるか」

「…………暫し、お待ちを」

奥の広間へと歩き出した田原の前に、美麗な執事が姿を現す。

ドナに仕える、暗殺者のアズールである。既に悠が纏めた資料から、彼がどういった立場で、どのような職務に就いているのかを、田原はよく知っている。

「おぅ、資料にあったイケメン執事君じゃねぇか。ミリなんたらから、よ～く聞いてんぞ」

「…………やはり、彼は既に死んでいたのですね」

「いんや？　まだ元気一杯、花を咲かせてるみてぇだけどナ」

「…………花、ですか」

綺麗な言葉であるというのに、どういう訳か、アズールの背筋に冷たいものが走る。この地獄から来たとしか思えない連中が、花など真っ当な意味で使う筈がないのだから。

「貴方《あなた》がたは…………」

本来であれば、アズールは田原に聞きたいことが山ほどあった。

何を目的としているのか、ドナを討ったとして、その後はどうするつもりであるのか。何よりナンバーズと呼ばれる子供たちを、どうするつもりであるのか。

だが、アズールは田原の攻撃には大きな空白時間が生まれることを看破し、その隙を突かんと姿を現したのだ。もはや、問答などしている暇はない。

「で、俺に何か用か？　イケメン君」

「及ばずながら、時間を稼がせて頂きます――――」

「時間を、ねぇ………」

田原が興味なさげに呟いた時、アズールの手から一閃の光が放たれた。

それは彼が好む暗殺武器の一つ、鋼糸である。武器と認識されず、どんな場所にも携帯できるものであり、彼の糸は剃刀のように研ぎ澄まされた特別な糸であった。

放たれた鋼糸が田原の右腕へと巻き付き、僅かに切り裂く。アズールとしては、あの破滅的な大規模魔法を何とか阻止したかったのであろう。

田原は一斉射撃を放つ際、常に右手を振り下ろしていたからだ。

アズールの狙いとしては、決して間違ってはいなかったが、あれは単なる癖であって、別段、トリガーという訳ではない。

田原の右腕が切り裂かれると同時に、アズールの右腕も同じように切り裂かれた。

ぎょっとした表情を浮かべるアズールに、更なる衝撃が走る。どういう訳か、着ている衣服のあちこちが破れたのだ。

「おっ、悪ぃ悪ぃ。俺の《カウンター》が発動したみてぇだナ。オマケに《大破》もか」

「………そう、ですか」

カウンターとは文字通り、受けた通常攻撃のダメージを50%の確率で相手にそのまま返すものであり、大破は相手の全防具の耐久値にマイナス5の効果を与えるスキルであった。

これらはリロード時間の合間を縫って攻撃してくるプレイヤーへの対処の一つである。

化物である癖に、油断も隙もない——一番、手に負えないタイプであると、アズールの脳内に最大級の警報が鳴り響く。

普段の彼であれば、このような化物と戦う選択肢など、決して選ばなかったであろう。

「あぁ、それと。もうちっとでリロードが終わんぞ、イケメン君」

それは動揺を誘おうとしたものであったのか、正直な言葉であったのか？

アズールは相手の狙いを完全に無視し、次は直接、首を狙った。

どんな化物であれ、首を刎ね飛ばされては生きてはいられない。彼の妙技は糸を使って相手の首を刎ね飛ばすことも、時には頸動脈を掻き切ることもできる。

放たれた糸が蛇のように動き、田原の首へと巻き付く。

その瞬間、アズールは様々なものを失った。

——生存スキル「スリ」発動！

——生存スキル「怪盗」発動！

——生存スキル「神速」発動！

最初に懐が軽くなり、次に指に嵌《は》めていた指輪が消えた。最後に、武器である糸まで消滅してしまったのだ。

「おっと、すまねぇナ。俺ぁ手癖が悪ぃので有名なんだわ」

田原の手に握られていたのは、数枚の硬貨。

オマケに、アズールの指に嵌められていた指輪であった。

「…………どういう、手品でしょうか」

「んぁ？　どういうことも何も、《スリ》で金を盗んで、《怪盗》で貴金属を盗っただけの話じゃねぇか。最後に《神速》で相手の武器を消して、店じまいってこった」

「は、はは…………もう、何が、何やら…………」

　生まれてはじめて、アズールは戦闘中であるにもかかわらず、泣きたい気持ちとなった。過去、彼は幾度もの危機を乗り越えてきたのだが、今回ばかりは相手が悪すぎたと言える。

　先程、田原が述べたスキル群は一定の確率で発動するものであったが、一つでも発動すれば、気分が萎えるものばかりであった。

　まして、武器まで失う可能性があるとなれば、攻撃するのも億劫になるであろう。

　生存スキルと呼ばれる多くが、過酷な会場を生き抜くために用意されたものであったが、その中には、攻撃そのものを躊躇させる意味合いのものも多い。

「……貴方の大魔法は連続で放つことはできず、次の発動には時間を要すると踏んだのですが、最初から隙など無かったのですね」

　アズールは何も無策で飛び込んだ訳ではなく、冷静に田原の攻撃パターンを見た上で、攻撃を仕掛けたのだ。彼の判断は間違っていなかったし、正しかった。

　ただ、相手が余りにも非常識であったというだけである。リロードが終わったのか、煙を燻らせながら、田原がのんびりと口を開く。

　その口調は、明日の夕飯でも語っているような暢気なものであった。

「隙ねぇ………茜《あかね》みてぇな素早い奴にゃ、どんだけ撃っても当たる気がしねぇけどナ。相手によるんじゃねぇの？　んじゃま、来世で頑張ってくれや」

「一つだけ願いを。どうか、この城に囚われて居る子供たちだけは見逃してやって下さい。今は動ける者も殆どおらず、逃げ出せずにいるのです」

「………はぁ??　敵の城に居るガキどもなんざ、知ったことかよ」

「あの子たちはこの城に無理やり拉致され、親も殺されたのです。この城の主とは、貴族派とは何の関係もないのです！」

「………だからぁ？　ガキだからって、敵の城にいる連中を俺が見逃す筈ねぇだろ」

田原の返答は、至って素っ気ないもの。

彼は味方からすれば、頼りがいのある兄貴分であるが、敵には一切の容赦がない。創造主からそう設定されているのだから、当然の反応であった。

田原の脳内ではくっきりと敵と味方で分けられており、その他は全て記号でしかない。

敵の城に居る子供など、心底どうでもいい存在であり、相手が子供だろうが老婆であろうが、彼は鼻歌交じりにトリガーを引くであろう。

別に田原が悪い訳でもなんでもなく、そういったキャラメイキングをした大野晶こそが元凶であると言える。だが、そんな彼の頭に一つの言葉がよぎった。

――――この騒ぎが終われば、お前の妹を呼ぶことになる。

その瞬間、田原の頭に稲妻が落ちた。

頭どころか、古いアニメのように全身の骨がシルエットとして浮かぶアレだ。

（やっっべぇッ！　真奈美《まなみ》がその記号どものことを知れば、何て言うか………！）

真奈美という少女は、かつての凄惨な世界とは無縁の、至って善性の存在だ。

無理やり拉致され、親も殺された子供たちを鼻歌交じりに射殺した、などと後から知られれば間違いなく、顔を伏せるであろう。

元々、田原は妹の養育費を稼ぐために不夜城へ入り、魔王の側近となったのだが、そんな危険な仕事をしている兄のことを誰よりも案じ、心を痛めていたのが真奈美であったのだ。

こんな異なる世界にきても、無差別に容赦なく人を処刑しているなどと知られた日には、その関係はどうなってしまうか判らない。

同時に、魔王の禍々しい声も頭に蘇る。

――――田原、この城に居る外道どもは一匹残らず殺せ。

（あぁぁぁぁぁぁやべぇぇぇぇぇぇ！　長官殿から、皆殺しの命令が出てたじゃねぇか！）

この世界に来て以来、田原がこれほどに懊悩したことはなかったであろう。魔王からの指示を守るのか、妹から嫌われることを覚悟で皆殺しにするのか。

実際のところ、魔王はナンバーズと呼ばれる子供たちを何とか救おうと、この要塞へ攻め込んだのだが、田原には知る由もない。

天才とまで設定された彼の葛藤は傍目から見るとコントそのものであったが、どうにか妙案を捻り出そうと、田原は適当な言葉を並べ始める。

「そ、そうだな………イケメン執事君よぉ！　それは、何つーか、け、けしからん話だよナ！　いや、冷たい態度を取って悪かったなぁ！　お前さんの、その、心意気を試したっつーか！」

「は、はぁ………」

妹から嫌われることをどれだけ恐れているのか、田原の声は完全に裏返っていた。アズールは簡潔にこれまでの経緯を述べ、尽力したが力が及ばなかったと淡々と告げる。

その内容は殆ど田原の耳には入っていなかったであろう。辛うじて理解したのは、この執事を殺してしまえば、更に真奈美の顔が曇るということだけであった。

「そ、そりゃぁ、何とかして救ってやらなきゃナ！　その記号ど……いや、違った、ガキどもを導いてやるのも、何つーか、大人としての責務っつーか………ナぁ!?」

突然、態度を急変させた化物に対し、アズールは訝《いぶか》しげな目を向けたが、田原も田原で、その頭脳を高速でフル回転させていた。

あの長官殿を、どうやって説得すれば良いのか――と。田原からすれば、そんなガキどもの命など、あの泣く子も黙る長官殿が耳を傾ける筈もない。

ともすれば、景気付けと言わんばかりに、花火と一緒に打ち上げそうであった。

流石の田原もこの難題には頭を痛めたが、彼の天才さは目の前の執事を見て、すぐさま別案を導き出したことである。

「そうだ！　マダムが丁度、旅館の運営を手助けする執事を探してたナ！　お前さんは見た目も良いし、貴族の奥様方をエスコートする、噂のイケメン執事君にしちまおう！」

田原の見たところ、魔王はマダムに対し、かなりの信頼を置いており、そこからの進言という形であれば、無下にはしないであろうと素早く頭の中で算盤を弾いたのだ。

「………申し訳ありませんが、何を言っているのか判りかねます」

「そうだ、親が居ないってんなら、おめぇさんが面倒を見りゃいいだろ？　心配すんな、給料もちゃんと出すしよ。これなら真奈美も喜んで一石二鳥ってもんだ。ナ⁉　ナぁ⁉」

「貴方は、先程から何を言っ………」

「おめぇがパパになるんだよ――ッ！　わぁーったか、この馬鹿野郎ッ！」

面倒になったのか、田原が一喝し、アズールは肩を震わせながら沈黙した。この化物が、何を考えているのかは判らなかったが、とにかく最悪の状況だけは免れるかも知れないと。

「んじゃ、早く長官殿に《通信》を送らねぇとナ！　このままだと生きてる人間ごと城を更地にして地図上から消しちまいそうだわ！」

城ごと更地にする――それは何かの冗談としか思えない言葉であったが、アズールは戦慄と共に、それが現実に起こりうるのだと確信することができた。

実際、あの男はベルフェゴールの巨城を木《こ》っ端《ぱ》微塵に破壊し、地図上から消滅させてしまった実績を持っているのだから。

ケーキ

cake

【年齢】14歳　【性別】女

所持品

王家のペンダント

全能力に+3　パルマ王家の者にしか適応されない。

問答無用《ルール・ブレイカー》（ヘンゼルが所持していたもの）

相手の防御やスキルを完全に無視し、
貫通ダメージを与える《特異級《ユニーク》》のナイフ。

今は亡き、パルマ王国の姫。
正式な名はパルマ・レアチーズ・ラ・トゥール・ドーウェル・ショートケーキ。
元来、猫を被るのが得意で、多くの臣民の心を奪い、
誰からも愛される姫であった。
敗戦後、魔族領に囚われてからは表裏の顔が一層に激しくなってしまい、
その心は人より魔物に近い性質のものになっている。
無論、それは過酷な奴隷市で生き残るための変質であって、彼女に責はない。

大侵攻——魔王

魔女が、人を喰らっていた。

悠が歩みを進め、その手を軽く振るう度に人と呼ばれるものが霧散していくのだ。

人を殺せば殺すだけ際限なく強化されていく、そんなお伽噺《とぎばなし》に出てくるような魔女が、実際に大手を振って闊歩しているのだから、正気ではいられない。

爆発的に膨れ上がった悠の能力値は異次元に達しており、敵対者の血痕や、肉塊ですら現世に留まることを許さなかった。

この要塞には４万もの貴族派が戦支度を整え、気勢を上げていたにもかかわらず、彼女の前では案山子にすらなれない有様である。

悠の主力武器と言えば手榴弾であったが、それらを使う必要もなく、今では彼女の手が水平を切るだけで衝撃波が生まれ、その度に何百もの兵が切り裂かれ、音もなく消滅していった。

まるで悪夢としか思えない大虐殺を尻目に、魔王は無言で歩みを進める。

悠がこんな光景を生み出すことは日常茶飯事であるし、まして、その相手も同情を誘うような存在でもない。

むしろ、その脳内は一つの懸念で埋め尽くされていた。

（勢い良く出てきたのは良いけど、あのナンバーズって子らをどうしたもんかなぁ………）

囚われた子供たちを救い出すこと、これは容易い。

何なら、その子らを村で引き取り、養うことも簡単な話である。一番の問題は大帝国の魔王がそんな頓狂な真似をする筈がない、ということであった。

(田原や悠も、九内《くない》がそんなことをした日には、目を剥《む》いて驚くだろうしなぁ………側近たちに怪しまれないよう、何か理由がいるぞ………)

魔王はすかさず、隣を歩くホワイトを見る。その表情は怯え、手は震えていたが、現在の悠を見ても逃げ出さずにいるだけ立派であった。

「ホワイト、この城には多くの……罪なき子供たちが囚われていることを知っているか?」

「子供たちが? それは、どういう………」

「ここの馬鹿どもが、奴隷か、玩具のように扱っているらしい」

「わ、我が国は法で奴隷を禁じております。幾らドナでも、そのような………!」

そんなホワイトの反応を見て魔王は内心でほくそ笑む。この様子であれば、聖女からの具申という形で、何とか誤魔化せるんじゃないかと。

(誤解や勘違いを積み重ねて、どうにか危ういバランスの上に立っているからなぁ。これ以上、何か疑われたり、疑問視されることだけは絶対に避けねぇと………)

そんな魔王の下に、田原から《通信》が届く。

《長官殿、忙しいところに悪ぃんだが…………その、ちょっと良いかぃ?》

《………どうした、何か問題か?》

田原の声は若干、上擦っていたが、魔王も警戒した面持ちで返す。
何を言ってくるのか、想像も付かなかったからだ。
《その進言っつーか、提案っつーか………以前、マダムから旅館運営を補佐する人材の相談を受けててナ。ここで、格好のイケメン君を見つけたっつーか………》
そんな田原の声に、魔王はホッと胸を撫で下ろす。マダムと田原が進めている案件など、この男が口を出す必要などまるで無いのだから。
《………お前が認めた人材であるなら、私に否やはない。好きにするといい》
《そ、それが、一つ厄介なことがあってよ………この豚小屋にゃぁ、何人かの記号、あいや、ガキどもが囚われてるらしくってナ》
その言葉を聞いて、魔王の心拍数が跳ね上がる。
ボロを出さぬよう、このズルい男は反射的に受け身の態勢となった。
《囚われた、ね………それで、私にどうしろと？》
《こ、こいつは、そのガキどもから父親みてぇに慕われてるらしくってよ！　巧く使うにゃぁ、そのガキどもが居た方が何かと好都合っつーか、助かるっつーか》
田原は汗でびっしょりになりながらも、魔王に提案を行う。皆殺しにしろ、との命令に背いているのだから、田原からすれば命がけである。
対する魔王も、その提案を聞いて飛び上がりそうになった。
（マジかよ！　そのイケメン、ナイスすぎるだろ！　会ったことねーけど、グッジョブ！）

田原だけでなく、マダムまで絡む案件であるなら、悠も疑いはしないであろう。

おまけに、この場にはホワイトも居る。心優しい彼女であれば、そんな哀れな子供たちを見て放置する筈もない。

万全とも言える環境が整ったせいか、魔王はいつものように意味ありげに返す。

《…………その男が使えるのであれば、囚われた存在にも、より価値が生まれるというものだ。村に連れ帰るとしよう》

《そ、そっか…………！　いやー、これで真奈美に嫌われずに済むってもんよっ！　こんな案件で俺の大天使の顔が曇った日にゃぁ、笑えねぇからナ！　長官殿、まじで助かったわ！》

（大天使…………？　いやまぁ、こいつが納得してるならいっか）

足を止めた魔王の姿を見て、悠が可愛く首を捻る。田原との《通信》であろうと当たりは付けていたが、その口元が幾分緩んでいたからだ。

「長官、何か良い報告でもあり…………」

何かを言いかけた悠の言葉が、途中で止まる。

魔王も警戒した目付きで、その方角へと顔を向けた。遠目からでも、ひしひしと伝わる、既に完成された武の気配————異様なオーラを纏った男の姿がそこにはあった。

ここに茜が居れば、彼の存在を早くから察知したであろう。だが、魔王も悠も、探索や察知に長けた存在ではなく、大群を相手に圧倒的な火力で粉砕するキャラであった。

故に、彼の存在に気付かず、容易く接近を許してしまったのである。

戦場焼けであるのか、男の肌は綺麗な褐色であったが、頭髪は真逆の白髪であった。

悠はその特徴的な姿を見て、ケーキが語っていた股肱《ここう》の臣、レオンであると察したが、魔王の思わぬ反応に、言葉を詰まらせてしまう。

「ウッハッハッ！　何だ何だ、お前は…………！　まるで、不夜城に攻め込んできたプレイヤーではないか！　何処に隠れていた！」

その声が、余りにも喜びに満ちていたため、悠の頭に混乱が走る。

対するレオンも、警戒心を隠さぬ表情で魔王へと目を向けた。その背には漆黒の双翼があり、とてもではないが、人とは思えぬ姿である。

まして、その翼から身震いするような暗黒の気配が漂っているのだから、これを仮装であると笑える者など、世間知らずの貴族ぐらいのものであろう。

「…………我が名はスイン・カミュオール・レオン。貴方の討伐を命じられた」

レオンはこの場に至って、ようやく敵とされる者の正体に気付く。魔王と名乗る男とは稀代の反逆者と謳われる堕天使ルシファーや、その眷属のことであったのかと。

「…………まさか、神話時代の怪物が蘇っていたとは」

レオンからすれば、驚天動地の話であろう。だが、ルシファーと思わしき存在は何故か満面の笑みを浮かべながら、嬉しそうに口を開く。

「そのカンストした気配…………随分と鍛えたようだな。お前が積み重ねてきた時間と努力、そして、度胸を私は認めるぞ。何より、その鋭い殺意が素晴らしい」

何とも、奇妙な話であった。

自分を殺しにきた相手を、どういう訳かベタ褒めしているのだから。

この男は過去、幾度も「お前など、私の前に立つ資格がない」と相手をバッサリと切り捨ててきたが、その言を借りるのであれば、レオンには「資格がある」ということなのであろう。

「その鋭い殺意は、何処から湧いてきた⁉　まるで、私を殺すことが人生の目標であると言わんばかりではないか！　かつての猛者たちを思い出すな！」

記憶に残るプレイヤーを思い出しているのか、魔王は嬉しそうに笑い声を上げる。

世界中のプレイヤーから命を狙われ、それと戦い続けることが、この男の半生であり、一種の生き甲斐《がい》であったのだから。この反応もある意味、自然なものであったのかも知れない。

魔王の異様な反応を見て、悠が何かを言いかけるも、手で遮られてしまう。

「悠、田原とマダムが絡む案件がある。ホワイトを連れ、ナンバーズと呼ばれる子供たちが居る牢獄までの道を切り開いておけ」

「…………り、了解しました、長官。それと、その男ですが」

「この男には、手出しも口出しも無用だ」

魔王はキッパリと告げ、レオンと向き合う。それ以上の言及は許さないといった背中を見て、悠も踏ん切りが付いたのか、殺人マシーンとしての機能を取り戻す。

この豚小屋には、彼女が好む餌が幾らでも蠢いているのだから。戸惑うホワイトの手を掴み、悠が城内へと向かう姿を見届け、魔王も改めてレオンと向き合う。

「それで、君は私を殺して何を得るのかね？　金か、地位か、それとも、領土や国か？」

大帝国の魔王を打倒する――――それは、世界を終わらせることに他ならない。

だが、この世界は魔王が生み出したものではなく、この男が死んだところで、何の支障もなく続いていくのだ。魔王からすれば、理由が気になるのであろう。

「…………既に、この身は地に墜ちた。金も名誉も、私には必要ない」

「なるほど。では、君には別の目的がある訳か」

地に墜ちた、という言葉に引っかかりを覚える魔王であったが、レオンの体から発する気配に目を輝かせていく。

まるで、遠い昔に失った何かを、久しぶりに思い出しているような表情であった。

「…………唯一、残された光を、我が忠を。この戦いで取り戻す！」

レオンが腰に佩《は》いた剣を抜いた瞬間、辺りの空気がひび割れていく。ごく自然に、魔王の手がソドムの火へと伸びた。

とても、素手で対処できる相手ではないと判断したのであろう。

次の瞬間、レオンの顔が息のかかる距離にあった。

（こい、つ…………！）

金属と金属がぶつかり合い、火花が散る。レオンは無言で、相手を一撃で仕留めうるであろう斬撃を縦横無尽に放ち、魔王の足が堪らず後退っていく。

油断と言えば油断であったが、レオンはその隙を見逃さず、一気に勝負を賭ける。

――《超加速》《英雄の凱歌》――

レオンの俊敏が急上昇し、この戦闘における気力が無尽蔵の怪物と化した。嵐のような剣撃を防ぎながら、魔王の口元が歪に曲がる。放たれる音速の剣は、時に魔王の肩を突き刺し、脇腹を抉り、傍目から見れば一方的な展開となっていく。

そんな劣勢とは裏腹に、魔王の口から出たのは悲鳴ではなく、哄笑であった。

「ハハッ！　ウァッハッハッハッ！　良いぞ、お前！　いや、レオンと言ったな！」

その哄笑は、何処から湧いてきたものであったのか。

本来、魔王は投擲を得手とするキャラであり、近接戦に長けている訳ではない。そもそもが、接近など許さず、圧倒的な火力で万の軍勢を滅ぼす存在なのだ。

であるのに、この男は愚にも付かぬ近接戦を続けていた。

「信じられん手数だ！　まるで、画面を覆うほどの弾幕ゲーでもしているような気分だぞ！」

レオンには判らない。

相手が、何を言っているのか。

そして、何故――――そんなに上機嫌であるのかも。レオンの困惑をよそに、魔王の饒舌はもう止まらなかった。

「かつては多くのタンク役が犠牲になりながら、お前のような男が果敢にも私に近接戦を挑んできた。そう、ラスボスに一矢報いようとする勇者だッ！　その気分はさながら、ノルマンディー上陸作戦のようだったに違いない！　何せ、当時は私が弾幕を放っていたのだからな！」

とうとう、魔王が口を開けて爆笑する。今は逆に、自分が嵐のような弾幕、もとい、剣撃でも掻い潜ろうとしているのであろう。

レオンは相手の放つ意味不明な言葉を聞きながら、ようやく違和感に気付く。相手の肩を突き刺し、その脇腹まで深々と抉ったのだ。普通に考えるなら致命傷である。

であるのに、相手の動きは一向に鈍らず、気付けば傷まで塞がっていくではないか。

レオンは瞬時に首を刎ね上げるような《剣閃》を放ち、距離を取りながら思考に耽る。

(戦闘中に、あれほど回復していくスキルなど聞いたことがない。余程の加護か祝福でも受けているのか、それとも…………)

――――呪いの類、か――――

レオンは自嘲気味に口元を歪めながら、顔面に向かって飛んできたナイフを叩き落とす。

重い衝撃が腕に響き、酷い熱波が顔を覆う。

(このナイフも、火精霊の加護でも受けているのか…………?)

そんな困惑をよそに、魔王の顔は涼しいものである。

「どうした、戦いの最中に考え事か?　悩みがあるなら、私が力になろうではないか」

その奇妙な言葉に、レオンは思わず笑ってしまいそうになる。

無論、それは親切心から出た言葉ではなく、この戦いに集中して欲しいとの一種の子供っぽい我儘さを感じたからだ。

(いずれにせよ、この男を討たなければ我が人生は暗闇のまま終わる…………!)

レオンが決死の覚悟で眼差しを向けた時、今度は魔王の顔が目前にまで迫っていた。

大上段から振り下ろされたソドムの火を、レオンは真っ正面から迎え撃ったが、信じ難い力で吹き飛ばされてしまう。

魔王はそのまま、大振りの一撃を次々と見舞っていく。そこには技術もセンスもなかったが、巨木を軽く薙ぎ倒してしまうような、荒々しい力が込められていた。

レオンは実戦で鍛え抜かれた剣術と、磨き抜かれたセンスで嵐のような猛撃を耐え凌いだが、単純な腕力の差は如何ともし難い。

格闘技などにおいても、技巧を誇る選手が単純な腕力から繰り出される相手の偶発的な一撃で沈んでしまうことはままある。

「どうした、レオン？　こんな力任せの攻撃に屈してしまうのか？」

魔王は凄みのある笑みを浮かべたが、対するレオンの目も負けじと鋭くなっていく。

不思議なことに、劣勢へと傾くにつれ、レオンの意識は過去へ飛んでいるようであった。

数え切れないほどの難戦と、圧倒的な数で押してくる敵軍との死闘。その中で、レオンは常に孤軍奮闘し、死神からの手招きを撥ね除けてきたのだ。

「さぁ、ここからどう切り返す？　お前は光やら、忠やらとよく判らんことを言っていたが」

攻撃を防ぐたびに、レオンの体は大きく弾き飛ばされ、木の葉のように舞う。普通に考えて、大帝国の魔王と真正面からやり合うなど、素手で戦車の装甲を殴るようなものだ。

自分の拳がボロボロになるか、そのまま踏み潰されるのがオチである。

だが、レオンは怯まない。

彼の過去が、ここで退くことを許さなかった。

（この戦いで、何としても姫を…………！）

レオンはゼノビア新王国の軍事侵攻を何度も退け、民衆から救国の英雄と讃えられながらも、王宮からは次第に遠ざけられ、最後は敵国に通じていると前線から排除されたのだ。

無論、王の耳にそんなことを吹き込んだのは、ゼノビア側の謀略でしかなかったが、民衆から圧倒的な支持を集めるレオンが煙たくなったのだろう。

彼の仕える王はあっさりとそれを信じ、彼を幽閉するに至った。

英雄から、一夜にして売国奴である。レオンが不在となった前線など語るまでもなく、次第に後退し、遂には全面的な崩壊を招いた。

彼が幽閉先から解放された時には、既に故国は滅び、一面の焼け野原と化していたのだ。

あの絶望的な光景が、レオンの脳裏にまざまざと蘇る。

「…………我が忠は、未だ消えず。故国は、この胸にある」

「おい、何をぶつぶつと言っている？」

小動物でも嬲るように、魔王は無造作にソドムの火を振るうと、時には蹴りを放ち、レオンの体を大きく吹き飛ばす。

圧倒的な劣勢にありながら、レオンの頭に浮かぶのは過去の幻影ばかりであった。焼け落ちた王都を彷徨《さまよ》う民衆、子を喪った母親の絶叫、煤《すす》まみれの子供たち。

その虚ろな視線は、全てレオンを責めているかのようであり、彼は己の無力さを嘆きながら、崩れ落ち、天を仰ぐしかなかった。

この日、レオンは全てを失い、全ての責を無言で背負ったのである。

幽閉された姫を救うため、後にゼノビア新王国に仕えたことが一部の民衆から「裏切り者」と更に蔑まれることになったとしても。

「…………我が忠は、如何なる艱難辛苦にも屈しない」

「あのなぁ、お前の趣味は独り言なのか？」

「…………今度こそ、私は全てを取り戻すッッ！」

「ちょっと待て…………それは、どういう意味で言っている？」

当初は呆れたように返したものの、相手の気迫に思わず魔王が息を呑む。

しかも、「全てを取り戻す」というフレーズに、大きく引っかかるものがあったのだ。

魔王の困惑をよそに、レオンは尋常ならざる気配と共に、英雄と呼ばれるに相応しいスキルを発動させる。

「…………逆巻く天よ！　我に七難八苦を与えたまえッッッ！」

――決戦スキル「不撓不屈」発動！――

（全魔法属性に対する耐性値が極限上昇＋状態異常攻撃を完全無効化）

――決戦スキル「万夫不当」発動！――

（自身と相手のＬＶ差が１ごとに20ダメージ＋麾下の軍勢に「勇猛」「猛撃」状態を付与）

レオンの全身から火を噴くようなオーラが吹き荒れ、英雄が躍りかかる。

その一撃をまともに食らった魔王は尋常ではない痛手を蒙《こうむ》ることとなった。この時、レオンのＬＶは36という異次元に達しており、そのＬＶ差は35もの開きがあったのだ。

信じ難いことに、一撃で７００もの追加ダメージを食らったことになる。

「魔王と呼ばれる男よ………ここで終わらせて貰う！」

「………随分と、やってくれるではないかッッ！」

魔王の目がギラリと光り、漆黒の羽が全身へと降り注ぐ。

これまでは遊びの延長線であったのだが、今の一撃で考えを変えたのであろう。

相手が本気になったことを察したのか、レオンの顔も険しくなる。

高速でぶつかり合いながら、両者の動きは次第に激しさを増していき、砂塵を巻き上げながら空中戦へと移行していく。


――第四魔法「遊風飛行《エアリアル・ドライヴ》」――

――ＦＩＲＳＴ　ＳＫＩＬＬ「突撃」発動！――


両者は縦横無尽に機動を変えながら空中で衝突し、重い剣戟だけが地上へと降り注ぐ。余人がこれを見れば、とても現実のものとは思えず、目を丸くするであろう。

空中で人らしきものと、黒い翼を持ったものが、ぶつかり合っているのだから。まるで複雑な幾何学でも描くように、黒と白が幾度も交差し、激突していく。

両者は時に、重力を無視するように城壁を駆け上がりながら剣戟を響かせた。

白い彗星と黒い彗星が尾を引きながらぶつかり合う様は、何やら古代の天文ショーのようでもあり、逃げ惑う貴族派の将兵たちも思わず足を止めてしまう。

無論、それらは空中を滑走する田原の銃器によって、残らず消し飛ぶことになったが。

終わりの見えない空中戦を、先に辞めたのは魔王であった。ふらりと地上へ下り立つと、何を考えているのか、足下にあった石ころなどを蹴りはじめる。拗ねた子供のような仕草に、レオンも異変を感じたのか、音もなく地上へと下り立つ。

「お前は酷い男だな、レオン」

そんな唐突な言葉にレオンは怪訝な顔付きとなる。何を指して酷いと言っているのか判らず、そもそも、いきなり戦いを放棄したような姿が単純に不気味でもあった。

「お前のせいで、思い出してしまったではないか」

「思い、出した………？」

益々、レオンの顔に困惑が浮かぶ。

戦いの最中に、こんなことを言われては誰であっても混乱するであろう。だが、魔王は相手の困惑などよそに、一方的に言葉を叩き付ける。

「…………私の魂が、こんなにも闘争を求めていたことに」

声こそ冷静であったが、その視線は罪人を咎めるような鋭さであった。

レオンからすれば理不尽としか言いようがない反応である。とは言え、この世界に来て以来、この男が本気で戦ったことなど一度もなかったのだ。

敵対する相手を排除することはあっても、本気などとは程遠い。今回、レオンという好敵手と出会ったことにより、かつての日々を思い出したのであろう。

それは24時間365日、鬼のようなプレイヤーたちと戦い続けた烈火の如き記憶であった。

同時にバグの修正や、チート対策、大規模なアップデートや、宣伝広報、インフルエンサーの取り込みや、様々な動画配信、インタビュー、政府との接触。

数え上げればキリがないが、この男は文字通り、毎日が戦場であったのだ。忘れていた何かを思い出したかのように、魔王の顔が段々と険しくなっていく。

「毎日を、人生を、焼き焦がすような、刺激に満ち溢れた空間————私はいつからか、ぬるま湯に浸かって、それらを忘れていたようだ」

「…………何を、言って」

「歓迎するぞ、ラスボスに抗う勇者よ！　私は、お前のような男をずっと待っていた！」

————戦闘スキル「脱力」発動！————

————戦闘スキル「威圧」発動！————

————戦闘スキル「無双」発動！————

————生存スキル「闘争心」発動！————

魔王が両手を広げ、高らかにそう告げた瞬間、地獄のようなバフデバフの嵐が吹き荒れた。

一方的に相手の能力を下げ、己の力は爆発的に上昇させるスキル群である。レオンにとっては最悪なことに、今回は「破軍の剣」まで発動しているのだ。

只でさえ高いステータスに破軍の剣が上乗せされ、そこに強烈なバフである。

魔王が地を蹴った瞬間、その拳はレオンの顔面にめり込んでいた。

「…………ッッ！」

そこからの展開は、残酷なショーのようであった。

神速の域で振るわれるソドムの火を受け止め、弾く度に、レオンの体に裂傷が走る。

この男は「極連撃」と呼ばれる特殊な攻撃を所持しており、如何なる手段を用いても防ぐことができない。

ようやく、本当の意味において戦闘を開始したのであろう。

一合、二合、三合、と攻撃を防ぐ度にレオンの体がズタズタに切り裂かれていく。

魔王はそのまま左手一本でレオンの胸倉を掴み上げたかと思うと、城壁へと叩き付ける。

その荒々しい様は、理不尽な災害そのものであった。

崩れ落ちた城壁から、ズタボロになったレオンの姿が浮かび上がる。それを見た魔王は何とも言えない表情となったが、そこから立ち上る気配に目をしばたたかせた。

「我が身、死すとも…………故国に…………」

レオンが右手を伸ばし、眩い空間から荘厳な長槍を取り出す。次の瞬間、レオンの全身が淡い光に包まれ、瞬く間に裂傷が癒えていく。

魔王は知る由もなかったが、それはグラディウスと呼ばれる過去の断片《オーパーツ》であり、神話時代から取り残された遺物である。

「…………何だ、その槍は。回復機能でも備わっているのか？」

魔王は驚きながらも、この戦いがまだ続けられることに安堵の表情を浮かべる。その安堵が、後に激しい後悔へと変わることも知らずに。

「さぁ、レオン。元気になったところで、この素晴らしい闘争を続けようではないか」

魔王は余裕の表情で歩み寄るも、先んじて動いたのはレオンであった。左手を天に掲げるや、中空に魔方陣が浮かび上がり、魔王の視界が瞬く間に白光で覆われていく。

「一条の光よ、光芒の矢とならん――――ッッ！《雷光白牙》《ライトニングフォール》」

魔方陣から雷光が吹き荒れ、凄まじい轟音と共に大地を穿つ。

それは、この大陸でも使い手が殆ど存在しない「雷」に属する魔法であった。風の上位である「嵐」と「水」を掛け合わせた混合《ミックス》と呼ばれるものであり、レオンは騎士でありながら、これを見事に駆使してみせたのだ。

だが、土煙の向こうから現れたのは、《マジックバリア》と呼ばれる白い障壁であった。

それはアサルトバリアに似た構造をしており、色違いといったところである。何事も無かったように魔王は軽く髪を掻き上げたが、心の中では絶叫していた。

（お前、いきなり雷を落とすとか聞いてねぇぞ！　めっっちゃ怖かったじゃねぇか！）

真面目に考えれば、突然、雷が落ちてきたのだから洒落にならない話である。だが、この男に関しては天罰が下ったようでもあり、妙に笑える光景でもあった。

「怪物め…………魔法も効かんとは」

「悪いが、そんな小細工では私は倒せんぞ…………？」

内心ではドキドキしながらも、魔王は堂々たる態度で嘯《うそぶ》く。

このバリアに関しては詳細が掴めておらず、この男からすれば、まだ全面的に信用できないのであろう。相手の焦りなど知る由もないレオンであったが、彼は手にした天槍を掲げ、恐るべき魔法を発動させた。

「我が意、我が血を以て、汝が雷冠を授けよ――――ッ！《纏雷天槍《アーサソール》》」

レオンが掲げた槍先に、天から無数の稲妻が降り注ぎ、その身を変貌させていく。

眩《まばゆ》い光に包まれたその姿からは放電が迸《ほとばし》り、まるで雷の化身のようでもある。それと相対する魔王からすれば、笑うに笑えない姿であった。

「お、おい…………あまり無茶なことはするな。雷を身に纏うなど、長い目で見れば、きっと健康被害があると思うぞ。その、何だ、もう少し穏やかな戦……って、聞けよ！」

そんな戯言など、耳に入っていないのであろう。

まさに、稲妻の如きスピードでレオンが襲いかかる。その速度は段違いであり、魔王は槍先を辛うじて躱《かわ》したが、マジックバリアが発動していることに目を剥いた。

（ヤバイ！　こいつに近付かれるだけでバリアが出る！）

接近を許した段階で、バリアが発動する。これが意味するところは、その槍先にも、全身にも雷属性の魔法判定が働いているということに他ならない。

レオンは変幻自在に槍を操り、突いたかと思えば横に薙ぎ、間髪入れずに足を払う。

その間もバリアが常に発動しており、魔王の顔色はカメレオンのように変化した。

（このバリア、回数制とかだったらどうする⁉　無くなったらヤベェだろ！）

かつての会場にも、似たような能力があったため、最悪の想像が浮かぶのであろう。

ちなみに、その能力は「空蝉」「蜃気楼」「霧隠」と呼ばれるものであり、最大３回まで相手の全攻撃を無効化するものであった。

一部の外国人からは「ＮＩＮＪＡみたいだ！」と人気を集めた能力でもある。ともあれ、このバリアがいつまで持つのか判らず、魔王は内心で悲鳴を上げていた。

（このバリアが消えたら、黒焦げになんのか⁉　冗談じゃねーぞ！）

当初の余裕は何処へいったのか、魔王は《突撃》を何度も発動させ、空中へと脱出を図るも、レオンは文字通り、稲妻となってそれを追う。魔王は立て続けに《目潰し》を発動させ、相手の視界を破壊しようとしたが、これも不発に終わった。

当たり前の話であるが、竜巻や津波、稲妻のような現象には視界もクソもない。

雷が意思を持って追ってくるなど、魔王からすればホーミング・ミサイルにでも狙われているようなものである。

（こっち来んなぁぁぁぁぁぁぁぁぁぁぁぁぁぁぁぁっ！）

内心を知る者からすれば何とも笑える光景であったが、これを地上から見れば異次元の光景であったろう。黒い翼を持った者が空中を飛び回り、それを稲妻が追っているのだから。その上、田原の放つ銃撃音が引っ切りなしに続いており、要塞内は完全に地獄絵図であった。

この世の終わりがきた、と膝から崩れ落ちる兵が続出したのも無理のない話である。

空中にも地上にも、何処にも逃げ場のない巨大な処刑場の完成であった。無論、その処刑にはこのふざけた男も含まれている。

(雷と戦うとか聞いてねーよ！　ゴム、絶縁体、コンドームでもいい、誰か！)

魔王は心の中で支離滅裂なことを叫びながら空中を飛び回ったが、稲妻の化身となったレオンからは逃げられない。

その目は漆黒の背を完全に捉えており、レオンは容赦なく追撃を放つ。

――――《雷光爆破《プラズマ・バースト》》――――

レオンの手から幾条もの稲妻が放たれ、それがマジックバリアに触れた途端、次々と大爆発が巻き起こる。ダメージこそないが、魔王としては気が気ではない。

(お前、X―M●Nのストームかよ！　ヴィランとかと戦っとけ！)

「逃がさんぞ、魔王………ッッ！《音速突き《ソニックランス》》」

上空へ回り込んだレオンは、頭上から槍を次々と繰り出し、魔王の体を抉っていく。さしもの魔王も体勢が崩れ、地上へと落下していったが、レオンの動きはもう止まらなかった。

魔王の体に覆い被さるようにして、槍を突き立てたのである。

「この一撃で、終わらせる………ッ！《光電磁杭《パイルバンカー》》」

魔王は槍を突き刺されたまま地面へ激突し、凄まじい衝撃波が大地を駆け抜けた。その姿は、大地へ縫い付けられたようでもあり、槍はまるで墓標のようにも見える。

レオンは槍を引き抜くと、精も根も尽き果てたのか、ふらふらと大の字になって倒れ込む。体力、気力共に限界に達したのであろう。その身を覆う光と、放電が少しずつ消え果て、元の姿へと戻っていく。

（これで、姫を、取り……………）

失われた故国と、王家の血を引く唯一の姫を想い、レオンの胸に安堵が込み上げる。しかし、その想いは上半身をむくりと起こした魔王によって打ち砕かれた。

魔王は何度か首を左右に振り、しみじみと呟く。

「これは効いたな……………悪いが、ここからは本来の戦闘スタイルに戻らせて貰うぞ」

相手のそんな言葉に、レオンは慌てて立ち上がるも、その体勢が脆くも崩れた。その左手が、いつの間にか根元から切断されていたからである。無論、魔王がソドムの火を、本来の用途である投擲武器として使った結果だ。

「私は本来、距離を保ちながら投擲で敵を粉砕するスタイルでね。なぁに、手のことなら心配は要らん。後で私の部下に診さ………………えっ？」

レオンが呻き声を上げる中、魔王の口から間抜けな声が漏れる。見ると、大地に転がっていた左手は消え果て、代わりに切断面へ光の粒子が集まっていくではないか。

粒子はやがて、失われた部位を形成し、時間が巻き戻ったようにレオンの左手が復活した。

魔王もえげつない存在であったが、相手も相手で大概である。

（お前、やっぱX―M●Nだろ！　何のミュータントだよ！　アメコミに帰れ！）

不気味な再生能力を見て、魔王は思わず叫びそうになったが、レオンの表情はいかにも苦しげであり、何らかの代償を窺わせるものがあった。

　レオンは辛うじて立ち上がるも、その全身は震え、滝のような汗を流している。槍を杖代わりにして立つ姿は、病人そのものであった。

　そんな姿で立ち上がられても、魔王としては困惑せざるを得ない。

「………何が、お前をそうさせる？　私を殺して、お前は何を得られるんだ？」

「故国を、パルマの地を………私は、取り戻さなければならない………」

　荒い息を吐きながら、レオンは苦しげに漏らす。

　ゼノビアの宰相、コウメイから何らかの口約束でも吹き込まれたのであろう。魔王を殺せば、姫の幽閉を解き、パルマ王国の再建を許可する、などと。

　普段のレオンであれば、そんな見え透いた甘言など一蹴したに違いない。だが、今の彼は正常とは言い難く、もっと言えば、失われた過去を追い求める亡霊そのものであった。

　レオンの事情など何も知らない魔王は、暢気な口調で爆弾を落とす。

「………パルマだぁ？　ケーキもそんなことを前に言っていたが、お前たちはお菓子の国でも作ろうとしているのか？」

「待てッッ！　何故、貴様が姫のことを知っている⁉」

「知っているも何も、私の村で保護しているが？」

「ど、どういうことだ！　詳しく聞かせろ！　い、いや、聞かせて、くれ………！」

魔王に詰め寄ろうとするも、全身を走る疼痛に堪らずレオンが片膝をつく。そんな取り乱した姿を見て、この男も何らかの事情を察したのであろう。

ケーキとの出会いを、ポツポツと語り出す。

とは言え、その内容は微々たるものでしかない。魔族領の奴隷市でたまたま出会い、たまたま保護しただけである。

魔王の口調は淡々としたものであったが、それだけに真実味があった。

「魔族領……まさか、姫がそのようなところに………」

レオンからすれば、頭が真っ白になるような話であった。姫の幽閉場所を探すべく、レオンも懸命に捜索を続けていたのだから。

この大陸に住まう普通の人間からすれば、魔族領など今日《こんにち》で言う火星や、水星ぐらいの感覚であろう。完全に認識外の世界でしかない。

ケーキの姿をあれこれと思い浮かべながら、魔王は当たり障りのない内容を口にする。

「ともあれ、今は元気に過ごしている。村で病人の世話などをしているようだ」

この男からすれば、悪魔を滅多刺しにしながら高笑いしていた印象の方が強く、彼女が一国の姫であるなど、悪い冗談でしかない。

反面、レオンからすれば涙なしには聞けぬ内容であった。

「奴隷市になど………姫、何とおいたわしや………！」

（どちらかと言えば、あの悪魔の方が悲惨な死に方してたんだけどな………）

涙を流すレオンとは対照的に、魔王はぽりぽりと頬を掻く。今は悠から手解きを受け、助手のような立場になっているのだから尚更であろう。

真っ当な神経をしていれば、悠の助手など絶対に務まらない職務である。

「そのような境遇にあっても病人を……姫の慈悲深さは些《いささ》かも変わっていない…………！」

（慈悲深さだぁ？　こいつ、何かケーキのことを誤解してないか………？）

魔王はそう思ったが、賢明にも口に出すことはなかった。何せ、この男が一番誤解や勘違いを受けている身でもあり、それを壊すことに根源的な恐怖を感じたからである。

「姫に………どうか、姫に一日会わせて頂きたい！　頼む、この通りだ！」

真剣な眼差しで頭を下げるレオンに対し、魔王も頷かざるを得なかった。むしろ、あの地雷のような姫を引き取ってくれるなら、万々歳と言ったところである。

「そうだな……この戦いが終われば、ケーキと引き合わせよう。それまで少し待っていろ」

また雷でも落とされたら洒落にならん、とでも思っているのであろう。魔王は早々に立ち去ろうとしたが、その背に「待った」がかかる。

恐る恐る振り返ると、そこには片膝をつき、頭を垂れるレオンの姿があった。

「………暫し、お待ちを。姫を苦境から救って下さった命の恩人に刃を向けたこと、幾重にもお詫び申し上げる」

「気にするな。偶然が生んだ結果に過ぎない」

実際、この男が奴隷市へ赴いたのはケーキのためではない。

苦境から救った、などと讃えられても困惑するだけであった。

「貴方が貴族派の将兵と敵対しているのであれば、せめてものお詫びに、私も及ばずながら加勢させて頂きたい」

「そ、そうか…………？　では、まぁ頼む」

雷雲から少しでも遠ざかろうとしているのか、魔王は大股でその場から立ち去り、貴族派にはまた一つ、新たな地獄が生み出された。

田原の機銃掃射に加え、そこにレオンまで参戦することになったのだから。この地が貴族派の将兵にとって、永遠の墓地になることが決定した瞬間でもあった。

スイン・カミュオール・レオン

Suin Kamyuoru Reon

【年齢】28歳　【性別】男

所持品 **天槍グラディウス**

遙けき神話戦争の時代。脆弱な人間を率いて最前線へと立つ、
戦乙女《ヴァルキュリア》が自らの存在そのものを武器化したもの。皮肉なことに、それによって
《大いなる光》が姿を消した後も辛うじて大陸に残留することができた。
所持者と認めた者に対し、「戦場で死ぬことができない」祝福を与える。
いや、それはレオンが漏らしたように、「呪い」の類であったのかも知れない。
祝福が発動する度に所持者の寿命は大きく削られ、
魂にまで消えないダメージを残す。ちなみに、彼女は非常に面食いであり、
身も心もイケメンな男にしか心を開かない。

今は亡きパルマ王国の将軍。
救国の英雄にして、不敗の英雄。
彼を賞賛する民の声は枚挙に暇がなく、
敵からは畏怖を持ってその名を囁かれた。ゼノビア新王国の謀略により、
一部からは裏切り者との評もあるが、ごく少数である。武だけでなく、
魔法にも天賦の才があり、戦場に立てば有能な指揮官でもあった。
部下や民に対しても厳格であったが、常に公正な態度を取り続けた。

大侵攻――かつて数字であった者たち

混沌とする城内を歩きながら、魔王は田原と悠に向けて《通信》を飛ばす。

側近たちがレオンと敵対などしたら、大変だと思ったのであろう。

《私だ。ケーキに仕えていたレオンという男が、こちらに鞍替えした》

それを聞いて、両者は軽く頷く。

ケーキを保護した時点で、こうなることは判りきっていたのだから。もっと言えば、レオンをゼノビアへと送り込み、旧勢力を纏め上げさせるのも折り込み済みの策であろうと。

ゼノビアは幾つもの国を併合して成り立っている国であり、方々で独立運動などが起これば、火の粉が飛び散り、事態は深刻化していくであろう。

無論、これらは田原と悠が描いている戦略であって、魔王にそんな考えは欠片もない。

《あのお姫さんの部下かぁ……さっきはド派手にボコしてたナ？　同情しかねぇよ》

（何言ってんだ、お前は！　俺は何度も雷を落とされたんだぞ！　同情されるのは俺だろ！）

田原は可笑しそうに笑い、咥えた煙草をふかす。魔王は内心で血の叫びを上げていたが、悠も似たような笑みを浮かべ、口元を歪ませた。

《馬鹿ね、長官は上下関係を躾けておられたのよ》

（むしろ、キャンキャン吠えてたのは俺なんですけど⁉）

相変わらず話が通じ合わない主従であったが、魔王の視界に異質な物体が飛び込んできたことにより、《通信》を中断した。

（あれは象か？　しかも、色が…………白象ってやつだな…………）

　それは、動物園などで見かける象であったのだが、背には真っ赤な布が敷かれ、ド派手な鞍を載せている。その上では、貴族と思わしき男が怒号を上げていた。

「動け！　動かんか！　音などに怯えよって！」

　男は怒り狂った形相で棒を振り上げ、象の頭を何度も叩く。しかし、象は田原の放つ銃撃音に怯えているのか、その場から動くことはなかった。

　何を思いついたのか、魔王は象に近寄ると、その足をポンポンと叩く。

「これは、村のマスコットになるかも知れんな。おい、そこのお前。降りろ」

「何をたわけたことを！　貴様が紛れ込んだ雑草か…………！」

「さっさと降りろ。私は動物を虐める奴は嫌いでな」

「えぇい、この雑草を踏み潰せ！　さっさと動…………ほげっ！」

　魔王は無言で象の背へ飛び乗ると、男を蹴り落とす。山賊も顔負けの所業であったが、白象も恨みがあったのか、嬉しそうに鳴き声を上げた。

「き、貴様！　ワシをボクロクと知ってのことか！　貴様など、我が猛獣軍団が」

「お前のことなど知らん。興味もない。この象は村のマスコットとして、私が雇用する」

　一方的に告げると、魔王は象の背中から降り、まじまじとその顔を見上げた。

像はＴＶなどでも良く見かける動物ではあるが、白象というのは珍しい。

東南アジアの一部では、神聖視する国もあるほどだ。

「村の名所を象に乗って回るというのはどうだ？　動物に乗って観光地を巡るってのは、昔から定番だしな。私の村で働くなら、この人参を毎日やるぞ」

キョンとモモに渡された人参を差し出すと、象は嬉しそうに鼻で掴み、口へと運ぶ。

人参が好物であったのか、白象は嬉しそうに鼻を左右に振った。そんな様子を見たボクロクは怒気も露わに、棒を振り上げて殴りかかる。

「えぇい、この駄象が！　雑草から餌付けされるとは何事ぞ！」

パォォーーーン、と象は怒号を上げ、ボクロクを鼻で掴み上げると、空中へと投げ飛ばす。

象らしい、実にダイナミックな行為であった。

「ほぅ…………綺麗に飛んでいったな。お前はホームランバッターになる素質があるぞ」

魔王はそう言いながら、人参を次々と与え、見事に餌付けを成功させた。暴力的な主人より、好物を与えてくれる側に好意を持ったのであろう。

何より、本能がそうさせたのかも知れない。動物は強弱の感覚に鋭く、目の前の男に刃向かうより、従った方が良いと判断したのであろう。

《…………田原、象を一頭確保した。保護を頼む》

《うっはっは！　マジかよ！　長官殿は歩いてるだけで、象まで手懐けちまうんだナ？》

《まぁ、村に必要になると思ったのでな》

英雄のお次は象かぃ、と田原からすれば笑うしかない。

了解、と短く返答したものの、この白象に保護などは必要なかった。この種は戦象と呼ばれ、古来の戦争に用いられた立派な兵器である。

何も知らない魔王は象の鼻を撫でながら、暢気に言う。

「さて、後は私の部下が保護してくれる。暇なら、辺りを散歩でもしておくといい」

その意味が伝わったのかどうかは判らないが、白象は勢いよく走り出し、貴族派の将兵を踏み潰し始めた。レオンの参戦に続いて、これである。

存在しているだけで次々と災厄を生み出す様は、貴族派にとって魔王そのものであった。


――――要塞内　地下への入口――――


悠とホワイトが待つ城内へと足を踏み入れ、魔王はざっと辺りを見回す。

（何だ、これは…………外の音が一切、聞こえなくなったぞ…………）

その静けさは、芸術的でさえあった。ドナは金にあかせて風の魔石を使い、完璧な防音態勢を整えたのであろう。

普段、優雅に過ごす分には問題ないであろうが、有事の際には考え物である。

外から鳴り響く数多の声や音は、危機が迫っていることを知らせてくれるものであり、それを全て遮断してしまっては、要塞としての意味がない。

「お待ちしておりました、長官」

「ルシファー様…………その、外の様子は…………？」

悠とホワイトが駆け寄り、両者らしい反応を見せる。前者は落ち着き払っており、後者はまだ狼狽している様子であった。

「外もじき、片付くだろう。悠、案内してくれ」

「はい、長官」

悠の先導に従い、魔王とホワイトがそれに続く。地下へ下ると、食料やワインの貯蔵庫などが並んでおり、中には宝物庫らしきものもある。

更に地下へと潜ると、無数の牢が並ぶ空間が現れ、その下には拷問部屋が並んでいた。部屋の中には生々しい血痕や白骨が転がっており、外にまで腐臭が漏れている。

地下に広がる、これらの異様な空間を見て、ホワイトの体が強張っていく。

「ここは、いったい…………ドナは、何を…………」

「いつの時代も、馬鹿が権力を握るとこうなる」

魔王の返答は乾いたものであったが、馬鹿だけでなく賢者が権力を握っても、こうなることはままある。当初は青い理想を掲げていた者も、権力を握った後に豹変したケースは多い。

歴史に名を残す残虐な独裁者の多くが、出発時には国を憂い、理想に燃え、自国を救わんと、意外な功績まであったりするものだ。

それら過去の歴史を振り返りながら、魔王は更に地下へと下りていく。

（ここの連中は、どう言ったタイプなのだろうな…………）

この男は独善的なクリエイターらしく、己の耳目を判断材料にしてきた。今のところ、貴族派という連中は酷く身勝手で、残酷な集団でしかない。

　そこが目的地であったのか、ようやく悠が足を止める。

「長官、ここが例のフロアです」

「………なるほど」

　そこは幾つもの小部屋や大部屋が並ぶフロアであり、扉を開けると魔石を使った淫靡《いんび》な照明や雰囲気に包まれており、ベッドには様々な拘束具が並んでいた。中には、拷問器具を並べている部屋も多く、清掃はされているようであったが、血の臭いがこびり付いている。

　この中で、何の罪もない子供たちが嬲られ、命を奪われていったのであろう。

「長官、あの石牢が資料にあった数字部屋のようです」

「………そうか」

　魔王の口数は少なく、ホワイトの全身は震えていた。

　彼女も、薄々と感じていたのであろう。

　その牢に、自分の想像を超える何かがあるに違いないと。石牢の扉は非常に堅固であったが、悠は手刀を突っ込み、扉ごと引き抜く。

　滅茶苦茶な解錠方法であったが、その中に広がる光景は更に悲惨であった。最初に錆び付いた鉄のような臭いと、鯨油で作られたランプの臭気が鼻を突く。

　その後、牢内の微かな照明が、微かな命を照らし出した。

牢獄内には幾人もの子供が蹲るように横たわっていたが、藁すらもなく、時間まで凍っているような空間であったのだ。

それぞれの足には足枷が嵌められており、自殺防止の首輪まで付けられている。

突然、牢内に入ってきた一行を見ても、子供たちは微動だにしなかった。何かに驚くような、そんな気力すら残っていなかったのであろう。

悠はそれらを見ても片眉も動かさなかったが、ホワイトは驚愕の余り、目を剥いた。

「こんな、酷い…………！　この子たちはいったい…………！」

「どうやら、これが貴族派とやらの趣味らしいな」

魔王は静かに答え、子供たちへと目をやる。

全身が腫れ上がり、手足が妙な方向に曲がっている者が多かったが、両目を刳《く》り貫かれた子、顔面に動物らしき皮が縫い付けられた子供までおり、ホラー映画の一幕のようであった。

「これが、貴族派と名乗るクソ野郎どもの本性か…………」

魔王はそう短く漏らすと、頼りになる側近へと声をかける。この地獄絵図を、一変させられるのは彼女しかいない。

「悠、全員を治癒してやるといい。見るに堪えん光景だ」

「了解しました、長官」

「ルシファー様…………！」

ホワイトはキラキラとした目で魔王を見上げたが、悠は静かに頷くのみであった。

そして、片足を失った少女へと機械的に《神の手《ゴッドハンド》》を振り下ろす。

途端、切り落とされた足に骨が生え、それらを筋組織が覆っていく。ホワイトが幾つか瞬きをしている間に、新たな足が誕生していた。

目の前の現実に理解が追いつかないのか、ホワイトの口がパクパクと開く。

こんな現象を一言で表すのであれば、得体の知れない宇宙人の技術か何かとしか思えないものであったが、この世界に住まう者からすれば、古に記された奇跡でしかない。

「大変な目に遭ったわね…………でも、もう大丈夫よ」

悠は殊更、慈悲深い笑みを浮かべながら治癒を施していく。

わざわざホワイトを連れてきたのも、これを見させるためであろうと。この子供たちが田原とマダムにも必要であると聞かされていることもあってか、尚更であった。

後者に関しては、アズールを取り込むためであろうと、明敏な悠は既に察しをつけている。貴族派の内情に関しては、彼女が一番の事情通なのだから。

以前から何度も繰り返された「評判を得る」という単語が頭に浮かび、悠は後ろに佇む聖女の気配を探る。愚かなことに聖女は手を組み、一心に何かを祈っているようであった。

（…………馬鹿な女。でも、今回は都合が良いわね）

悠はマダムやケーキ、オルガンやサンボと言った現地の有力者を次々と取り込み、己の派閥を形成しつつある。無軌道な茜や、潔癖すぎる蓮《れん》にはできない芸当であろう。

そこへきて、後ろのホワイトなどは蓮と近い性質を持っており、悠からすれば厄介な女だ。

（今回の件で、完全な敵対化は避けられるかも知れないわね…………）

かつての悠は恐れ知らずの魔女であったが、今の彼女は非常に慎重でクレバーだ。完全に取り込むことは不可能であっても、その刃を鈍らせることはできる、と計算したのであろう。

「さぁ、貴女《あなた》の目に再び光を…………」

悠は慈悲深い聖女のように呟きながら、眼球を抉られた少女へ手を伸ばす。

魔王の詐欺師めいた演技力も大概であったが、悠も悠で、役者であった。主も主なら、部下も部下であるらしい。

光を取り戻した少女は暫く呆然としていたが、やがて声にもならない声を漏らす。

「…………ぇ…………わた…………わ、目が…………」

「えぇ、しっかり見えているようね。もう、落っことしてはダメよ？」

悠は茶目っ気のある笑みを浮かべ、いかにも慈悲深い存在のように振舞う。案の定、ホワイトなどはその姿を見て、困惑しているようであった。

世にも恐ろしい魔女が、子供に対してはこれほど慈悲深い一面を見せるのか、と。ホワイトの戸惑いなど手に取るように判るのか、悠は更に思案を巡らせる。

（評判を得る…………確かに、長官の仰る通りね…………）

暴力と恐怖で支配するのが彼女の好みではあるが、それらは一度通った道である。

かつて、魔王が苦し紛れに言い放った「同じ道を歩むなど、退化と同じである」という発言が今になって効いてくるのだ。

何より、善人面をしている方が、簡単に味方が増えていくという実感もある。

《…………長官は全てを見越して、ここへ真っ先に来られたのですね》

《いつも言っているが、お前たちは考えすぎだ》

いきなり風向きが変わったことを察したのか、魔王は心の底から素直な返事をしたが、悠からすれば笑い話でしかない。

何処の誰が、攻城戦の真っ最中に牢獄などへ足を運ぶであろうか？

余程の理由がなければ、そのような行動を取る筈がない。何せ、彼女の主は蜘蛛《くも》の糸のように謀略を張り巡らせ、常に千手先を見据えて動いてきたのだから。

その複雑な思考と行動に理解が及ばなければ、先に待っているのは落伍者としての未来であり、築き上げてきた立場の喪失である。

悠からすれば、己の存在そのものを否定されるようなものだ。

（長官はこの子供たちを、少なくとも敵将の首より重く見ている…………）

悠は治癒を施しながら足枷を破壊し、次々と首輪を引き千切っていく。

そこには皮膚の再生があり、切り落とされた男性器の復活など、まさに奇跡のオンパレードであったが、悠の心は晴れない。

肝心の魔王が、沈黙したままであったからだ。本人は酷い状態にあった子供たちが、元通りの姿になっていくのを見て感嘆していただけなのだが、悠からすれば気が気ではない。

（何かが足りない…………私は、何を見落としているの…………!?）

子供たちの治癒を終え、ようやく悠の頭に一つの答えが浮かぶ。聡明な彼女は、己の成すべきことすら先読みしてしまう。

《ようやく、全てのピースが埋まりました。察するのが遅れてしまい、申し訳ありません》

（ちょっと、待て！　また変な方向に話が転がり出したぞ！）

悠の意味深な言葉に懊悩する魔王であったが、無様な姿は見せられない。苦悩した上、全てを理解した風で返答することを選んだ。

《……気にするな。遅れるも何も、別段急ぐ話でもない》

それは苦し紛れの先延ばし作戦でしかなかったが、悠は惚れ惚れとした表情で立ち上がる。

やはり、全てを見越してここへ足を運んだのだと。

《この子たちを未来の象徴に――――ＮＩＮＥとすべく、考えておられたのですね》

（ナインだって!?　やべぇ、また訳の判らんことを言い出しちゃったよ！）

ＮＩＮＥとは、九内伯斗の熱狂的な信奉者たちのことである。

大野晶は「九内伯斗」を作成する際に、実在した数多くの独裁者を調べたことがあるのだが、彼らには決まって熱狂的な信者や、親衛隊がいたことに注目したのだ。

それによって、生み出されたのがＮＩＮＥと呼ばれる存在である。

（…………ちょっ、嘘だろ!?　マジで９人居るじゃねぇか！）

魔王は牢内にいる子供たちを素早く数え、立ったまま気絶しそうになった。子供たちの数が、奇《く》しくも９人であったのだ。

ここまで来ると、よもや「いや、偶然なんスよ」などの一言では済まされない。それはもう、偶然ではなく、必然のものとして悠には映っているのだから。

《貴族派に囚われた悲劇の子供たち。その生き残り……象徴として申し分ありませんわね》

《…………まぁ、そういうことになるな》

知らないところでドンドン話が進んでいくのが怖くなったのか、魔王はこの珍妙な問答を打ち切るべく、急いで動き出す。

「ぁー、ホワイト。この子たちの汚れを落としてやるといい」

「は、はいっ」

その言葉に、固まっていたホワイトは慌てた様子で子供たちに《白い光《ホワイトニング》》を詠唱し、体や髪にこびり付いた汚れを落としていく。

「悠も、見事な処置だったな。お前の能力こそ、私にとってオンリーワンだ」

「長官……♡」

魔王は意味不明なことを言いながら悠の肩を叩き、妙な会話がぶり返さないように子供たちの側へと歩み寄る。

「随分と綺麗な顔になったな。気分はどうだ?」

「ぁ…………の…………」

その子は豚の皮を顔面に縫い付けられていたが、今では年相応の顔を取り戻し、照れ臭そうに俯く。

魔王は全く意識していないのだが、今の容貌は「九内伯斗」が18歳の時の姿なのだ。王侯貴族の目すら奪うような美形であり、その上、この世界ではまず見られないビジュアル系の衣装に身を包んでいるのだから堪らない。

ましてや、その背に堕天使の翼まで広がっているのだから、子供たちからすれば古の神話から飛び出してきたような存在にしか見えなかったであろう。

両目を抉られた子などは、魔王に手を伸ばし、恍惚とした表情で漏らす。

「ルシファー、様…………」

「…………まぁ、そう見えるのであれば、そうなのであろうな」

魔王は大人として、そんな曖昧な返事をする。

サンタクロースか何かのように思われているなら、その夢を壊す必要はないだろうと。

「ずっと、ずっと、暗闇の中で、助けを求めておりました…………」

「…………っ。そうか、遅くなってすまなかったな」

両目から涙を流し、縋り付いてくる姿を見て、流石の魔王も絶句する思いであった。その姿を見た他の子供たちもフラフラと立ち上がり、魔王の下へと集まっていく。

地獄のような毎日の中で、とうとう堕天使様が迎えに来たとでも思っているのだろう。それも無理からぬ話であった。

ここでの日々は余りにも過酷で、筆舌に尽くしがたいものであったのだから。いつもは適当な魔王も、何か思うところがあったのか、絞り出すように口を開く。

「気の利いたことは言えんが、これからは違う日々を歩めるようになる」

この男にしてはまだマシな台詞であったが、子供たちの目は暗く、虚ろであった。ある意味、それが当然の反応であったろう。

いきなり違う日々が来るなどとは思えないし、それらを歩む気力もないのだから。子供たちは魔王の手や服を掴み、涙を流しながら懇願するように言う。

「私たちには、もう生きる意味なんてありません………」

「ルシファー様、どうかこの世界からお連れ下さい………」

「私からもお願いします。天国でも、地獄でも構いませんから………！」

それらの言葉に、魔王は思わず天を仰ぐ。しかし、そこに広がっているのは石の天井であり、息の詰まるような閉塞感しかなかった。

こんな場所に閉じ込められ、権力者から好き勝手に嬲られるなど、誰であっても生きる気力を失うであろう。まして、それが子供であるなら尚更だ。

魔王は慎重に言葉を選びながら、どうにか喉の奥から声を絞り出す。

「私は子を持ったことはないが、君たちは両親から数多の願いをかけられて生まれてきたのだと思う。今は絶望の中にいるのかも知れないが………」

魔王はここで言葉を句切り、一つ息を吐く。

何故、自分がこんなことを言っているのか、誰が、こんな状況を作ったのか、考えれば考えるほどに怒りが込み上げてきたのであろう。

「今日より、明日の方が良い――――そう思えるような世界を、私が作ってやる」

かつて、オルガンにも言ったことがある素朴な言葉であった。この男も自暴自棄になっていた時期があったが、そう思うことによって辛い時期を乗り越えていったのだ。

しかし、何もかも失った子供たちの耳には、とても素直に入ってこない言葉でもある。

「どうして、そんなことが言い切れるのですか………？」

「私と大帝国に、不可能はないからだ――――ッッッ！」

そんな魔王の大喝に、子供たちは目が覚めたように仰け反り、ガタガタと震えだす。貴族派に対する怒りが、頂点に達したのであろう。

「ホワイト、この子たちを頼む。悠、行くぞ」

「は、はいっ！」

奇しくも、悠とホワイトの声が重なり、二人が牢内から出て行く。

その後、牢内には重い沈黙が続いたが、ホワイトは何とか声を絞り出し、子供たちを元気付けようと明るく振舞う。

「み、皆さん、ここから出て、その、他の部屋でルシファー様をお待ちしましょうか」

どうにかそんな声を上げたホワイトであったが、子供たちは言葉を失ったように沈黙するのみであった。堕天使様と信じる存在が恐ろしくもあり、美しくもあり、時に優しくもあり、脳内でまだ混乱が続いているのであろう。

ホワイトも聖女として責任を感じているのか、牢内から子供を出そうと懸命であった。

「こ、こんな場所に居ては落ち着きませんしね…………罪のない子供たちを牢に入れるなんて、聖女として絶対に許せません！」

　ホワイトはアピールのつもりであったのか、石牢の壁をペチンと叩いたが、その瞬間、石壁に亀裂が走り、凄まじい勢いで壁が崩壊した。

「…………へ？　どう、して…………！」

　色んな状況の中で、ホワイトはもう忘れていたのであろうが、彼女にも《破軍の剣》が適応されており、その腕力が尋常ではないものに変化していたのだ。

　石牢を素手で軽く破壊した女を見て、子供たちの目に恐怖が走る。そんなことができるのは、お伽噺に出てくる巨人族くらいであろうと。

　とうとう子供たちの一人が、恐怖に耐えかねたように叫ぶ。

「…………こ、今度は巨人族が攫いにきた！」

「ち、違いますからっ！　私は聖女、聖女なんです！」

「出て行け、巨人族！　お母さんを返せ！」

「だ、だから、私は聖女なんですっ！　巨人族なんかじゃありません！」

　誤解を解こうとホワイトは必死に弁明していたが、子供たちを治癒したのが実は魔女であり、聖女である彼女が化物扱いされるなど、とんだ皮肉であった。

　その一方で――

　ドナの下へと向かう道すがら、悠が不穏なことを口にする。

「この豚小屋の主は、戦勝祝いに第2、第3のナンバーズを集めると諸将に約したとか」

その言葉を聞いて、魔王の心臓が波打つ。

あのような子らを、再び生み出そうとしていることにも怒りを覚えたが、戦勝祝いなどと口にしていることに驚いてしまったのだ。

「もう、勝ったつもりでいるのか……驚嘆すべき愚かさだ」

魔王はそう返したが、ドナが勝利を宣言するのも当たり前であった。国内の貴族を纏め上げ、元より圧倒的な武力と、財力を所持していたのだから。

その上で、ゼノビア新王国とライト皇国という二大軍事大国から援兵を派遣させ、敵対勢力の武断派には水の供給を止めて、干上がらせてしまったのだ。

最早、負けようのない必勝の体制である。

そこに、魔王などと呼ばれるイレギュラーが存在しなければ――――の話であるが。

「長官、この豚小屋の主には、かなりの躾けが必要になるかと」

悠はそう言いながら艶然と笑って見せたが、魔王の返答は笑えないものであった。考えようによっては、その言葉は悠より残酷なものであったかも知れない。

「歴史上、愚王と呼ばれる者は多く存在したが……彼らは単一の存在としては成り立たない。その口から出る、愚かな命を実行する手足とセットで考えねばならんからだ」

君臣諸共、一罰百戒、様々な表現があるが、要するに魔王は全てを排除すると悠の前で改めて宣言したようなものである。

悠の前で————と考えると、その覚悟のほどが伝わろうというものだ。

魔王の返答を聞いて、悠も深々と頷きながら返す。

「この豚小屋には、その手足が犇《ひしめ》めいておりますわね」

・・・

「私の世界に、まるで不要な者どもだ————」

正確にはこの瞬間に、貴族派に連なる連中の命脈が絶たれたと言っていいだろう。この内戦は当然のように魔王陣営が勝利することになるが、その後の残党狩りは執拗を極め、他国へと逃げ延びた者も、様々な形で残らず地上から消え去ることとなった。

そんな不穏な会話を交わしながら、二人は広大な庭園へと入り、そこで足を止める。

「随分と広い庭だな。分限を弁えぬ輩らしい」

「平時にはここへ楽団や踊り子を呼び入れ、盛大なパーティーを開いていたとか」

軽く東京ドームが入りそうな広さの庭園である。何千もの貴族がここで高価なワインを空け、美食に舌鼓を打っていたのであろう。

その地下では、誰にも知れず命を奪われていく無数の子供たちがいた————

まさに、貴族派の象徴とも言うべき場所である。

「この城の裏手にも、山脈を切り開いた密輸港があるとか。劣悪な労働環境のせいで多くの者が命を落としたようです」

「人間一人が立派な労働力になるには、15年から20年の月日を要するだろう。それを使い捨てにするなど、愚かにも限度がある」

中学を出てすぐに働く者もいれば、18歳をもって大人とする考えもあるだろう。

いずれにせよ、人間が労働力として数えられるには長い年月が必要であり、ボロ雑巾のようにそれらを使い捨てていては、必ずしっぺ返しがあるものだ。

平時であれば支持率の低下や政権交代、荒事になれば革命や暗殺まで起こりうる。歴史の中で繰り返されてきたそれらが、今回は魔王という形で現れたに過ぎない。

そんな会話を交わす二人の前に、この内戦における重要人物が姿を現す。

ドナの甥であり、その権勢を恣しいままにするクルマであった。

「おやおや、侵入者と聞いてみれば道化であったとは」

皮肉を口にしながら、クルマが優雅に髪を掻き上げる。彼の髪型は絵に描いたようなマッシュルームカットであり、絹のような手触りであると自慢のものであった。

その後ろには武装した兵が千名並んでおり、まるで閲兵式のような勇ましさである。

「道化クン、その格好はルシファー様のつもりかい？　笑えるね」

「そう言うお前の頭はキノコにしか見えんが、シチューの具材にでもなりにきたのか？」

「貴様………誰に向かって口を利いている！」

「人語を解すキノコがいたとはな。悠、これは新種のものか？」

「はい、大変珍しい種であるかと。是非、私に持ち帰らせて頂ければ」

パラメーターを煽りに全振りしているような魔王がいつものように放言し、悠は大変恐ろしい内容を口にした。

悠のことを何も知らないクルマは、その美貌を見て恐れ知らずの反応をして見せる。

「僕を持ち帰りたいだって？　見目麗しいご婦人から誘われるのはいつものことだけど、問題は血筋だよ、ち・す・じ。判るかい？」

そんなクルマの反応を見て、魔王は他人事ながら内心で青ざめる。この後、どのような展開になるか、火を見るより明らかであったからだ。

自らの運命にまるで気付いていないクルマは、気取った口調で更に唄う。

「まぁ、僕は大人だからね。先程の失言は水に流してやろう。君は、南からの密使なんだろう？　南部の女主人に、皮肉の一つでも言ってやれと命じられたのかい？」

「…………何の話をしている？」

勝手に話し出したクルマに、魔王は首を捻る。

悠は相手が何を誤解しているのか即座に理解した上で、あえて沈黙を守っていた。

「あの女帝気取りが、僕たち貴族派相手に全面戦争なんて危ない橋を渡る筈がない。何処かで、必ず手打ちの使者を裏で出してくると読んでいたよ」

「…………ほぅ？」

言いたいだけ言わせてやるか、とでも思ったのか、魔王は適当な相槌を打つ。

その反応を見て、クルマは得意気に口角を上げた。

「叔父上は粛清を叫ぶだろうけど、条件次第では助命の口を利いてやらんでもない。あの女帝は気に食わないが、何と言ってもバタフライ家は古くから続く名家だからね」

「名家、ね…………」

「それに、道化としても一流の名家さ！　あの丸々と太った醜い肉塊ときたら！　これから先も未来永劫、笑い者にしてやった方が役に立つ！　君も内心ではそう思っているんだろう？」

クルマは背を曲げ大笑いしたが、今のマダムの姿を見たら顎が外れるであろう。それを聞いた魔王も白けた様子で口を開く。

「血筋だの名家だの、随分とご立派なことを述べていたが、それらがこの国の民に何かを与えたのかね？　私が見る限り、一方的に奪っているようにしか見えなかったが」

「民に与える？　何を白々しいことを…………あんな連中は僕たちが落とすおこぼれを貰って、その日、その日を精々生きていればいい。僕たちのために生涯をかけて働き、その子も、孫も、末代まで僕たちの下僕として慈悲を持って使ってやる。それが、選ばれた尊き血筋の責務というものさ！」

「…………責務だと？　人を奴隷として酷使するのが、責務であると？」

「僕たちは悪魔王と戦い、この国を解放した勇敢な先祖の血を引いているッ！　何もしなかった愚民どもが僕たちに忠誠を誓い、仕えるなんて当たり前の話じゃないか」

「その勇敢な先祖とやらが、今のお前を見たら泣くだろうよ」

「おい、貴様…………今、何と言った？」

クルマとの会話に頭を痛める魔王であったが、悠も不気味な沈黙を続けていた。彼女なりに、今後の何かを思案しているのであろう。

　魔王はイライラした気持ちを抑えるべく、煙草に火を点け、盛大に煙を吐き出しながら相手を真っ正面から見据える。

「この国の何処を見ても、貴様ら貴族派の述べる血筋とやらが民衆を幸福にしている様子がないではないか。ならば、そんな薄汚い血など下水に流した方がマシだ！」

「貴様…………トランスでも決めているのか⁉　我らの尊き血筋を何だと思っている！」

「貴様の述べる、尊き血筋とやらは民衆を痛めつけるだけか？　地下牢に居たような子供たちを生み出すだけか？　そんな犬畜生にも劣る血など、この世に存在する価値がない！」

「こ、ここ殺せ…………この乱心者をッッ！　打ち殺してしまえ！」

　クルマの命に千名もの兵が動き出したが、その命脈は既に死神が握っていた。

　文字通り、死神の鎌のような形をした特殊能力「ＳＨＡＤＯＷ　ＥＤＧＥ」の発動である。

　かつて、ベルフェゴールの巨城を一撃で打ち砕いた地獄のような攻撃であったが、それが人に向けられては、どうにもならない。

　ケチな盗人の家に、大気圏外からピンポイントで弾道ミサイルでも撃ち込むようなものだ。

　咥えた煙草から煙を吐き出しながら、魔王は早々と別れの挨拶を告げる。

「地獄と呼ばれるものがあるなら、お前らはそこで一生焼かれていろ――――」

　死神の鎌が超高速で一回転し、千名の兵は声を上げる暇もなく、上下に分割された。クルマは何が起こったのか理解できなかったが、振り返った光景に絶叫を上げる。

　自慢の兵が、そこに一人も残っていなかったからだ。

「な、なななにが、何が起きたぁぁ⁉　ききき貴様は何だ！　ぼぼ、僕に近寄るな！」

クルマの狂態を尻目に魔王は地面に散らばった様々な武器を手に取り、アイテムファイルへと収納していく。それも、一つ一つにケチをつけながら。

「何だ、このナマクラは……こっちも重さだけ。このナイフも装飾だけではないか」

かつての会場に実装するため、この男は古今のあらゆる武器を入念に調べ上げ、検証し、その実用性を考えながら採用してきただけあって、物にこだわりだすと小煩い。

と言うより、非常に面倒臭い性格になる。

だが、そんなボヤく姿にクルマは何らかの活路を見出したのか、見当違いなことを叫ぶ。

「な、何だ、価値のある武具を求めているのか⁉　な、なら、僕に任せたまえ！」

「お前を生かしておいたのは、最後の仕事をして貰うためだ」

「し、仕事⁉　ぼ、僕の能力を見抜くとは中々の目をしているじゃないか！　どんな仕」

クルマの言葉を遮るように、魔王は悠へと声をかける。

それは、地獄すら生温《ぬる》いと思える場所への片道切符であった。

「悠、この男を持ち帰りたいと言っていたな。許可する」

「ありがとうございます、長官！　あらゆる情報を吐き出させて見せます」

「聖貨だ。それ以外のことは、余事だと思っていい」

「…………っ。了解しました」

魔王の静かな剣幕に、悠も緊張気味に頷く。

　悠は蹲《うずくま》るクルマへと近付くと、フルーツでも掴むように頭へと手を伸ばす。先程まで、美しいと思っていた顔は邪悪な何かへと変貌していた。

「ま、待て…………止めろ！　僕を何処へ連れて行く気だ！」

「とっても、良いところよ。キノコが好きなようだから、全身から生やしてあげる」

「ふ、ふざけるな！　第一、そ、外には4万もの兵がいるんだ！　貴様ら、生きて帰れるとでも思っているのか！　生きて帰りたければ、僕を解放しろ！」

「貴方のお仲間なら、今頃、私の同僚が鳥か獣のように撃ち殺しているわよ？」

「ハッタリもいい加減にしろ！　我ら栄えある貴族派の騎士団に敗北などないッ！」

　外の様子を知らないクルマからすれば、当然の反応であったろう。

　しかし、現在の要塞は阿鼻叫喚と化しており、あの光景を目の当たりにした日には、常識など頭から吹っ飛ぶに違いない。

「心配しなくても、お姉さんがたっぷり指導してあげる。貴方は幾つ、長官に無礼な口を利いたのかしらね？　その数だけ兆単位の再教育が続くわよ」

　万力のように頭を締め付けながら、悠は予備バッグの中にクルマを放り込む。ドナの甥であり権勢をほしいままにしてきた男の最期は、何とも呆気ないものであった。

　ぶつぶつと愚痴りながら武器を拾う魔王の背に、悠が遠慮がちに声をかける。

「長官、終わりました。それと、聖貨の件についてですが」

「…………ん」

「以前から指示を受けていたこともあり、私の方でも調べていたのですが、あれは貴族にとって最後のお守りのようなものであると結論付けました」

　この件に関して、思ったような成果が得られていないことに忸怩《じくじ》たる思いがあったのか、悠はこれまでの調査結果を報告する。

「………最後の、お守り⁇」

　聞き慣れない言葉に、魔王が立ち上がって振り返る。その周囲には上下に二分割された死体があちこちに散らばっていたのだが、二人はまるで気にならないらしい。

「聖貨は小さく、重さもないため、子供でも持ち運びが可能です。家が没落した際には、最後の隠し財産として打って付けであるとか」

「ふむ………」

「親から子へ、子から孫へ。どれだけ困窮しようと、お守りには手を付けず、次世代へと繋いでいく家訓、いえ、特有の文化が存在するようです」

「なるほど、興味深い話だ………いや、面白いな」

　この男はこう言った、歴史や文化を感じさせるような小話が嫌いではない。貴族、と呼ばれる連中のしぶとさや、強《したた》かさなど、新たな一面を垣間見たような気分でもある。

「そんなものを強引に回収すれば、人心が離れかねんな。だが、ここの連中からは話が別だ」

　国内での馬鹿げた権力闘争や、地下の悲惨な光景でも思い出しているのか、その言葉には全く遠慮というものがなかった。

それを聞く悠にも遠慮や、慈悲などがある筈もない。

「はい。時に、長官はゴルゴン商会との取引で、聖貨を要求したとか」

「あぁ、21枚の聖貨を受け取ることになっている。石炭に関しては通常の金で取引するが、今の私には聖貨の方が重要だ」

それを聞いた悠は深々と頷き、クルマを徹底的に絞り上げる決意を固める。クルマにとっては災難でしかないが、これも因果応報の類であるのかも知れない。

これからクルマが体験するであろう、地獄の時間を思えば、痛みすら感じる暇もなく二分割にされた兵たちは幸福であったとすら言える。

「北方では宮王子が側にいたようですが………この件に関しては、必ずや同等か、それ以上の結果を出してみせます」

北方へ赴いた際のユーリティアスでのトラブル、ゴルゴン商会との取引。

悠はそれらに全く関わっておらず、ましてその側には蓮がいたのだ。彼女からしてみれば、心安らかにいられる状況ではない。魔族領へ赴いた際にも茜が側におり、悠からすれば、外での活動に関しては一歩も二歩も遅れているという認識なのだ。

「………競う必要はないが、期待しているぞ」

魔王は蓮と悠が争うことに根源的な恐怖を感じているのか、震えそうになる声を抑えながら、辛うじてそう告げた。

とは言え、元より水と油のような二人であり、ここの争いは避けて通れないであろう。

魔王は現実逃避するように、玉座の間へと視線を向ける。

「では、ここの主とやらに挨拶といこうか」

「…………はい、長官」

悠はさり気なく、カップルのように腕を組み、ウキウキとした足取りで並ぶ。その姿だけは、何とも惚気《のろけ》たものであったが、ドナからすれば地獄からの使者そのものである。


――智天使の門番《ケルビムゲートキーパー》　玉座の間――


辿り着いた部屋の前には、人を威圧するような巨大な扉が鎮座していた。

本来は門番が来訪者の名を高らかに告げ、厳かに開閉するものである。が、この二人がそんな形式を守る筈もない。

突然、現れた異装の二人を見て門番が声を荒らげる。奇妙な翼を付けた姿を見て、酷く酔った諸侯の誰かが、仮装パーティーでもしているのかと思ったのだ。

「何者であるか！　ドナ様に拝謁を願うのであれば、酔いを醒まされよ！」

「せめて、その装束を…………そのような格好では、とても取り次げませぬ」

門番の反応を見て、魔王はしみじみと思う。馬鹿げた古い要塞に、分不相応な庭園、地下牢に加え、トドメに玉座の間で拝謁である。

不愉快なツアーでも回らされているようで、単純に気分が悪い。

「拝謁、拝謁ときたか…………生憎だが、私は豚に下げる頭は持っていない」

そんな魔王の言葉に、門番二人は面食らったように狼狽する。貴族派の首領たるドナに、そのような口を利くものなど存在すらしなかったからだ。

　このような暴言を許せば、自分たちまで罰せられると思ったのか、門番が声を荒らげる。

「きさ、貴様！　ここが何処であるか判っているのか！　畏れ多くもド……むごごっ！」

　悠の手が素早く動き、門番の唇が縫合糸によって縫い付けられた。外科手術の中で縫合などはよく使われるものだが、口を閉じさせるために使われた例はまずないであろう。

「長官、無礼な口を縫い付けておきました」

「う、うむ………」

　それを見たもう一人の門番は、慌てて剣を突き付ける。酔った諸侯ではなく、刺客の類であると遅まきながら気付いたのであろう。

「刺客か!?　おのれ、大胆にも正面か……あぁぁぁぁぁ手がぁぁぁぁぁむごごごッッ！」

　ぽとり、と剣を握っていた右手が地面へ転がり落ちる。

　無論、これも悠の処置であるが、血などは一滴も出ておらず、不気味な光景であった。

「長官、無礼な手を切り落とし、ついでに口も縫い付けておきました」

「み、見事な処置だな………」

　本来であれば、原形を留めぬほどに切り刻まれてもおかしくなかったが、今は魔王と腕を組み悠としては非常に良い雰囲気である。

　この雰囲気を、モルモットの血などで汚したくはなかったのだろう。

無論、唇を縫合し、腕が切断されるような状況を「良い雰囲気である」と魔王が考えているかどうかは別の話であるが。ともあれ、これ以上、長居したくなくなったのか、魔王は盛大に扉を蹴破って玉座の間へと踏み込む。

突然の闖入《ちんにゅう》者に、室内に居た者たちが一斉に動揺した声を上げた。

「な、何事であるか！　外に居た門番はどうした！」

「あの翼は………何のつもりだ………」

「ド、ドナ様、これも何かの催し物なのかしら………？」

部屋の中をぐるりと見回すと、百名ほどの人間が居たが、その誰もが目を見張るような高価な衣装に身を包んでおり、ここが貴族派の心臓部であると肌で実感することができた。

奥に鎮座する玉座には、でっぷりと肥えたドナがふんぞり返っており、あれがボスであると、魔王は即座に理解する。

あちこちに置かれたテーブルには、豪華な食材が並べられ、舞踏会さながらの景色だ。

ここは貴族派の中でも特に高貴な者、それらが同伴してきた煌びやかな女たちが並んでおり、凄惨な地下牢を見た後では、この部屋の豪華さは浮世離れしたものがあった。

魔王はテーブルの上に並べられたリンゴを掴み、軽く頬張る。

「ここには物が溢れているというのに、地下の子供たちに与えようとは思わなかったのか？」

その声を聞いて、静まり返った室内から怒号が響く。

いきなり現れ、無礼な口を叩く大馬鹿者に、我慢の限界がきたのであろう。

「地下だと？　貴様は何者だ…………武断派の刺客であるか！」

「…………問いへの返答は？」

「ふん、汚らしい数字どもなど、己の糞尿でも食らっていればよい！　我らの——」

言葉の途中でパンッ、と破裂音が響く。

見ると、怒号を上げていた男の顔が無くなっていた。辺りに散らばった肉片や脳漿を浴びて、女たちが一斉に悲鳴を上げる。

魔王がリンゴを投げた結果であるが、この男が本気でやれば砲丸のようになるらしい。

突然の展開に、玉座の間に悲鳴や絶叫が響き渡ったが、魔王はそれらを無視するように無言で玉座へと歩み寄る。

近付いてくる男に、黒い翼に、ドナは豚のような悲鳴を上げた。

「な、何なのだっ、貴様は！　このワシを誰だと思っておる！　平伏せんかッ！」

「予想に違わぬ醜さだな——？　男は歳を重ねる度に、その精神が面《つら》に出る」

「きさ、だ、だだだ誰に向かって口を利いて……ぶがぴッッ！」

魔王が無言で前蹴りを放ち、ドナの顔面が押し潰される。

軽々と放った蹴りは鼻骨を砕き、全ての歯をへし折った。別にダメージを与えようとした訳ではなく、声を聞くのも煩わしかったのだろう。

玉座から転げ落ちたドナの頭を掴み、魔王がそれを引き摺っていく。

醜い豚を、黒い刃のような堕天使が連れ去る——

信心深い者が見れば、天罰が下ったと評するかも知れない。

だが、この男が今からしようとしているのは天罰でも何でもなく、もっと即物的で、以前から考えていたことを実行しようとしているだけであった。

先程まで王であった男が無造作に運ばれていく姿を見て、貴族の一人が声を上げ、煌びやかな女たちも甲高い声で口々に叫び出す。

「ま、待たぬか！　ドナ様を、いや、貴様らは何者なのだ！」

「私たちを誰だと思ってるの！　そんな翼まで付けて、虚仮威《こけおど》しのつもり!?」

「汚い手でドナ様に触れるでない！　立場を弁えんかッ！」

「誰かお願い、この乱心者を取り押さえて！　トランスで頭がやられているのよ！」

魔王は一度足を止め、辺りをぐるりと見回す。そこには様々な衣装に身を包み、口汚く罵ってくる人間の群れがいたが、この男が聞きたいことは一つだけであった。

「お前たちも一応、人間なのだと思う……そう思いたいのだが、あの子らを、数字部屋を見ても何とも思わなかったのか？」

「何が数字よ！　高貴な私たちと、あんな愚民の汚らしい血を一緒にしないでッ！」

魔王はそれに対し、何の返事もせずに一つだけ頷いた。

これ以上、語ることはないと思ったのだろう。

「戻るぞ、悠」

「長官、ここの者たちは如何しましょうか？」

「ん？　ここに居るのは、人の形をしたナニカなのだろう。何の価値もない」

「…………はい♡」

それは、主従の以心伝心であったのかどうか——魔王が無言で差し出した手に、悠は恭しく手榴弾を載せ、自身は両手一杯のそれを笑顔で抱え込む。

魔王は無造作にそれを天井へ放り投げ、悠は属性スキルを乗せた破滅的な量の手榴弾を室内へバラ撒いた。

天高く放り投げられたそれらが床に転がった頃、二人の姿とドナが《全移動》で消える。

数秒後、玉座の間に凄まじい轟音が響き渡り、室内にいた者たちは残らず蒸発した。

その後、数字部屋へと舞い戻った魔王は、生ゴミでも捨てるように豚を放り投げる。

ドナの姿を見た子供たちは、顔を引き攣《っ》らせ、体を震わせた。自分たちを散々に甚振ってきたその首魁なのだから、恐怖と憎悪しかない存在であろう。

ホワイトもドナの姿を見て、何とも言えぬ表情となった。

その哀れで、無様な姿に対し、同情すればいいのか、それとも罵ればいいのか、感情の始末が追いつかなくなったのだ。

「ドナ、貴方は…………」

「おぼぉぉ！　ホワイニョしゃま！　ワ、ワヒをはふけ…………！」

「貴方を処断するのは私ではなく、ルシファー様です」

「るるるし……！　ふぉんな男が、天使様のはふが…………！」

ドナとホワイトが交わす会話など耳に入っていないのか、魔王は子供たちを前にして、日常の雑談でもするように語り出す。

「私は元々、犯罪者に対して被害者が直接罰することができる制度を望んでいてね。もしくは、遺族でも構わない。犯罪者どもを刑務所へと入れ、税金で三度の飯を食わせるなど、浪費でしかないという考えの持ち主なのだよ。いっそのこと国外へ追放し、紛争地域などで地雷除去などの仕事に就けるのも良いと思っていた。殺す手間も省けるというものだ」

子供たちには判らない。

この得体の知れない力を持った存在が、何を言っているのか。

子供たちの目に映るのは、恐ろしいほどに研ぎ澄まされた、刃の如き美しい容貌と、その背を覆う漆黒よりも尚深い、黒き翼のみである。

「この男を憎いと思うのであれば、人任せにせず、自らの手で剣を取りたまえ。復讐する機会を私が与えようではないか」

そう言いながら、魔王は次々と剣や斧をバラ撒く。

銀色の光が、禍々しい形容をした剣や斧が、子供たちの前に並ぶ。誰もが息を飲む中、一人の少女が立ち上がり、強い視線を魔王へと向けた。

彼女の目は「本当に良いの？」と問うているようであり、魔王は無言で頷く。

「ふぁめ、やめ、ふぁしをたれと思って…………！」

「う…………ああああぁぁぁぁッ！」

喉の奥から絞り出したような絶叫と共に、少女は小さなナイフを握り締め、それをドナの腹部へと振り下ろす。ドナの体が跳ね上がり、手を振って逃げようとしたが、長年の飽食で覆われた肥満体では、逃げることもままならない。

少女は次に、這いながら逃げるドナの右太腿を刺し、更に手を刺した。それを無言で見ていた子供たちも次々と立ち上がり、武器を手にしていく。

満足気に頷いた魔王が振り返ると、そこには口を曲げて嗤う魔女が居た。

「悠、この豚は簡単に殺すな。子供たちの気が済むまで、延々と治療してやるといい。最終的にどう処分するのかは、お前に一任する」

「お任せ下さい、長官！」

魔王の言葉に、思わず悠の口が三日月のように吊り上がる。この醜悪な生き物を、どう使って遊ぼうかと、喜悦を抑えかねているような表情であった。

「では、ここは任せる。行くぞ、ホワイト————」

これ以上、ここには用がないと判断したのか、魔王はホワイトの腰を引き寄せ、《全移動》への態勢に入る。それを見たドナは最後の力を振り絞り、力の限りに叫んだ。

「だ、だじげてぐれぇぇぇぇ！　ワジは、ワジがどれだけこの国の！　お前は、わわがしの妻！わたしの妻な………ぶぎぃ！」

別の少女がドナの頭を蹴り飛ばし、次々とその体に凶器を振り下ろす光景を見て、ホワイトの顔に何とも言えないものが浮かぶ。

それは同情でもなければ、情けでもない――純然たる侮蔑であった。この地下での光景を見て、ドナの助命を頼もうと思うほどホワイトも甘くはない。

「貴方の妻になど、絶対にお断りします！　わ、私が嫁ぐのは…………っ」

ホワイトは自らの腰を引き寄せる堕天使を見上げ、その目を潤ませる。

この要塞に訪れてからというもの、彼女から見た堕天使は余りにも颯爽としており、その鋼も断ち切るような果断さや、鮮やかな立ち振る舞いに惹かれっぱなしであったのだ。

大いなる光に歯向かい、夜を支配した稀代の反逆者――その伝承に、全く引けを取らない存在であり、むしろ伝承の方が今では霞んで見えるほどである。

魔王はホワイトからの熱視線に内心でヒヤヒヤしながら、全移動でそそくさと姿を消した。

黒き羽が降り注ぐ、幻想的な石牢の中で――

凶器を握る子供たちが、ドナへとにじり寄る。狂乱の宴はそろそろ終わりに近付こうとしていたが、ドナの悪夢はまだ始まったばかりであった。

そして、ここで新たに命を与えられた9名の子供たちが――

後に、泣く子も黙る九内伯斗の熱烈な親衛隊、ＮＩＮＥの最高幹部へ駆け上がっていくなど、神ならぬ悪魔の悪戯としか思えぬ結果を生むこととなった。

完全制圧

魔王が地下へ潜っていた頃、要塞内は名状しがたい混乱に陥っていた。

田原の指揮下にある銃器の群れが、貴族派の兵を容赦なく撃ち殺し、時に、怖気が立つほどの一斉射撃で数千という数を秒単位で仕留めていくのだ。

人間は理解し難い現象を目の当たりにした時、理性などは溶け果て、そこから遠ざかることしか考えられなくなる。

彼らからすれば、とんでもない速度で台風が接近してくるようなものであったろう。少しでも現場から離れ、身を守りたくなるのは当然の話であった。

そんな逃げ惑う人間の群れを見て興奮しているのか、魔王が手懐けた白象は彼らの背を追い、容赦なく踏み潰していく。

中には矢を放ち、勇敢にも槍を突き立てる者もいたが、戦象として鍛えられた皮膚はそれらをまるで寄せ付けず、更に興奮させる結果を生んだ。

「どういうことだ！　何故、ボクロク殿の戦象が我らに刃向かう！」

「そんなこと知るか！　とにかく逃げろ！」

「逃げろ逃げろ逃げろ！　ここに居たら死ぬ！」

「貴様ら、それでも騎士か！　貴族派としての誇――――あ、ぎ？」

馬上から指揮をとっていた人物の首が、コロリと落ちた。

黒い影が戦場を駆け抜ける度に、将官クラスの首が次々と落ちていく。無論、将官を狙い討ちしているのはアズールである。

彼は鋼糸を使っては首を落とし、時に毒塗りのナイフを投げては敵を無力化していく。将官を失った集団は歯止めが利かず、戦場を逃げ惑うだけの存在となった。

この要塞には魔王が蹴破った表の城門と、密輸を行う裏門の港、この二カ所しか出口がない。当然、人の流れはその二カ所へと集中していく。

だが、城門から逃げ延びた幸運な者は、ごく僅かであった。

そこに、レオンが槍を片手に立っていたからである。魔王との戦いで疲弊したとはいえ、今の彼はかつての主君、その姫との再会を約束されているのだ。

城門に一人で立つ彼の覚悟が、尋常なものであろう筈がない。貴族派の将兵は、レオンの姿を見て錯乱したような声を上げた。

「貴様、そこをどけ！　一人で何のつもりだ！」

「我らの邪魔立てをする気か！　えぇい、この雑草を早く殺してしまえ！」

「ここを通りたければ、我が屍を越えていけ――――」

レオンは短くそう告げると槍を掲げ、《纏雷天槍》を発動させた。あの魔王がビビり散らかし、逃げるしかなかった驚異の雷魔法である。

貴族派の将兵などが、これに太刀打ちできる筈もない。

城門は一瞬にして阿鼻叫喚の地獄と化し、これに近付く者は串刺しになるか、黒焦げになって大地へ転がることとなった。

それを見た貴族派の将兵は、裏門の港へと殺到したが、そこに待ち構えていたのは暢気な姿で一服をしている田原であった。

「よぉ、遅かったじゃねぇか。楽しい祭りも、終わりが近付くと寂しくなんよナ？」

貴族派の将兵からすれば、何が祭りだと叫びたかったであろう。彼らは戦場で鳥か獣のように追われ、一方的に撃ち殺されただけなのだから。

暢気に一服をする田原の前には、Ｍ１３４ガトリングガンが設置されており、それを見た将兵の顔が蒼白になっていく。

今ではあの物体が、どのような攻撃を仕掛けてくるか、彼らも身を以て知っている。

「ま、待て！　ここで見逃せば、後で褒賞をくれてやる！」

「そ、そうだ！　私なら領地を用意してやってもいい！」

「いいや、私ならベリツ地方の田園を与えてやるぞ！　私だけは見逃してくれ！」

「貴様、我々を犠牲にして一人だけ助かろうとするのか！」

田原はそれらを聞き流しながら、Ｍ１３４をポンと叩く。

それが合図であったのか、銃口から嵐のような弾丸が吐き出された。この銃は一分間におよそ４千発もの弾丸を吐き出す怪物なのだ。

この機関銃を前にしては、人の群れなど格好の餌食でしかない。

港へと殺到し、すし詰め状態となっていた彼らは、まるで人形劇でも演じているように喜劇をなぞり、裏門を赤一色に染め上げた。

その死は鋼鉄と鮮血に塗れ、何とも無残なものであったが、これまで彼らが服従を強いていた民からすれば、喝采を上げたくなる光景であったかも知れない。

大方の指揮官を始末したのか、裏門へと回ったアズールは一面の鮮血に染まった景色を見て、思わず息を呑む。

彼はかつて、暗殺を生業としてきた男であり、死体など見慣れたものであったが、この光景は余りにも現実離れしたものであった。

「アズールじゃねぇか。向こうの様子はどうだぁ？」

この悲惨な現場を作り上げた張本人は、美味そうに一服しており、いきつけの居酒屋で寛いでいるような雰囲気すらあった。

「…………表の城門にはレオン将軍が。逃亡する貴族派の将兵を討っているようです」

「あいつかぁ、長官殿が機嫌良さそうに遊んでたナ。やっこさんはボロボロになってたが」

そう言いながら、コロコロと田原が笑う。

彼からすれば、ライオンが猫と戯れているような姿に見えていたのであろう。

ライオンの方はじゃれているだけなのに、相手はボロボロになってしまい、遊び相手が居なくなるというやつだ。

実際、魔王が最初から本気で戦っていれば、全く別の展開になっていたであろう。

「あのレオン将軍まで懐柔し、貴方がたは何を目的としているのです………」

「ん？　そりゃ国獲りってやつだろ。他に何があるってんだ」

「………何のために、国を欲するのですか？」

言いながら、アズールは愚かなことを聞いていると思った。

だが、問わざるを得なかったのだ。この常軌を逸した怪物たちが、これから大陸で何をしようとしているのかを。

「何のために、ねぇ………哲学的な問い掛けじゃねぇか。なら、答えは一つだナ」

「それは？」

「――――〝面白ぇ〟からだよ。自分たちの手で、世界を創るのが」

「世界を、創る………？」

予想外の返答に、アズールは軽い眩暈《めまい》を感じた。

発想からして、根本的に違うと。

こんな怪物たちが描こうとしているストーリー、その桁違いの規模に、生物としての根源的な差でも突き付けられたような気分であった。

「何より、俺の大天使が平和に、のびのびと暮らせるようにってナ」

「大天使、ですか………」

さり気なく放たれた言葉に、アズールの肌が粟立つ。

彼もまた、堕天使の翼を身に纏う恐ろしい存在を遠目から見ていたのだ。

あの鉄壁の城門を軽々と蹴破り、顎一つで怪物たちを動かす理外の存在を。ライト皇国が誇る疑似天使を、一撃で鉄屑に変えた姿もアズールはその目で見ている。

そんな連中の口から出た大天使など、とても冗談の類とは思えない。

「まるで、神話の中にでもいるようですね……本当に、これが現実であるのかどうか、今でも疑わしく思っています」

気が付けば、国内で最大の勢力を誇っていた貴族派が丸ごと消滅しているのだ。これが夢ではなく、現実であると認識するには少々、時間がかかりそうであった。

「だっはっはっ！　村にいるマダムが言うにゃ、長官殿の口から出た言葉は、何でも全部現実になっちまうんだってよ。俺も同感だわナ」

アズールからすれば、この怪物の口から出る言葉の全てが、衝撃的なものばかりであった。

今更ながら、生き延びたことが奇跡としか思えない。

「それで、地下の子供たちはどうなったのでしょうか？」

一番聞きたかったことを、アズールは最後に問うてみる。

何処までも慎重な、彼らしい事の運び方であった。

「さっき、悠から通信が入ってナ。無事に保護したらしいが…………」

「が？」

「どうも、9人いたってんで驚いてンだわ。ったく、参っちまうよナ…………」

「9人の、その、何か問題でも⁉」

頭を掻く田原の姿を見て、アズールは動揺した声を上げる。普段は冷静な彼も、あの子たちに関しては生の感情が出るようであった。

「心配すんナ。俺や悠が、長官殿の描く構想にまるで追いつけてねぇってだけの話だ」

構想も何も、あの男には何もないのだが、田原からすれば苦い話である。全て見通した上で、この場に、このタイミングで、足を運んだとしか思えなかったからだ。

「………それは、あの子たちにとって悪しきことなのでしょうか？」

「いんや、逆に目を掛けられてるってこった。そのガキどもは、ツイてやがんナ？」

「そう、ですか………」

これ以上、何かを聞くのが怖くなったのか、アズールはそこで質問を止める。今はとにかく、命があっただけでも祝うべきであろうと。

「ざっと掃討も終わったみてぇだが、外から新しいお客さんが来たみてぇだナ」

田原は地面に耳をあて、その音から数まで読み取る。

それは多くの馬が立てる馬蹄の響きであった。新しいお客という単語に心当たりがあるのか、アズールは沈痛な面持ちで告げる。

「貴族派に寝返った聖堂騎士団、３千の軍勢でしょう」

アズールのその言葉には、色んなものが含まれている。今更、３千の兵などが現れたところで焼け石に水どころの騒ぎではない。

文字通り、一瞬で蒸発してしまう未来しか見えなかったからだ。

「さて、長官殿も来たみてぇだし、すぐに消えンだろ。んじゃ、城内の探索にいくどー。お宝の探索に書類集めに、忙しくならぁナ」

「お待ち下さい！　子供たちは今、何処にいるのです？」

「ん？　心配すんナ。俺のおっかねぇ同僚のところで、元気に豚さんと戯れてるんだとよ」

「そ、それは、どういう意味なのでしょうか……？」

「………認めたくはねぇが、悠に保護されるってのは、世界で一番安全な場所でもあってナ。お前さんが気に病む必要はねぇよ」

　実際、田原の言う通りであった。

　その謀略や政治面における働き、戦闘能力や治癒能力などを加味すれば、悠に保護されるのは安全という観点から見ればピカイチである。

　無論、彼女の思想と教育が、後に子供たちを熱狂的なＮＩＮＥの最高幹部へと変貌させていくことになるのだが、それはまた別の話だ。

　アズールは田原の言葉を何度も反芻《はんすう》したが、答えには辿り着けなかった。瀕死の状態にあった子供たちが、元気一杯にドナへ凶器を振り下ろしているなど、想像も付かない姿である。

「豚と、戯れる………豚と………？」

「ほれほれ、考えるだけ無駄だっての。長官殿と悠はほんっと、似た趣味してっからナ」

　言いながら、田原は遠慮のない足取りで城内へ進んでいく。まるで、以前から自分たちのものであったかのように。

アズールとしては、その背を追わざるを得ない。

「まずは必要書類の確保が最優先だ。戸籍関連を押さえんぞ。土壌野郎が知らねぇ隠し部屋とかもあんだろうし、案内してくれや」

「土壌……豚……戯れる……」

鼻歌交じりに歩く田原の後を、アズールは呆然と呟きながら追う。

その頃、城門には3千もの軍勢が接近しつつあったが、異変に気付き、足を速めていた。

「何が、起きている……どうして、こんなことに……」

聖堂騎士団の長、ヒヨリミは目の前に広がる光景を見て愕然と立ち竦む。

鉄壁を誇る大城門はどういう訳か無残にも打ち破られ、城内には貴族派の将兵が死骸となって積み重なっているのだ。

生きている者も稲妻のように光り輝く騎士に獣のように追い立てられ、次々と黒焦げの死体となって転がっていく。さながら、生き地獄である。

「何故、城門が……それに、あの騎士は何者だ！　この不快な音も！」

耳をすませば、聞いたこともない破裂音が断続的に響き渡り、要塞内は何処もかしこも悲鳴で溢れ返っていた。

ヒヨリミは目の前に広がる光景がまるで理解できず、呻き声を洩らす。

彼はこの内戦の趨勢を見極め、いよいよ貴族派へと与することを決意したのだが、その行軍は何とものんびりとしたものであった。

4万もの軍勢を集め、大要塞に篭るドナが無理をして動く必要などない。貴族派の勢いに靡く勢力を吸収しつつ、座していれば勝手に勝利が転がり込んでくるのだから。

先に貴族派へ寝返った参謀長は2千もの私兵集団を掻き集めており、ヒヨリミが率いる3千を合わせれば5千の軍勢となる。

4万に加えて、更に5千――

こうなれば、聖城は戦うことなく降伏を選ぶだろうと判断したのだ。ヒヨリミの計算は、それほど間違っていなかったし、そうなる可能性もあった。

だが、その計算の中には魔王というイレギュラーが入っていなかったため、机上の計算は全てご破算になってしまった状態である。

(何を、見誤った………⁉　何を、間違えた…………この秀才である僕が…………!)

ヒヨリミは平民出身でありながら、聖堂騎士団の団長にまで登り詰めた人物である。決して、無能な男ではなかったが、その視野は神都や聖城の一部のみであった。

狭い政局の中でしか物を見ることができず、大局的な視野など持ち合わせていない。

惨劇、としか言いようがない要塞の内部を見て、兵たちも次々と動揺した声を上げた。

「何ということだ………まるで、地獄絵図ではないか…………!」

「団長、これはいったい…………」

「何が起きてるんです、団長!」

ヒヨリミは怒鳴り返したい気持ちを抑え、騎士団のリーダーとして何とか虚勢を張る。

「ぶ、武断派の一部が急襲したのかも知れんな………」

苦しい言い訳だと思いつつも、ヒヨリミとしてはそう答えるしかない。

武断派が北方を空にして、長期遠征を実行するような体力も財力もない、と踏んだからこそ、彼らは寝返ったのだから。

実際、武断派が遠征をおこなったとしても、その数は5千程度が限界であったろうし、その数ではドナの要塞を打ち破ることは困難であったろう。

そんな彼らを見下ろすように、城壁の上から恐るべき存在が現れた。

「ホワイト様………！　それに、何者だ……あの男は………」

それは高所から、下界を見下ろす堕天使の姿であった。

隣には、天使の輪を装備した聖女ホワイトが並んでいる。月下に映る両名の姿は、何処までも幻想的であり、現実のものとは思えぬ幽玄さがあった。

漆黒の波動を放つ黒翼と、神聖な光を放つ天使の輪。相反する二つの輝きは見る者を惑わせ、脳まで酩酊させるようである。

ヒヨリミはこの理解し難い状況に混乱したのか、咄嗟に言い訳を口にした。

「ホ、ホワイト様、何か誤解があったようですが、我々は裏切った訳ではありません！」

そんなヒヨリミの声を聞いて、騎士団の面々も声を合わせる。要塞内に広がる、悲惨な光景を見れば見るほど、貴族派に何かが起きたとしか思えなかったからだ。

ヒヨリミはまだ息がある貴族の横腹を蹴り上げ、懸命にアピールを行う。

「こ、この愚かな貴族め……っ！　平民の敵がぁぁぁぁぁぁぁ！　こ、この僕が本当に寝返ると思ったのか！　貴様らの本性を暴きたてようと、話に乗ったフリをしただけだ！」

団長に倣《なら》え、と言わんばかりに騎士団の面々も死体を蹴り、偽りの忠誠を叫ぶ。そんな眼下の混乱など目に入っていないのか、魔王は可笑しそうに笑う。

「あれが、ここの豚に寝返った連中か。何とも賑やかで、滑稽なものだな」

「ルシファー様は………その、不快には思われないのですか？」

ホワイトからすれば、彼らは到底許せない存在である。

聖女を守り、神都を守護する――それが、彼らの任務であったのだから。

それが、あろうことか貴族派へと寝返り、保身に走るなど何事であろうか。それが人間だ、と言われればそうであるが、ホワイトの立場からすれば納得できる話ではない。

だが、それらを聞いても魔王は頬を緩ませるのみであった。

「私は一つの世界を創生したが、そこには多種多様な人間が居てな。勇敢な者や、夢を追う者、己の世界に入り込む者、卑怯な者、周囲に尽くす者。当然、裏切り者も居た」

「裏切り者、ですか………」

「とは言え、私はシステム上、一度の裏切りは許容することにしていた。むしろ進んで推奨する立場にあったと言える」

「一度の、裏切り………とは？」

「信用も信頼も、周囲からの期待も、何もかもを投げ捨て――私の陣営へ寝返ることだ」

かつて、不夜城攻防戦の際には魔王陣営へ寝返ることが可能であり、これがプレイヤーの間に大きな断絶を生んだ。

魔王陣営へ寝返る理由は様々であり、単純に勝つ側へ付きたいと思う者や、推しの側近と共に戦いたいと願う者、寝返ることでしか得られないスキルや、装備を求める者もいた。

戦いの最中も、終わった後も、両陣営は相手を煽り倒し、完全に祭りであったと言える。

かつての一幕を思い出しているのか、ひとしきり笑う魔王であったが、それを断ち切るように表情を一変させた。

「但し、二度裏切るような者に用はない――――」

魔王の鋭い眼光が、下界のヒヨリミを捉える。高所で交わされる、弾劾めいた会話に危機感を覚えたのか、ヒヨリミや騎士団の者が懸命に叫ぶ。

「お、お待ちを！　ホワイト様、僕は心底から裏切ったのではありません！」

「そ、そうです！　私どもは国を裏切ったりはしません！」

「わ、我々はむしろ、団長に唆されて！」

「何をぉぉぉ！　貴様、勝手なことをほざくなッ！」

それらの叫びに、ホワイトはもう反応することはなかった。正確に言えば、もう視界に入っていなかったのかも知れない。

彼女の視線は、隣に佇む堕天使の横顔にのみ向けられていた。眼下を見下ろしながら、魔王もヒヨリミに対し、思うところを正直に述べる。

「神都を守る任務を投げ捨てたかと思えば、次は貴族派へ砂をかける。お前のような男を、誰が信用すると言うのか。お前の選択と決断を、世界がいつでも祝福してくれるとでも？」

「ぼ、僕は間違っていない！　いつだって間違わなかった！　だから、平民の立場からここまで出世できたんだ！　天使様も、この世界も、いつだって僕の味方をしてくれた！」

ヒヨリミは錯乱したように叫び、武器を構えるように命令を下す。ここまでの事態になれば、口封じに両名を殺してしまうしかないであろう。

「こ、殺してしまえ！　あの男が、僕たちの選んだ道を、正しい世界を歪めたんだ！」

苦し紛れの台詞ではあったが、「世界を歪めた」とは言い得て妙であった。

実際、魔王が居なければ、この世界はまるで別の道を辿っていたであろう。この内戦の行く末もヒヨリミの目論見《もくろみ》通り、貴族派の勝利で終わった可能性が高い。

しかし、この世界にもしも、などは存在しないのだ。時計の針は止まらず、家庭用ゲーム機のようにセーブ＆ロードができる訳でもない。

人は誰しも自分の選んだ選択に殉じ、その結末がどうあれ、受け入れるしかないのだから。

ヒヨリミの言葉に腹を括ったのか、騎士団から次々と矢が放たれ、槍が投げ込まれていく。

それを見た魔王は邪悪な笑みを浮かべ、ホワイトを庇うように強引に腰を引き寄せると、その前面にアサルトバリアを展開した。

「ルシファー様………っ！」

「覚えておけ、ホワイト。本当のラスボスとは、相手にも相応の資格を求めるのだとな」

今度は二人の体を包み込むように、純白の八角形のバリアが浮かび上がり、炎や土の弾、氷の槍などを次々に無効化していく。

何十発、何百発、と魔法を食らっても小揺るぎもしないマジックバリアを見て、魔王は安堵の息を漏らす。

(何だよ、このバリア………回数制限とかないんじゃねぇか！　焦って損したわ！)

内心のヒヤヒヤが消えたのか、魔王は込み上げる喜悦に身を委ねる。

その姿は下界の足掻きを嘲笑っているようでもあり、事実――その顔に浮かんでいるのは圧倒的な高所から敵を見下ろす、ラスボスのそれであった。

(な～にが魔法だ！　俺が苦労して生み出したラスボスに、そんなモンが効いてたまるかよ！　半年ＲＯＭってろ！　勝ったなガハハ！)

魔法に怯えていた反動もあってか、その喜び具合は完全に箍《たが》が外れたようであった。

調子に乗った魔王は、そのまま全力で相手を煽り倒そうとしたが、耳に届く小さな声に冷水をぶっかけられる。

見ると、眼下の一角から数字部屋にいた子供たちが声を上げていたのだ。

「ルシファー様～～～～！」

「がんばえー！」

「負けないでーーーーーーーーっ！」

(…………ウッソだろ、おい！　何であの子らが居るんだよ！)

悠としては、これを実地教育に使おうとしたのであろう。

満面の笑みを浮かべる悠とは裏腹に、魔王の顔は気の毒なほどに青褪めていく。

「ルシファー様〜！　負けないでー！」

「悪い人たちを倒して！」

（待て待て、ちょっと恥ずかしすぎるだろ！　俺は戦隊モノのヒーローか⁉）

魔王は恥ずかしさのあまり、何処かに穴があったら入りたい気分であったが、ここまで来ればもう手遅れでしかない。

（ダ、ダメだ！　こういう時は、恥を捨てた方が巧くいく……筈……だ…………ッ！）

元々、詐欺師としての才能に溢れた男である。いよいよ腹を括ったのか、魔王は堕天使っぽく成り切ろうと眦《まなじり》を決する。

眼下のヒヨリミを見るや、大上段から偉そうに言い放ってみせた。

「さっきは世界がどう、とか述べていたが、この世界はお前の味方などではない。強いて言うのであれば、この私に従うのみだ――――ッ！」

夜を支配したとされる堕天使と、大野晶の不遜さが奇跡的にミックスされた台詞であったが、ヒヨリミからすれば、まるで笑えないものであった。

「ふ、ふざけるな！　その得体の知れない障壁は何なんだ！　誰か、あいつを殺せぇぇ！」

「無限の時を費やし、創世した私の世界を消し去りたいと、お前が本気でそう願うのであれば、尋常ならざる覚悟を決めろ」

言いながら、魔王の胸に去来するのは幾つもの激戦。

かつての会場で、不夜城を巡る戦いは激しさを増す一方であり、プレイヤー間の確執も後年は目も当てられないほどであったのだ。

だが。それでも。

世界中に散らばっていたプレイヤーたちは、幾つもの難関を乗り越えて団結し、最後は見事な大団円を迎えたのだ。あれも、一種の神話と呼べるものであったのかも知れない。

胸によぎる最後の瞬間を思い出しながら、魔王は再びソドムの火を握り締める。

「かつて私に挑んできた者たちは………」

――――イカれた執念で、それを成し遂げて見せたぞッッ！

その言葉が終わるや否や、魔王の手から断罪の火が放たれた。黒き炎を纏ったソドムの火が、ヒヨリミの胴体を撃ち抜き、周囲に極連撃の火花を散らせる。

その瞬間、魔王の肉体は軍勢の中央にワープしていた。

属性スキル――「突撃」の発動である。

高速のワープが放つ衝撃波に、兵たちの肉体が木の葉のように舞う。このラスボスには距離を取る、という最低限の回避方法が通用しない。

その身は常に瞬間移動を行い、接近を許した途端、視界が破壊される。

属性スキル――「目潰し」発動！

魔王の手から粒子がバラ撒かれ、視界が砂嵐のようなノイズに覆われる。

方角も、自分の体すら何処にあるのか判らない混乱の中、魔王はその手を振り上げ、ソドムの火を大地へと突き刺した。

属性スキル――「迅雷」発動！

瞬間、大地に途方もない衝撃波が迸り、襲い来る雷撃が３千の兵を飲み込んでいく。それは、見る者を圧倒する光景であったが、魔王は容赦なく最後の一撃を放つ。

「――歓迎するぞ、新たな〝反逆者〟ども。で、夢は見れたか？」

特殊能力――「ＳＨＡＤＯＷ　ＥＤＧＥ」発動！

足元を這うように影が伸び、それが目にも留まらぬ速度で一回転する。

ラスボスとは多くの場合、大多数に囲まれることが多いため、この全体攻撃で周囲の敵を薙ぎ払うように大野晶が設計したものだ。

接近戦を挑むプレイヤーにとって、この特殊能力は非常に厄介なものである。

「私を殺したければ、かつての猛者たちのように研鑽《けんさん》と研究を重ねたまえ。彼らは飽くことなく私に挑み続け、世界をひっくり返してみせたぞ？」

文字通り、雷に打たれたかのように周囲が静まり返る中、砂嵐が徐々に晴れていく。

そこに映ったのは、煙のように消え果ててしまった３千の兵――そんなものなど、最初から存在しなかったような光景であった。

懐から取り出した煙草を咥え、魔王はおもむろに火を点ける。

この戦いを遠目に見ていたレオンは、自然と膝をつき、頭を下げていた。

自分との戦いでは、まるで本気を出していなかったのだと。

（これが伝承に謳われし、ルシファー様の御力か……とても、人知の及ぶところではない）

レオンは力の差を痛感し、恩を仇で返すような格好になったことを深く恥じ入る。

実際は彼の放つ雷魔法や、不気味な再生能力に魔王は完全に腰が引けていたのだが、知らぬが仏であった。

同じく、この戦いの結末を見守っていた子供たちも、一斉に歓喜の声を上げる。

悪気はないのであろうが、魔王からすれば最悪の反応であった。

「勝った！　ルシファー様が勝った！」

「やったぁぁぁぁ！」

「ルシファー様が、あんなのに負ける筈がないもん！　僕は知ってた！」

「あの美しい双翼を見ているだけで、胸が苦しくなるの…………」

（おぉぉい、悠！　これ、どうすんだよ！　俺は責任取れねぇぞ！）

威風堂々と振る舞ってみたものの、魔王としてもどれが正解なのか判らない。只、子供たちの目が異様なほどに輝いていることだけは、確認することができた。

（まぁ、さっきまでの絶望した顔よりはマシか……せめて、そう思うことにしよう…………）

子供たちが見せる初心な反応に、魔王のＳＡＮ値はガリガリと削られたが、しかめっ面をしている訳にもいかず、澄ました顔で視線を送ってみる。

その瞬間、子供たちから爆発的な歓声が上がった。

「ルシファー様がこっちを見た！　僕を見た！」

「違う！　私を見たんだもん！　目が合ったもん！」

「目が合ったのは私！　あんたじゃない！」

（クッソォォォ、昭和のアイドルみたいになってやがる！　誰か助けてくれ！）

敵軍を殲滅しながら悲鳴を上げるという、新たな境地に達した魔王であったが、子供たちからすれば、文字通りヒーローのように映ったのであろう。

「私、決めた………将来、ルシファー様の近くでお仕えするの」

「悠様、どうしたらルシファー様のお力になれますか!?」

目を輝かせる子供たちを見て、悠も艶然とした笑みを向ける。

既に、洗脳教育が始まっているのであろう。

「長官のお側に仕えるのは、とても難しいことなの。でも、大丈夫。私が、私だけが貴方たちを導くことができる。他の大人を信じちゃダメよ」

「「はいっ！」」

子供たちからすれば、悠はズタボロになった自分たちを救ってくれた女神も同然である。何も疑うことなく、その言葉に強く頷いた。

こうして、未来のＮＩＮＥが生まれつつある中、魔王の下に田原から《通信》が入る。

その内容は隠し部屋の所在と、檻に囚われた不思議な生物に関するものであった。檻と聞いて魔王の頭痛が酷くなる。

（檻だと……⁉　あいつら、まだ何かを閉じ込めてんのか！　いい加減にしろよ！）

　地下の数字部屋を見た後では、とても無視できるような言葉ではない。魔王は悠に《通信》を飛ばし、後始末を任せることにした。

《悠、私は城内に戻る。子供たちとホワイトのことを頼む》

《了解しました、長官》

　城内に戻った魔王は、見慣れぬ執事服の男へと目をやる。

　そこに立っていたのは絵に描いたような凄まじいイケメンであった。流れるような青い髪に、ラピスラズリを思わせるような深い蒼色の瞳。

　その佇まいからして、完全に別格の男であった。

（何だ、このイケメンは！　お前、乙女ゲーとかに出てくるキャラじゃないのか⁉）

　完璧なイケメンっぷりに魔王は素直に驚いたが、アズールも堕天使の翼を纏う超高次元存在を目の当たりにし、全身から込み上げる震えに体が左右に揺れた。黒い刃のように研ぎ澄まされた容貌、神秘を感じさせる長い黒髪。

　そして、何より――――ありとあらゆる生物を、奈落の底へと突き落とすような鋭い眼光。

　目の前にいるこの存在こそが、神話に謡われし稀代の反逆者、堕天使ルシファーであることをアズールは肌で実感した。

　畏れであるのか、慄きであったのか、揺れるアズールの背を、田原が力強く叩く。

　この段階で緊張してたら、後が持たねぇぞと言わんばかりに。

「長官殿、こいつはアズールってんだが、見ての通りのイケメンでナ。執事服もちゃ～んと様になってんだろ？　マダムの補佐役にピッタリだと思うンだわ」

「なるほど――――」

　魔王の鋭い眼光が、アズールの頭から足のつま先まで品定めするように移動していく。

それだけで、アズールは全身の骨が粉々に砕かれるような思いであった。無論、魔王としては別に悪意などなく、映画にでも出てきそうな美男子を、まじまじと見ていただけである。

「地下のガキどもの面倒を見てたみてぇでナ。今後は父親代わりになって貰おうと思ってる」

「…………ふむ、悪くない案だ」

「貴族の奥様にもウケそうだろ？　こいつ狙いで、客まで増えんじゃねぇかナ」

「容姿は武器になる。この男は使えるな」

　アズールの意思などお構いなしに主従の会話は進み、やがて隠し部屋の一つへと辿り着く。

　室内にある本棚を動かすと、地下へと下りる秘密の階段が現れる古典的なものである。下りた先には幾つもの小部屋があり、そこには様々な品が詰め込まれていた。

　金銀はもとより、高品質の湖糸、錦繍、更紗、蘇芳、鍍金に用いる水銀、鹿革、鮫皮、象牙、珊瑚珠、真珠、胡椒、肉桂、丁字、乳香や白檀まで、数え切れない。

　オリーブ油や岩塩、羊毛や絹織物を積み上げている部屋もあり、ドナ率いる貴族派の密輸は、かなりの規模であったことが窺える一幕であった。

　田原はこれらを確認しながら、呆れたように呟く。

「随分と貯め込んでやがんのナ。あの世には持っていけねぇってのよ」

　その言葉通り、貴族派の連中は骸となって要塞内の方々で転がっており、貯め込んだ財貨など魔王と側近たちの前では何の役にも立たなかった。

　それと隣接する、奇妙な音がする扉を覗くと、そこには室内を覆うほどの昆虫が蠢《うごめ》いており、魔王は思わず悲鳴を上げそうになる。

「…………………この部屋は、何だ？」

　若干、顔を引き攣らせながら魔王が問うたが、それに答えるアズールの表情は平坦そのものであり、彼からすれば見慣れたものでしかなかった。

「貧民に与えるコオロギです。他にもカナブン、セミ、ウジ、竹虫、タガメなど――」

「他に食う物があるだろう？　全て廃止しろ。気持ちが悪い」

「き、気持ちが悪…………で、ですが、この地の民にとっては、飢えを満たす大切な」

「食料が必要であれば、ここの貴族どもが蓄えてきた物資を供給する。随分と金銀も蓄えていたようだが、それらも民に還元してやればいい」

　魔王の言い様に、流石のアズールも困った表情で田原へと目をやったが、そこには薄ら笑いを浮かべる天才がいるだけであった。

（ったく、長官殿には参っちまうナ。どんな局面からも民衆の好感度を上げようとすんだから。これも、大々的に流せってか？）

　田原からすれば爆笑シーンでしかないが、アズールからすればありがたい話である。

まともな食料が供給されるのであれば、昆虫などを好んで食う必要はないのだから。

魔王の言葉をいつものように曲解したのか、田原が見当違いの助け船を出す。

「アズールよぉ、長官殿は民衆に虫を食わせたり、飢えさせたことなんて一度もねーぞ？」

「左様ですか…………」

（そうだそうだ、言ってやれ田原！　どいつもこいつも、俺を鬼のように見やがって！）

「長官殿がやんのはナ、処刑だ。１００万人を超えた後は、もう数えてねーけどナ」

（うおぉぉい！　要らんこと言うなよ！　あれはゲームの話なんだよ！　誤解されるだろ！）

１００万人の処刑と聞いて、アズールの震えが大きくなる。

公式上、九内伯斗は４００万人を超える人間を処刑したとされているが、無論、それは会場で死亡したプレイヤー数でしかない。

しかも、４００万を超えた辺りで数えるのが面倒になったのか、大野晶はそこで計上を止めてしまったので、実際はこの数値の何百倍もの数になる。

顔を引き攣らせるアズールに対し、田原は得意気に続ける。

「…………但し、長官殿は神民には手厚くってナ？」

最終的には、そこへ持って行くつもりだったのだろう。

煙草に火を点けながら、田原がニタニタと笑う。会話の流れが何処へ行くのか判らず、魔王は懸命に頭を働かせていた。

（しんみんだって⁇　あれ、さっきまで昆虫の話をしてなかったか⁉）

キャッチボールの球に突然シュート回転が入り、魔王は慌てて話題を変えようとしたが、既に軌道修正は不可能であった。

「田原様……その、神民とは何を指しているのです？」

「大帝国、もとい、長官殿の支配下にある民のことさ――」

「そ、それは、神に選ばれた民であると………？」

「おぉ、判ってんじゃねーか。長官殿の支配下に入るってことは様々なメリットを享受できるが抵抗する奴ぁ、いつまで経っても原始生活だわナ」

かつての大帝国は革新的な科学技術や、近未来を思わせるテクノロジーに溢れていたが、敵対する国家はそれより数段劣ったものでしかなく、貧富の差は歴然であったのだ。

田原からすれば、徹底的に「こっちの水は甘いぞ」と喧伝していくつもりである。

この政策が思惑通りに進めば、貧しい生活に耐えかねた者たちは、こちらから誘わずとも国境を越えてやって来るに違いない。

人手不足を解消しながら、敵対する国家を弱体化させていく一石二鳥の政策である。

とは言え、横で聞いていた魔王からすれば訳が判らない。

（くっそぉぉぉ、何で昆虫の話がこんなややこしい話題に変わるんだよ！　お前ら、わざと俺を困らせようとしてるだろ！）

魔王は逆ギレ気味にそう思ったが、咥えた煙草に火を点けながら、何とか話題を元に戻そうとアズールへと問い掛ける。

「それで、アズール。このような隠し部屋は幾つある？」

「私の知る限りでは、この他に20箇所ほど」

「ふむ。それらは後ほど、お前たちが適当に回収していくといい。それよりも、檻がどうこうと言っていたな？　先に案内してくれ」

「………承知しました」

　莫大な金銀財宝に加え、貴重な交易品を前にしても、全く興味を示さない上司の姿に、田原は軽い驚きを覚える。領地や鉱山の接収は当然としても、ドナがこれまでに貯め込んだ財宝を回収することも、重要な案件であると考えていたからだ。

　であるのに、「そんなことは後回しだ」と言わんばかりの態度を見て、田原は自身の思案と何かズレがあるのかと、用心深くアズールへと問い掛けた。

「………アズールよぉ。さっきは聞き流しちまったが、その檻ってのは何なんだ？」

「はい。ドナ様が捕らえた、スノーフェネックが収監されている部屋です」

「その、スノーなんたらってのは動物か？　聞いたこともねぇ名前なんだがナ」

「その昔、智天使様が愛でられた神獣と聞いていますが、今は酷く衰弱しているとの話を聞いたことがあります」

「へぇ～。智天使サンが愛でた神獣ねぇ………オマケに弱ってるってか？」

　何を思ったのか、田原は魔王を見てにやりと笑う。

　そんなからかうような笑みに、魔王の背中に嫌な予感が走る。

「何もかんも、脚本通りって感じで進んでるけどよ。長官殿は何処まで知って動いてんだ？」

「私は何も知らんさ。お前たちの動きに合わせ、ここへ来たにすぎない」

「マジで勘弁してくれや………あんた真顔でよく、んな台詞が吐けるナ？」

（知らねーよ！　檻って言うから、またガキを閉じ込めてんのかと思っただけだよ！）

魔王は咥えた煙草から煙を吐き出しながら、心の中で盛大に突っ込む。

だが、田原からすれば、これも評判を得るのにうってつけの案件であるとしか思えない。

振り返ってみれば、何のことはない——全てが、歌劇であったのだと。

気付けば、囚われた子供たちを救出し、この国が信奉する、智天使が愛でた神獣を救い出した英雄のような姿になろうとしているのだから。

その実、魔王のやったことと言えば、統治の禍根となる貴族派を問答無用で粛清し、領地から鉱山、金銀財宝に至るまで、全てを奪い去らんとする山賊でしかない。

しかし、この戦いが終わり、表舞台へその姿を現した時——民衆の目からは、まるで別の姿形として映るに違いない。

田原としては、上司の描いた脚本通りに劇が進行していくことに苦笑するばかりであった。

（地下のガキやら、神獣やら、俺からすりゃ、オマケみてぇなもんだが……長官殿の中では、金銀財宝に勝る要素だったってことか）

田原はすぐさま、計画へ修正を加えていく。

彼の即応能力は非常に優秀であったが、それが故に魔王を追い詰めるケースが多い。

「長官殿よぉ、さっき悠から聞いたが、真っ先に数字部屋に行ったんだってナ？　俺が進言するまでもなく、最初からそのつもりだったんじゃねーか。人が悪ぃナ」

「………さて、どうだろうな」

魔王はどっちつかずの返答で濁したが、田原は田原で、別の思惑で動き出す。

「確かに、今回は敵将の首よか、そっちの方が評判も上がるってもんだわナ。んじゃその方向で動くとするわ」

（待て待て、動くって何に対してだよ！　お前、俺を何処に連れていこうとしてるんだ⁉）

この男からすれば、ハンドルの利かない車に乗せられているようなものだ。しかも、その車はニトロエンジンを積んでおり、アクセルは踏みっぱなしである。

全勢力に対し、常に煽り運転をしているようなもので、いつ事故死してもおかしくない。

そんな魔王の焦燥をよそに、田原は戦後の統治を見据え、新たな脚本を頭の中に描く。

田原が後に駆使するであろう《情報操作》では攻城戦のさなか、堕天使様はドナより真っ先に囚われた子供たちの下へと向かった、という内容になるだろう。

いつの時代も、どんな世界であっても、大衆はそのような美談を好む。田原が思うに、稀代の反逆者という悪名が、この場合は大いにプラスになると考えていた。

恐れ慄くような存在が、慈悲深い一面を見せた時――大衆は哀れなほどに騙されてしまうものだ。いや、進んで信じたがるといってもいい。

それらを踏まえながら、田原の構想は聖光国全土の塗り替えへと移り変わっていく。

（さてさて…………2千年もの間、貯め込んだ財宝チャンは派手にバラ撒かせて貰うとすっか。戦後の復旧作業と称して、真奈美が住みやすい近代的な国に作り替えねぇとナ）

結局のところ、田原の中にあるのは妹のことばかりであり、その上司である魔王も自分勝手な振る舞いしかしておらず、傍目から見れば人知を超えた最悪の主従であった。

田原の意味深な沈黙が怖くなったのか、魔王はアズールへと目を向ける。

「では、その檻へと案内して貰おうか」

「…………こちらです」

アズールは緊張した面持ちで、一行を先導する。くだんの部屋に近付くにつれ、段々と周囲の温度が上がっていく。

漏れた熱気が廊下にまで伝わっており、扉を開けると室内は完全にサウナ状態であった。

部屋の中央には高温を放つ檻が設置されており、小さな獣が蹲っている。

魔王は檻の中へと目をやると、再度確認を行う。

「アズール、あの白い生き物だな？」

「はい。極寒の高山に住む絶滅種、スノーフェネックです」

「寒い地域に住む獣を、こんな高温の部屋に閉じ込めるとはな…………」

見た目は真っ白のフェネックのようであったが、その額には青みがかった宝石のようなものが埋め込まれており、元の世界とは違う生き物のようである。

一行が檻へと近付くも、神獣は身動き一つしない。

既に命が尽きかけているのだろう。それを見た魔王は無造作に檻へと手を伸ばし、薄い紙でも破るように左右へと引き裂いた。

「…………なるほど、可愛らしい外見をしている。アクが喜ぶかも知れんな」

この男の中では子供は動物好き、という勝手な思い込みでもあるのだろう。体力を回復させる《水》を生み出したかと思うと、それを口元へと持っていった。

神獣はペットボトルを前に僅かに牙を剥いたが、抵抗する気力もないのか、そのまま水を流し込まれてしまう。

その瞬間、神獣のあちこちに付いていた火傷の跡がうっすらと消えていった。

「こんな暑い場所では、治るものも治らんな…………」

魔王は神獣の襟首を掴んだかと思うと、無造作に檻から引っ張りだす。

こんな場所に居ては、食事もままならないと思ったのだろう。廊下へ戻った魔王は《食材》を生み出し、それを《野菜スープ》へと加工した。

これは体力を25回復させるアイテムであり、一度に二皿作れる便利なものだ。

「これでも飲むといい」

神獣は目の前に並べられた皿に対して警戒していたが、漂ってくる極上の香りに耐え切れなくなったのか、おずおずと口を付けた。

一方、部屋から出た田原は無言で顔を扇いでいたが、うっとおしい部屋に嫌気が差したのか、とんでもないことを口にする。

「長官殿、クッソ暑ぃからこの部屋ぶっ壊していいかぁ？　廊下まで暑ぃンだわ」

「構わん、やれ」

「りょ～うかい」

田原が再度、迷彩パネルからＭ１３４ガトリングガンを取り出し、三脚を備えて設置する。

間近で見る異様な物体にアズールは背筋を凍らせたが、その銃身が火を吹いた時、魂まで吹き飛ぶような衝撃を受けた。

それは、裏の港を血の池へと変えた再現に近い。弾丸の排出口から凄まじい速度で薬莢が吐き出され、鼓膜を打ち破るような射撃音が断続的に屋敷内へと響く。

それを見たアズールは、思わず上擦った声を上げた。

「ほ、本当に部屋ごと破壊するというのですか⁉」

「当たり前だよなぁ？」

アズールのそんな声に、田原が食い気味で答える。

田原はサウナが嫌いではないが、服を着たまま廊下で熱気を味わうなど不快でしかなかったのだろう。頑丈に作られた特別な壁が、扉が、天井が、まるでダンボールか何かのように蜂の巣にされていく。

田原の足元が薬莢で埋まった頃、先程までのサウナ部屋は様々な瓦礫に埋もれてしまい、その熱気がようやく和らいだ。

「よっし、お掃除完了ってナ」

お掃除どころか、滅茶苦茶になったとしか思えない光景であったが、田原の顔は満足気であり魔王も軽く頷く。

主従ともに、うっとおしい部屋だと思っていたのだろう。

その一方で、神獣は耳をつんざくような射撃音に身を震わせていたが、自分を閉じ込めていた憎い部屋が、丸ごと消し飛んでいく姿を見て尻尾を揺らす。やがて、スープを飲み終えた神獣はその白い体を光らせ、廊下に広がっていた熱気を一気に冷やしてしまう。

周囲の温度が下がり、快適になったことで魔王の口元も緩む。

「これは良い。即席のクーラーのようではないか――」

褒められていると思ったのか、それとも助けてくれたことに感謝しているのか、神獣は魔王の目をじっと見つめ、一つの結晶を生み出す。

それは、溶けない氷と称される「スノークリスタル」であった。

大貴族や好事家たちが、喉から手が出るほどに欲する品であり、値段など付けようがない。

また、最上級《ハイエンド》や特異級《ユニーク》などの武具にも使われる希少なものであるが、単純に宝石として見てもその価値は非常に高い。

絶望的なまでに数が少ない、というのもあるが、何より人間の技量では加工できない物質でもあり、これを扱えるのは現在、ドワーフのみである。

ドワーフは火を扱うのが巧みであるが、その作業現場は生物の限界を超える温度になることが多い。そこで、彼らはスノーフェネックを相棒とし、共に鍛冶を行うのだ。

「ほぅ、これは感謝の気持ちとでも言うのかね？」

美術品や宝石などには全く興味がない魔王であったが、その目から見ても、白い輝きを放つ、神秘的なまでの結晶は瞠目に値するものがあった。

「これも、アクへの土産に丁度いいかも知れんな」

それが持つ価値を、全く理解していないのであろう。魔王は無造作に懐へ仕舞ったが、神獣はその体をするするとよじ登り、肩へちょこんと座った。

堕天使としか思えない漆黒の装いに、純白の小さな獣が乗っている姿は何処か幻想的なものがあり、それを見た田原は思わず手を叩く。

「こりゃいいや！　宣伝も捗るってもんだナ？」

（何の宣伝をするつもりなんだよ、お前は！　絶対変な勘違いをされるやつだろ！）

田原の言動が空恐ろしくなってきたのか、魔王は逃げるようにして、その場から立ち去ろうと口を開く。

「では、私は他に用事があるのでな。後は、ホワイトも交えて図るといい」

「了解。戦後の処理を踏まえて、領地の配分を整理しときたいんだが、長官殿の――」

「思うようにやって構わん。私の意見は恐らく、お前と同じだろう」

何も考えていない分際で、魔王はズルい言い方で逃げを打つ。だが、同じ結論を出すだろう、と言われた田原も嬉しそうに頷いた。

「なら話は早ぇナ。ざっと〝五分割＋外から〟で良いかい？」

「……やはり、同じ答えが出たようだ」

同じもクソも、何の話かもロクに理解していない癖に、魔王は堂々たる態度で返す。この男が理解しているのは、貴族派の領地を遠慮なくブン取れるということぐらいだ。

魔王は面倒な仕事を押し付けられぬよう、念を押すように言う。

「新たに生まれる無主の地に対し、誰をどう配置するのかも一任する」

「おいおい、面倒なテストのつもりなら勘弁してくれよナ……あんたの腹の中には、とっくに腹案が用意してあんだろ？」

「……さて、その時に答え合わせといこうか」

「やれやれ、90点ぐらいは取ってみせるけどよ。厄介な宿題を押し付けられたもんだナ」

（お前が言うな！　いつもいつも難題を突き付けられてんのは俺の方だろ！）

田原がニヤリと笑い、魔王も微笑で返してみせたが、その心中は悲惨であった。こんな面倒な話をしていられんと魔王は背を向け、目を泳がせながら《全移動》で姿を消した。

軽く交わされたこの会話が、新たな騒動を生むとは知らずに。

とは言え、この詐欺師がいても戦後の処理などができる筈もなく、田原や悠に任せた方が余程スムーズに事が運ぶであろう。

後に残ったのは、一夜にして行われた圧倒的な武力行使——この地における、魔王の役割は綺麗に終わったと言っていい。

後は実務の全てを掌握する、田原の出番であった。

今回の内戦によって、貴族派に与《くみ》した者たちは全ての領地を没収され、大量の無主の地が生み出されることになる。その結果、聖光国の政治体制まで激変するに違いない。とは言え、田原の頭には次世代の統治体制が既に完成しており、後はそれに従って動くのみであった。

「んじゃ、お宝を確認しつつ、必要書類を集めるとすっか～」

莫大な金銀財宝に食料、聖貨、鉱山、領地、領民――

これらを手中に収め、魔王陣営はこれを原動力として更に強化されていくであろう。それらは無限に生み出される、魔の連鎖だ。

その勢いはもう、神にも止められない――

SP残量　17554P

神都決戦

――聖光国　西部――

ドナの要塞を出た魔王は、のんびりと一服しながら夜空を見上げていた。多数の死傷者が出た夜であったが、星々の輝きは何も変わらない。
どころか、それを歓迎するかのように煌めいて見えるほどだ。
（少し前、こんな夜空を見てたような…………あれは、秘密基地だったたか）
夜空を見上げる魔王を見て、神獣は不思議そうに首を捻ったが、釣られるようにつぶらな瞳を空へと向ける。神獣もまた、久しく夜空など見ていなかったことに気付いたのだろう。
星々を見て思い出したのか、魔王は久しぶりにオルガンへ《通信》を飛ばすことにした。
《久しいな。そちらの様子はどうだ？》
《…………っ。唐突だな》
オルガンの狼狽した声に、魔王も軽く詫びる。
酔っ払いが突然、深夜に電話してくるような形になってしまったと。
《深夜に悪いな。別に、これと言って用はないのだが》
《…………いや、別に用などなくても構わないんだ。毎日でも、声を聞かせて欲しい》
《いや、毎日って…………》

遠距離の恋人じゃあるまいし、と魔王は苦笑いしたが、オルガンは本気であった。

魔族領での騒動以来、彼女は魔王の姿を一度も見ていないのだから。堕天使の翼を装着した、今の姿などを見てしまってはオルガンの想いはより、強固なものになってしまうだろう。

《………ずっと、お前の声が聞きたかった》

《そ、そうか………？　まぁ、それなら良かったんだが》

オルガンのストレートすぎる反応に、魔王はどうしたものかと頭を掻く。この男は昔、女性と派手に遊んでいた過去があり、その扱いは手慣れたものであったが、オルガンから寄せられる、圧倒的な好意の前には苦戦しているようであった。

《風の噂では、そちらは内戦になっていると聞いたが》

《あぁ、今終わったところだ》

《………終わった、か。事も無げに言っているが、聖光国は複数の派閥が鬩《せめ》ぎ合い、古い因縁が絡み合う厄介な国だったんだがな》

《貴族派とかいう連中が面倒臭かったが、全て退場して貰った》

それを聞いて、オルガンは吹き出しそうになる。

面倒臭い、の一言で退場させられては相手も立つ瀬がないだろうと。無論、魔王や側近たちでなければ、貴族派の退場など絶対に不可能な話であった。

《相変わらず、好きに暴れているのだな。私も、早くお前に会いたいと願っている》

《…………まぁ、国内の騒動が落ち着けばな》

戦後の処理など、田原に全て丸投げしておきながら、ぬけぬけと魔王が言い放つ。オルガンと次に会えば、強制的に子作りイベントでも発生するのではないかと疑っているのだろう。

《北方では、お前の噂を毎日のように聞く》

《噂？　私は普通に生活しているだけだが》

《ユーリティアスのジャックを失脚させることが、普通の生活と言うのか？》

《…………うん？　まぁ、そんなこともあったような気がしないでもない》

オルガンからの問い掛けに、魔王は適当な返事で濁す。この男は興味のない事柄に対しては、ロクに記憶すらしないらしい。

当然、ジャックの失脚はどうでもいい事柄などではなく、現在のユーリティアスはゴルゴンが語った通り、大混乱に陥っている。

おまけに、この男は隣接するミルクにも甚大な被害を及ぼしていた。

《…………トゥンガ族まで殲滅したと聞いたぞ。あの部族は凶暴で有名だったのだがな》

《さて、そんなこともあったような、無かったような…………いや、無かったな》

《ふふっ、お前はいつも適当なことばかり言う》

オルガンはそんな返事も好意的に受け取ったが、あれも立派な大事件である。魔王からすればイラっときた連中をタコ殴りにした程度の記憶でしかないが、ミルクの中でも一大勢力を誇っていた部族の一つを殲滅したのだから、その影響は洒落にならないものがあった。

であるのに、当の本人は「忘れた」と言わんばかりの態度なのだから度し難い。

《それで、あの厨二病はどうしているんだ？》

《ミンクのことか？　あいつなら相変わらず、妙なことばかり口走っている。今はお前の眷属、悠のことを悪魔女王やら、魔皇后などと呼んで敵視しているようだ》

（悪魔女王に魔皇后って…………！　どんなネーミングだよ…………）

馬鹿丸出しのネーミングに、思わず魔王も吹き出しそうになったが、オルガンは悠と直接会い言葉を交わしたことで、これまでとは違う印象を持ったようであった。

《確かに、悠は父も逃げ出すほどの邪悪さを秘めているが、お前に対する忠誠は本物だ。世界の全てが敵になろうとも、あの女はお前の側から離れないだろう》

次代の悪魔王と呼ばれたベルフェゴールであるが、それを超える邪悪さなどと評される人間は後にも先にも悠ぐらいのものであろう。

魔王からすれば、オルガンのその言葉は頼もしくもあり、何やら怖くもある。

《まぁ、悠は大切な側近なのでな…………》

《私も、全世界が敵に回ろうと、お前の側から離れるつもりはない。覚えておいてくれ》

《…………それは、頼もしい限りだな》

魔王はまた連絡する、と言い残して通信を切ったが――――何やら、どっぷりと砂糖に浸かったような、目を逸らしていたものを突き付けられたような、複雑な心境であった。

長い一服を終え、夜空を見上げる魔王であったが、そこで異変に気付く。

（この時間にしては、妙に空が明るくないか…………？）

遥か彼方に目をやると、ぼんやりとした白い光が空を照らしている。

目を凝らせば、火のようなものまで見える。

（あれは神都の方角か？　そう言えば、イーグルに因縁のある騎士団がどうたらって………）

皇国のことなど、頭からすっかり消えていたのだろう。この期に及んで、ようやく派遣された騎士団とやらについて思い出す。

（ルナも飛び出しているんだろうな。一応、念のために見に行くか………）

魔王はドナの要塞から離れ、火災が起きている現場へと全移動で飛ぶ。そこには天をも焦がす業火と、無残な死体の群れが転がっていた。


――――聖光国　中央――――


時間は少し遡り、魔王がドナの要塞へと踏み込む前――――

皇国から派遣された火精霊騎士団《サラマンダーナイツ》は一路、神都を目指して駆けに駆けていた。その間、彼らは視界に入った集落や村を、容赦なく焼き払っていく。

騎士団を率いる団長のフレイが、特徴的な緋色の髪を揺らしながら指示を下したのだ。

「この国はサタニストに毒されている！　浄化の火を放ち、穢れた地を清めるのだッ！」

暴挙としか言いようがない指示であったが、麾下《きか》の軍勢は鬨の声を上げ、それに応える。

フレイは名家の中の名家――と称されるリュクサンブール家の次男であり、教皇ですら彼にはご機嫌を取るように接するのだ。

彼の指示に刃向かえば、それこそ命取りである。派遣された5千の軍勢の中で、どうにか彼に物申せるのは副官だけであった。

「お止め下さい、フレイ様！　許可もなく、他国の村を焼き払うなど！」

「僕たちはいつだって、そうしてきたじゃないか。今後も、それは変わらない」

賢しらげに語るフレイを見て、副官はその顔をブン殴りたくなったが、手など出してしまえば一巻の終わりである。

「二等国のサタニストを残らず焼き払い、鷹を取り戻す。その上で、神都を陥落せしめる――ここまでやれば、教皇聖下だって僕を認めざるを得なくなるだろう？」

「何の理由も大義名分もなく、友好国の首都を攻めるなど……そんなことを教皇聖下がお喜びになる筈がありません！」

「副官クン、君は何も判っていないのだよ。聖下が、どれだけ欲深い方なのかを」

フレイは勝ち誇ったように酷薄な笑みを浮かべると、麾下の軍勢に向けて手を振り下ろす。

それを見た騎士たちは、次々と火精霊を召喚し、周囲の村へと突入していく。火精霊はそこに在るだけで、凄まじい高温を発する精霊だ。

彼らが駆け抜けるだけで、村のあちこちから火が噴き上がり、次第にその勢いは天をも焦がす業火へと移り変わっていった。黒煙に包まれていく村を見て、フレイはぱらりと額に落ちる髪を優雅な手付きで掻き上げる。

「サタニストは何処に潜んでいるか判らない。悪の根絶には、犠牲がつきものさ」

「…………私は反対の意見を述べました。それだけは、軍書に記して頂きたい」

どうしようもない権力の前に、副官は苦虫を潰したような表情で俯く。顔を上げれば、嫌でも馬鹿げた光景が視界に飛び込んでくるからだ。

「所詮、君は外部から来た臆病者さ。僕たちのような優越種――火の一族とは違う」

現在の火精霊騎士団はリュクサンブール家を中心とした火の一族が要職を占めており、完全に私物化されている。

麾下の軍勢も子飼いの者ばかりで固められており、副官だけが異物であった。これはフレイの暴走を危惧した教皇が、強引にねじ込んだ人事である。

苦い表情で俯く副官をよそに、フレイは意気揚々と演説を行う。

「聞け、同胞よ！　我ら火の一族の、神聖なる務めを果たす時が来た！　この国はサタニストを生み出す温床であり、諸悪の根源である！」

何とも勝手な言い分であったが、フレイは酔ったように舌を振るう。それを聞く騎士たちも、代々仕える王の言葉であるように、真剣な面持ちで耳を傾けていた。

実際、彼らはリュクサンブール家や、その分家、傍流の家などの出身であり、フレイの言葉は彼らにとって、教皇のそれより重い。

「我々の手によって、この根源を絶つ！　即ち、神都を陥落せしめるのだ！　この任を果たせば国元での栄達は僕が約束するッ！　我ら火の一族に、栄光あれッッッ！」

「「我ら火の一族に、栄光あれ！」」

火精霊騎士団は一路、神都へと向けて進軍を開始した。その途上にある、大小様々な村や街は残らず彼らの標的となった。

焼き払われた集落は数えきれず、膨大な数の犠牲者を生んだが、死因の殆どは焼死や、窒息によるものである。

神都へ到達するまでに、彼らは2つの商業都市を焼き払い、7つの村を焼いた。後に、これは《光の暴走事件》と記され、各国へ衝撃と共に伝わる結果を生んだ。

皇国にとっては大きな失態であり、簡単には拭えぬ醜聞である。

後の結果など知る由もない彼らは、フレイが命ずるままに火を放ち、神都までの道筋を紅蓮で彩っていく。神都の民からすれば、段々と火が近付いてくるのだから、敵の軍勢の動きが嫌でも判ろうというものだ。

「あの軍勢は何だ……あちこちに火を放ってやがるぞ！」

「火精霊騎士団だ！　ここに逃げてきた奴がそう言ってた！」

「嘘だろ⁉　ウチと皇国は友好国じゃなかったのか！」

「俺に聞くな！　あいつらに言えッ！」

現在、神都を守る兵力としては聖堂騎士団の5千がいるが、組織のナンバーワンである団長とナンバースリーであった参謀長が敵に寝返ってしまっている。

聖堂騎士団の混乱たるや、語るまでもない。副団長は踏み止まっているが、混乱する騎士団を纏め上げるような力量はなく、彼も右往左往していた。

「副団長！　我々はどうすれば！」

「皇国の、あの火精霊騎士団と戦うのですか⁉」

「む、無理です！　彼らは精鋭中の精鋭、我々のような民兵では…………！」

主立った騎士たちは副団長へ詰めより、指揮所は混乱の極みにあった。

組織のナンバーワンとナンバースリーが戦う前から逃走し、それも、敵に寝返ってしまったのだから。こんな空中分解したような組織を率いて、防衛戦など不可能に近い。

副団長は声を絞り、その場を凌ぐようにどうにか命を下す。

「とにかく、神都の正門口を固めよ！　私はクイーン様に指示を仰ぎに行く！」

その言葉に、動揺した騎士たちの顔色が変わる。

彼らにしてみれば、有事におけるクイーンの存在は光そのものであった。

「そうだ！　我々にはクイーン様が居るではないか！」

「うむ、クイーン様が居れば負けはしない！」

「かの鮮血の女王さえ居れば…………勝てる、勝てるぞ！」

「数万の軍勢を粉砕し、生け捕った連中を全裸に剥いて逆さ吊りにしたゲートキーパーの悲劇を思い出せ！　我々には悪鬼がついている！」

どの口からも聖女という綺麗な言葉は出ず、むしろ悪鬼呼ばわりであったが、クイーンの名を聞いて、動揺していた騎士たちも我に返っていく。

悪名も、ここまで突き抜ければ逆に士気を高める効果があるらしい。

騎士たちは各所の守備を固める一方で、跳ね橋を引き上げ、正面口を閉ざす。

神都は深い水堀に囲まれた都市であり、かなり堅固な作りとなっているが、問題はそれを守る兵の数であった。

聖堂騎士団は元々、総兵力８千を誇る組織であったが、騎士団長が３千の兵を連れて寝返り、更に各地の混乱の収拾に、２千もの兵が出払っている。

現状としては神都を守る兵は僅か３千しかおらず、広大な首都を全てカバーするのは不可能に近いということであった。

聖城へ駆け込んだ副団長は、クイーンにありのままの現状を報告する。クイーンは冗談としか思えない巨大な玉座に腰掛け、副団長を一瞥するのみであった。

室内には、１０８人もの屈強な男が左右に分かれて整列しており、身じろぎもしない。究極の圧迫面接のような空気の中で、副団長は震えながらも、どうにか口を開く。

「ク、クイーン様、どうか我々にご指示を！」

クイーンは相変わらず、何も答えなかったが、配下の男たちが怒号を上げる。

彼らはクイーンにのみ忠誠を捧げる荒くれであり、聖光国がどうなろうと知ったことではない。まして、聖堂騎士団など眼中にもなかった。

「裏切り者まで出した騎士団とやらが、どの面を下げて姉御の前に出て来やがった！」

「まずは焼けた鉄板の上で土下座してから口を開かんかい、このゴミカスがぁ！」

「消毒されてぇのか！　おぉン⁉」

荒くれたちの声に、副団長は身を小さくしたが、このような緊急事態下では、何らかの指示を仰がざるを得ない。

ここにきて、ようやくクイーンが気だるそうに口を開く。

「……姉貴が行っちまったんでな。俺ぁここを動けねぇ」

聖城を覆う結界は、聖女が居なければ発動しない。

クイーンが外に出てしまうと、城は無防備になってしまうのだ。平時であればホワイトが駐在しているが、彼女は魔王が連れ去ったままである。

頼みの綱であったクイーンが動けないなど、副団長からすれば冗談では済まされない。

「で、では、我々はどうすれば⁉」

「じき、ルナのボケカスが来んだろ。それまで、時間を稼いでこい」

「じ、時間を稼ぐと言われましても、手元の兵力で神都全体の守備など…………」

「そうか。なら、死んでこい。お前らが受け取ってきた給金は、この時のためにある」

「そ、そんなご無体な…………！」

それだけ言うと、クイーンは顎を振り、副団長を強引に退出させる。まるで罪人のような扱いであるが、彼女からすれば似たような心境であったろう。

有事の際に裏切り、矢面にも立てない連中など、案山子以下であると。

副団長の退出後、側に控えていたフジが耳打ちする。

「姉御、あの連中では一時間と持ちますまい」

「俺の代わりに、お前が指揮を執れ。逃げ出す腰抜けがいれば、その場で叩き殺せ」

「はっ、お任せを！」

　名状し難い混乱に包まれた神都を見て、城外では一人の悪魔がほくそ笑んでいた。

　サタニストの首魁であり、上級悪魔でもあるユートピアだ。聖光国が大混乱に陥っている隙を彼が見逃す筈もなく、貴族派や外部勢力が各地で暴れ回る中、彼は麾下のサタニストを動員し、機を待ち続けていた。

　無論、彼の目的は聖城の破壊である――かつて、智天使が築き上げた神代の遺物であり、魔を打ち払うシンボルと言ってもいい。

　ユートピアのような生粋の魔族からすれば、そこに存在しているだけでも恥辱であり、尽きぬ憎悪に支配される代物である。

　かつて聖城を前にしたオルイットも、普段の冷静さを失い、込み上げる破壊衝動を抑えることができなかったが、この感情は魔族の遺伝子にまで刻まれたものなのだろう。

　各地から立ち上る黒煙を見て、サタニストたちは邪悪な笑みを浮かべ、肩を叩き合う。

　彼らの多くは弱者として切り捨てられ、何の救いも与えられなかった者たちである。一方で、貴族は肥え太り、豊かな生活を送る商人や市民もいる。

　それらが火に包まれ、崩壊していく様など、彼らからすれば愉悦でしかない。暗い笑みを浮かべる集団の中で、険しい顔をしているのはウォーキング一人であった。

（我々の目的は腐りきった上層部を正し、民が平等に暮らせる国を作ることであった筈……）

富の再配分を訴え、弱者の救済を掲げ、あらゆる手段を尽くしたが、聖光国は何も変わらず、次第に彼らは過激な手段を取るようになり、最後はサタニストへと変貌していった。

光や天使が何もしてくれないのだから、それこそ悪魔にでも救いを求めるしかないと。

（だが、それによって生まれたのは、多くの死と、無意味な破壊だけだった………）

聖女を殺せば、この国も何かが変わるかも知れないとウォーキングは入念に暗殺計画を練って実行したが、魔王の乱入でそれも叶わなかった。

あの場に魔王が居なければ、ルナとクイーンは奈落の力によって力尽きていたであろう。

聖女二人の死ともあれば、確かに何かが変わった可能性はあった。それが、良いものであれ、悪しきものであれ。

実際に一つの暗殺が世を変え、歴史を動かした例も多い。

しかし、あれ以降のサタニストの活動と言えば、テロリストそのものであった。何の罪もない市民に刃を向け、手当たり次第に破壊しては財貨まで奪う。

そのような活動の先に、平等に暮らせる国などあろう筈もない。

（それに引き換え、東部の発展はどうだ……魔王などと名乗っている男は、荒野であった地を見事に生まれ変わらせたではないか）

あれこそが、ウォーキングが望む変化であったろう。

そこに行けば仕事があり、真っ当に給金が支払われるのだから。聖光国では、支払いが遅れることが常態化しており、言い掛かりの挙句、半分しか支払われないケースもザラである。

仕事に給金、酒、食事に寝床、ウォーキングが望むのはそんな当たり前の日々であり、そこに高望みなものはない。

（我々が望むリーダーとは、あのような変革を断行する人物だったのではないのか？）

貴族の、貴族による、貴族のための体制――これが2千年も続いてきたのだ。彼が変化を求めるのも当然の話であった。

ウォーキングはそこまで思い、ユートピアへと視線を走らせたが、そこにあるのは暗い表情で聖城を睨み付ける横顔があるだけであった。

あろうことか、今から神都を瓦礫の山へと変えてしまうつもりであるらしい。

（そんなことをして、何になるのか……神都を破壊して、生活が豊かになるとでも？）

無論、結果は逆であろう。

豊かどころか、そこには無残な死が溢れ、破壊による無秩序が広がるのみである。四面楚歌の状態にある神都であったが、少ないながらも援軍が近づきつつあった。

街道を爆走する馬車と、大空を自在に駆けるイーグルである。

――聖光国　神都への街道――

「ちょっと、あんた！　もっと飛ばしなさいよ！」

「そ、そんな……！　これでも限界まで無理させているんです！」

「イーグルに負けちゃってるじゃない！　あんた、私に恥を掻かせる気⁉」

いつものように、ルナが御者に対して無茶振りをしていたが、とても大空を駆ける鷹には追いつけない。ルナの馬は普段から人参を与えられ、殆どドーピングに近い粘り強さと速度を誇っているのだが、それでも差は開く一方であった。

「下僕に負けるなんて、私の面妖が丸潰れじゃない！」

「それを言うなら、面目じゃないかと……」

「うるさいわねっ！　さっさと追いつきなさい！」

　空を駆けるイーグルの目には、はっきりと黒煙が映し出されていた。

　一般的に、鷹の視力は人間の8倍などと言われているが、彼女は1キロ先の小動物であっても認識することができる。

　遠くに見える黒煙を見て、イーグルの胸騒ぎは確信へと変わりつつあった。

（あの黒煙……奴らに違いない……！）

　イーグルは聖光国から追放された後、流民の群れなどに混ざりながら各地を放浪していたが、火精霊騎士団に発見され、執拗な追跡を受けることになった。

　単なる追跡であるならまだしも、彼らは行く先々で火を放ち、無関係の人々に対して、亜人を匿った、などと言い掛かりをつけては拷問にかけることを繰り返してきたのだ。

　イーグルとしては逃亡するしかないが、その後に無秩序な虐殺が広がるなど、生きた心地がしなかったであろう。

　彼女は心身ともに追い詰められ、遂には捕縛されることになった。

(今度こそ、皆の敵《かたき》を討つ………)

イーグルは遙か沖合に浮かぶ諸島連合にまで逃げ延びたが、火精霊騎士団の追跡は止まらず、そこでも歴史に残る大虐殺が繰り広げられた。

優しくしてくれた島の住人たちや、子供たちは一夜にして血に染まり、島は火と煙に覆われ、美しい風景も永遠に失われてしまったのだ。

(火精霊騎士団………今度こそ、ケリをつけてやる………!)

新たに生まれ変わった鷹の羽を伸ばし、イーグルが大空を滑走していく。神都の周辺では既に小競り合いが発生しており、聖堂騎士団が徐々に後退しつつあった。

彼らも平民の中から選りすぐられたメンバーであるが、その実力は民兵の域を出ない。戦闘と、殺戮のプロである火精霊騎士団との差は明らかであった。

「ぐあぁぁぁぁ！　体が燃えるぅぅ！」

「無理だ無理だ！　こいつら、近付くだけで大火傷しちまう！」

「下がれ！　撤退しろ！」

その姿を見て、紅い騎士たちは次々と魔法を詠唱する。彼らの性根は騎士道から外れたものであったが、紛れもなくエリート集団なのだ。

――《獄炎鳥《フレイム・バード》》――

――《獄炎矢《フレイム・アロー》》――

雨のように降り注ぐ火魔法によって、跳ね橋を支えていた鎖がとうとう焼き切られる。

紅い騎士たちは一斉に足を踏みならし、神都へと雪崩れ込んでいく。

――――《風飛行《フライ》》――――

――――《風飛行《フライ》》――――

中には、《風》の魔法を駆使し、一気に城壁の上まで駆け上がる者もおり、正面口はたちまち、混乱の渦と化した。城門付近で踏ん張っていた者も、城壁の上から降り注ぐ矢に堪らず後退し、あっと言う間に橋頭堡《きょうとうほ》を築かれてしまう。

彼らの動きにはまるで迷いがなく、制圧に関してはお手の物であった。橋頭堡を築きながら、紅い騎士たちは兜の下で笑う。

「随分と手応えがないな。所詮は二等国であるわ」

「我ら火の一族の敵ではない。奴らは劣等種だ」

紅い騎士たちは口々にそう言い合うと、周辺に火を放っていく。彼らは火の中でこそ、本領を発揮する。猛火に苦しむ民の声など、心地よい音色でしかない。

その一方で――

神都の中心部ではフジが檄を飛ばし、聖堂騎士団の立て直しを図っていた。彼は50人単位の小規模な部隊を幾つも作り、前線の穴が空いた部分へと放り込んでいく。

その巨体とは裏腹に、フジは優秀な指揮官であった。あのクイーンを相手に何度も戦い、生き延びてきたのは伊達ではない。

「フジ様、クレア通りに敵が集中しています…………持ち堪えられません！」

「新たに3部隊を送る。死守しろ」

「フジ様！　アルテミスが占領され、敵の集結地点になりつつあります！」

「放っておけ。貴族街にまで手が回らん」

「し、しかし、かの店は多くの貴族から愛用され………」

「今は侵攻ルートを塞ぐことだけを考えろ。建物なんぞ、幾らでも再建できる」

　フジは防衛上、重要な地点には兵を送り込み、他はバッサリと切り捨てていく。正確に言えば彼がやっているのは防衛の指揮ではなく、単なる時間稼ぎであった。

　クイーンが前線に出てくるまで粘れば、五分の戦いに持ち込めると考えているのだろう。

（姉御さえ来れば、少なくとも敵の頭は潰せる………）

　フジが考えているのはそれであり、クイーンが現れれば実際にそうなるであろう。

「フジ様、ローマス地区の敵に乱れが見えます！」

「………っ。ルナ様か!?」

「い、いえ、何やら翼のようなものを生やした女が、火精霊騎士団を攻撃しています！」

「翼だと………？　何を言ってやがる」

　前線からの報告に、フジは懸命に首を伸ばすものの、黒煙が視界を覆い、何も確認することはできなかった。しかし、敵の動きは確かに鈍っており、フジは手元に残った兵に指示を残すと、前線へとひた走る。

そこで視界に飛び込んできたのは、銀の翼を持つ艶やかな獣人の姿であった。

「何だ、あの女は………」

銀の翼を広げた少女は高所から急降下し、紅い騎士たちの頭部を踏み潰していた。その直後、再び舞い上がっては急降下を繰り返す。

まさに、鷹の狩りである。

突然の急襲に火精霊騎士団は翻弄されつつも、後方のフレイへと伝令を飛ばす。

「鷹だ！　フレイ様に鷹が現れたと報告しろ！」

「必ず仕留めろ！　こいつを捕らえれば、莫大な報奨金が出るぞ！」

「一匹捕らえれば、一生遊んで暮らせる！」

紅い騎士たちは目の色を変え、イーグルを仕留めようと矢を放ち、魔法を詠唱したが、大空を舞う鷹にはかすりもしない。

鷹は常時、１００キロを超える速度で飛行し、急降下の際には３００キロに近い速さで獲物を狙う。新幹線のような速度と言っていいだろう。

こんなものに、何かを狙って当てるなど不可能に近い。

「穢らわしい亜人め！　地上に下りてこい！」

「羽を狙え！　あいつを堕とすんだ！」

「羽さえ失えば、あれも只の女よ！」

「言われなくても、さっきから狙っ…………あぎぃぃぃッ！」

一人、また一人と紅い騎士の頭部が踏み潰され、大地に鮮血を撒き散らす。以前は島の住人を人質に取られ、心身共に追い詰められた彼女は投降の道を選んだが、今は違う。

「穢らわしい亜人めッ！　大人しく降伏しろ！」

「また住人を焼き殺されたいかッ！　この呪われた種族め！」

「もう僕に呪いなんてない――――君たちの存在こそが、この大陸の穢れさ」

かつて、鷹人は熾天使と共に空を駆けたとされる伝承があり、悪魔はそれを忌み嫌い、執拗にこの種族への攻撃を続けた。次第に悪魔を呼び寄せる種として同じ獣人たちからも遠ざけられ、果てには絶滅してしまったという歴史がある。

イーグルは生まれながらに呪いを背負っていたが、魔王が気まぐれのように出したアイテムで呪いなど綺麗に消滅しており、今の彼女には迷いがなかった。

「鷹爪脚――――――ッ！」

急降下したイーグルは得意の足技を放ち、3人の騎士が馬から崩れ落ちる。頭上から降り注ぐ高速攻撃に対応できず、前線は膠着しつつあった。

他の地域で戦っていた紅い騎士たちが、一斉にイーグルの下に集まってきたからである。彼らからすれば亜人の捕縛は文字通り、一攫千金なのだ。

街に火など放っている場合ではなく、誘蛾灯に惹かれる虫のように紅い騎士たちが駆け付け、どの街路も大渋滞の有様と化した。

敵の混乱を見て、フジは思わずガッツポーズを作る。

（誰かは知らんが、助かった…………これで時間を稼げる！）

　フジは後方へ戻ると、手持ちの兵に対し、矢継ぎ早に指示を飛ばす。

「全部隊をローマス地区に集結させろ！　それと、翼を纏った女には攻撃するな！」

「つ、翼って…………それは、まさか亜人ですか？　それとも…………」

「何だろうと構わん！　とにかく、あの女は敵ではない。理解したら走れッ！」

「は、はいっ！」

　兵が慌てて各方面へと駆け出し、フジも最前線へと躍り出る。彼は優秀な指揮官でもあるが、何よりも歴戦の闘士でもあるのだ。


　神都の中心部へと続くローマス地区は今、異様な熱気に包まれつつあった。全戦線から、紅い騎士たちが駆け寄せてきたのだから、無理もない話である。

　彼らからすれば、宝くじの一等券が宙を舞っているようなものだ。それに対して手を伸ばし、掴み取ろうとするのは自然の摂理に近い。

「鷹は俺の獲物だ！　貴様ら、下がれ！」

「ふざけるな！　俺は奴をずっと狙っていたんだ…………お前こそ消えろ！」

「これではロクに動きが取れん！　貴様ら、頭を冷やせ！」

　まるで、押し競饅頭でもしているような姿である。手柄欲しさに無数の騎士たちが詰め掛け、前後左右にも動けなくなっているのだ。

大空を舞うイーグルからすれば、絶好の狩場でしかない。動けなくなった案山子に、鋭い鷹の足が振り下ろされては、頭蓋骨が砕かれていく。

大空から大地を見下ろす鷹の目は酷く冷たく、胴震いさせるようなものがあった。イーグルは両翼を広げ、更に広範囲にわたる攻撃を仕掛ける。

「君たちの罪を数えろ…………ッ！《光翼嵐天翔《こうよくらんてんしょう》》」

鷹の翼が光を放ち、鋭い羽が一斉に紅い騎士の頭上に降り注ぐ。

風より上位の「嵐」属性の攻撃が吹き荒れ、避ける術もない騎士たちに直撃した。

「ぐぁぁぁぁぁぁ！」

「さ、下がれ！　このままだと良い的だ！」

「亜人ごときに…………クッソォォォォ！」

一方的に翻弄される火精霊騎士団の前に、ようやく彼らを率いる団長が姿を現す。

――――静まれ、我が選ばれし同胞たちよ――――

その口調は相変わらずキザなものであったが、騎士団の頭を冷やさせるには十分であった。

国元での栄達も、生殺与奪に至るまで、全て彼が握っているのだから。フレイが歩を進めると自然と道が開け、これまでの混乱が嘘のように静まっていく。

屋根の上に立つイーグルを見上げながら、フレイは皮肉げに口を曲げた。

「やぁ、久しいね。僕の鷹――――」

「…………君のものになったことなど、一度もないよ」

「ハハッ、相変わらず生意気な亜人だ。まさか、二等国に舞い戻っていたなんてね。あの愚かな大神官のせいで、僕の手間が増えてしまったじゃないか」

フレイはそう言いながら、イーグルの翼にチラリと目をやる。

そこに、ありありと嫌悪感を浮かべながら。

「亜人とは困ったものだね……引き千切った翼が、また生えてくるなんて。ゴキブリと同じで、キリがない。どうかしているよ」

やれやれ、と肩を竦《すく》めるフレイであったが、その頬に一陣の風が吹き抜ける。

一枚の羽がひらりと地に落ち、フレイの頬から血が滴り落ちた。

「…………君の血が赤いなんて心外だよ。きっと、緑か青色だと思っていたのに」

「貴様…………あ、ああ亜人の分際で、この僕に傷を付けたな⁉　聖勇者《ホーリーブレイブ》たる僕に！」

「君は聖勇者になんかなれない…………この先、ずっとね。あの箱は、正しい人を選んだ」

「亜人風情に何が判る！　あの下劣な生物を捕らえろ！　さぁ、早くッ！」

フレイの指示に紅い騎士たちが一斉に動き出したが、その混乱は先程よりも酷かった。

只でさえ、イーグルを捕らえて一攫千金を得ようとしていたところに、彼らの押し立てる王が現れたのだから。己の活躍をフレイにアピールせんと誰もが躍起となり、統制の取れた動きとは程遠いものになってしまったのだ。

イーグルはそれらを嘲笑うように、突出した騎士を華麗な動きで狩っていく。紅い騎士たちが放つ矢と魔法では、とても彼女を捕捉することはできない。

　歯ぎしりするフレイを見ながら、イーグルは決意を込めて鋭く叫ぶ。

「君を見て、決意が固まったよ。僕は、過去と決別する————！」

　弱かった自分。臆病だった自分。逃げ続けた自分。

　それによって、生み出された膨大な数の死者。紅蓮に包まれた過去に囚われ、イーグルは前に進めなくなっていたのだ。

　再び、火の海を生み出そうとするフレイを見て、彼女の決意は揺るぎないものとなった。

「これ以上の犠牲者は出させない……僕は誓う、この場で君を殺すと！」

「亜人風情が汚い口を開くな！　優越種の王たる、この僕を殺すだと⁉」

　フレイの罵声を聞きながら、イーグルは魔王と交わしたやり取りを思い出す。途中がどれだけ惨めであろうと、何度負けようと、最後に勝てば良い。

　今のイーグルには、そんな言葉を吐いた魔王の背景にまで手が届く。

（あの人は、実際に経験したんだ。あれだけの力を持っていながら、それでも絶望するような、大きなナニカを、取り返しの付かない敗北を…………）

　だが、魔王はこうも続けたのだ。

　————自らの意志がある限り、再挑戦の機会は幾らでもあると。

　その言葉には、巨大なナニカに抗い続け、最後には勝利したという示唆が含まれている。

　イーグルからすれば、それは大きな光であり、希望でもあった。

「僕の意志はもう折れない————！　どんな現実にも抗ってみせるッ！」

「亜人如きがほざくなぁぁぁぁぁ！　今度は羽だけじゃなく、手足も切り落としてやる！」

「やれるものなら、やってみろ――――ッ！」

　イーグルは遙か上空から翼を広げ、大地に蠢く虫ケラを吹き飛ばすように魔法を放つ。

　その姿は本来の獣人と、人間の立場を示唆しているようでもあった。


　悲鳴と怒号が鳴り響く中、黒煙が神都全体を覆っていく。

　冷静な目でこの戦場を俯瞰しているのは、火精霊騎士団の副官のみであった。彼は破却処分を命じられた、古い神殿で見つけた書物のことを思い出す。

　それは焼却処分されたものであったが、奇跡的に読める部分が残っていたのだ。

（これが獣人と呼ばれる種の、本来のポテンシャルか…………元々、神話戦争における人間の立場とは、末端の兵でしかなかったと記されていたが、かほどに差があろうとは）

　副官が見つけた書物は禁書と呼ばれる類のものである。そこには驚くべき記述が並んでおり、彼は一読した後に即座に焼却したほどだ。

　こんなものを読んだと知られれば、皇国では異端審問にかけられるであろう。

（確か、脆弱なヒトに獣の力を与え、改良を施した上位ユニット…………だったか）

　禁書には意味の判らない単語が多く、理解の及ばない部分もあったが、総じて人間より獣人の方が優れていると記されていたのだ。

　人間至上主義とも言える皇国からすれば、こんな書物を世に残しておける筈もない。

（それに、敵の指揮官が替わったようだな…………短時間で、我々は包囲されつつある）

副官が見抜いた通り、フジが指揮を執るようになってから、相手の動きが明らかに変化した。狼狽するばかりであった敵が粘り強く、時に急所を突いてくるまでになったのだ。

今では、イーグルに釣られて一カ所へと集まった自軍は包囲されつつある。副官からすれば、馬鹿馬鹿しさにヤケ酒でも飲みたくなるような状況であった。

そんな副官の顔を歪ませる指揮官――

マウント・フジは冷静に指示を飛ばし、密かに敵を半包囲しつつあった。

このまま押し出せば、敵を正面口から叩き出せる陣形である。麾下の軍勢が包囲を完了させたのを見て、フジは持ち前の大声を上げた。

「てめぇら、ここが踏ん張りどころだ！　押し出せぇぇぇぇぇ！」

「「「おおぉぉぉぉぉぉぉッッ！」」」

フジが手を振り下ろし、聖堂騎士団の面々が一斉に鬨の声を上げて突撃を開始する。

街路を埋め尽くす勢いで集結していた紅い騎士たちは、こうなると逃げ場もない。瞬く間に、大波に翻弄される小舟のように、全方位から攻撃を受けることとなった。

先程までの圧倒的な優勢が嘘であったように、紅い騎士たちは混乱し、逃げ惑う。軍隊とは、一度崩れると立て直すのは難しい。

優秀な指揮官であれば、浮き足立つ兵を鼓舞し、時には宥め、混乱から立て直すであろう。

だが、不幸なことに彼らを率いる将は、気位だけは高いフレイなのである。

「貴様ら、それでも栄えある火の一族か！　劣等種に押されるなど、恥を知れッ！」

残酷な紅い騎士たちも、命の危険が迫っている中で、恥などに構ってはいられない。フレイは顔を真っ赤にしながら、更に大声で叱咤する。

「あれは僕の鷹だ……早く捕らえないか！　二等国の目障りな城も、焼却してしまえ！　辺りの劣等種もさっさと片づけるんだ！」

矢継ぎ早に叫ぶフレイを見て、フジは大口を開けて嘲笑う。

手にした巨大なハンマーを肩に乗せながら、堂々たる体躯を現した。

「よぉ、ボンボン。二等国の城が何だって？」

「…………な、何だ、貴様は！」

「その二等国とやらの指揮官さ。その細腕で、俺と殴りっこでもしようってか⁉」

その雄々しすぎる体躯を見て、フレイは動物的な恐怖でも感じたのか、思わず後退《あとずさ》る。

何せフジは筋骨隆々の2メートルを超える大男なのだ。その上、頭髪はモヒカンであり、身に纏う衣装も世紀末な時代に流行っていそうなパンクなものである。

フレイでなくとも、こんな大男が暗がりから現れれば悲鳴を上げるだろう。

「な、何て下品な男だ……この国は山賊でも雇っているのか？　さっさと片付けろ！」

フレイは居丈高に指示を飛ばし、紅い騎士が駆け出したが、相手は只の山賊ではなかった。

いや、正規軍に元・山賊が混じっている時点で十分にクレイジーであったが。

「姉御がいる城には、指一本触れさせねぇぞ――――《剛撃》《剛体》」

フジがスキルを発動させ、全身の筋肉が膨張する。そのまま勢いで、向かってきた紅い騎士に頭上からハンマーを振り下ろす！

人体が砕ける悲惨な音が響き渡り、紅い騎士は文字通り、ぺしゃんこになった。フジは周囲に群がる騎士たちに向け、片手で巨大なハンマーを一回転させる。

「俺たちが劣等種だぁ？　てめぇらこそ、山賊以下のカスどもだろうがッ！《剛円武《ごうえんぶ》》」

小枝でも振るうようにして、5人の紅い騎士が吹き飛ばされる。倒れ伏した騎士たちの体は、いずれも変形しており、二度と立ち上がることはなかった。

その異常な光景を見て、誰もが息を呑み、フジから距離を取ろうとする。

「何だ、来ねぇのか？　なら、こっちから行かせて貰うぜ！」

フジがハンマーを片手に駆け出し、それを見た紅い騎士たちが一斉に崩れ立つ。

その背へ、頭へ、容赦なくハンマーが振り下ろされ、次々と命が叩き潰されていく。

その混乱は、まるで銃の乱射事件の現場のようであった。崩れ立った敵を見て、聖堂騎士団の面々も一斉に矢を放ち、包囲を縮めていく。

局地的に見れば、戦などはある程度、勢いで決まってしまうものだ。逃げ惑う騎士たちを叩き潰しながら、フジは上空のイーグルへと目をやる。

彼女もフジを見ていたのか、その隣へ軽やかに舞い降りた。

「あんたは何者だ？　どうして皇国の連中と戦っている？」

「…………僕は、ルナの従者だ」

「そう、か…………あの噂は本当だったんだな。生きていたのか」

人の口に戸は立てられない。

ルナには幼馴染みが居たこと、それが亜人であったこと、殺処分が下されたこと——密かに噂されていた話が、フジの耳にも入っていたのである。

「…………僕は、君たちの敵じゃない」

「安心しろ。ルナ様は姉御の大切な妹御だ。何より、こちとら元・山賊よ！《土崩穿《どほうせん》》」

言いながら、フジが全力でハンマーを振り下ろす。

大地が軽く揺れたと思うと、地面が捲《めく》れながら紅い騎士たちを呑み込んでいく。

力任せの極地とも言える、フジらしい猛撃であった。

実際のところ、イーグルは聖光国に何か害を与えたことなどなく、かつて、山賊として猛威を振るっていたフジの方が、余程に害があったであろう。

フジはフジなりにそれを自覚しているのか、亜人と蔑視される存在に対して、何も言うことはなさそうであった。彼の関心は主であるクイーンと、その周囲のみであり、複雑な人種問題など興味もなければ、口を挟むつもりもないのであろう。

「…………僕は、敵の指揮官を狙う」

「そうか、あのボンボンの側には一人だけ手練れがいる。気を付けろ」

副官のことを指しているのか、イーグルもその言葉に頷く。

後退する火精霊騎士団を追いながら、戦場は新たな局面を迎えつつあった。

それは、招かれざる客人の到来である。

満を持して、と言うべきであったのか。

当初は聖堂騎士団と火精霊騎士団が正面衝突し、勢いは皇国側に傾いたが、そこへイーグルが現れたことによって戦況は膠着状態へと陥った。

それを見たフジが見事に陣形を立て直し、形勢は逆転することになったが、そのタイミングで火精霊騎士団の後背を、サタニストの大集団が襲いかかったのである。

期せずして、火精霊騎士団は挟撃される格好になってしまったのだ。彼らが掲げる、表面上の大義名分――サタニストの討伐が本当の話になってしまった瞬間でもある。

「サ、サタニストの集団が現れたぞ！」

「やはり、こやつらは手を組んでおったのだ！」

「二等国め！　悪魔信奉者と手を結ぶとは何事であるか！」

紅い騎士たちは怒りも露わに叫んだが、言われた方は堪ったものではない。前線に躍り出て、ハンマーを振るっていたフジは大声で罵り返す。

「ふざけるなよ！　てめぇらこそ、サタニストと仲良く火付けかッ！」

当然、サタニストの集団は誰彼構わず襲いかかり、辺りに火を放っては、牛馬にまで刃を振り下ろしていた。神都の住民やフジからすれば、火精霊騎士団もサタニストも、同じ穴のムジナでしかない。

「誇り高き我ら火の一族と、悪魔信奉者を並べるなど…………無知も大概にしろ！」

「何が誇り高きだ…………これが、光とやらのやることか⁉」

　両腕を広げ、黒煙と悲鳴に満ちた周囲を指しながらフジが叫ぶ。

　両者は激しく罵り合い、収拾の付かない事態へと陥っていく。前後から挟み撃ちにされたような状況に、フレイも金切り声を上げた。

「敵を、サタニストどもを蹴散らせ！　鷹も早く捕まえないか！　あの城も燃やすんだ！」

　フレイは弱者に対し、一方的な攻撃を仕掛けるばかりで、まともな戦の経験などはない。口から垂れ流しているような指示は、紅い騎士たちを余計に混乱させるだけであった。亡霊のようなサタニストと、首都を守らんとする聖堂騎士団。

　これらに囲まれては、さしもの紅い騎士たちも防戦一方であった。見かねた副官が、その重い腰を上げて指示を飛ばす。

「後背の敵は全てを攻撃対象にしている！　包囲は薄い！　これを打ち破って、正面口に築いた橋頭堡まで下がるんだ！」

「貴様、僕を差し置いて勝手な指示を飛ばすな！　突撃だ、突撃！　敵の城を落とせ！」

　副官の声にフレイが反発したが、紅い騎士たちは聞こえなかったフリをしながら一斉に後退をはじめる。流石にこの状況下で、愚劣な指示に従っていては命がないと判断したのであろう。

　副官の読みは正しく、サタニストの大集団は神都へ入り込むと、聖堂騎士団にも襲いかかり、手当たり次第に家屋にも火を付けて回った。

　その隙に火精霊騎士団は正面口まで後退し、どうにかして態勢を立て直す。気付けば、神都を巡って三つの勢力が入り乱れた状況となり、混沌の坩堝と化しつつあった。

　フレイから視線を外し、副官は必要な指示を次々と下していく。

「前面に重装歩兵を並べよ！　こちらに向かってくるサタニスト以外は無視して構わん！」

　麾下の軍勢が流れるように動くのを見て、フレイの肩が細かく震える。元々、火精霊騎士団はエリートの集まりであり、適切な指示さえあれば適切に動けるのだ。

　だが、未熟なフレイからすれば恥辱でしかない。

「貴様ら、誰の指示を聞いている！　団長は僕だぞ！　副官、お前はクビだ！」

「…………副官の解任・交代は、教皇聖下の許可が必要な筈。この場では聞けませんな」

「えぇい、誰かこいつを殺せ！　殺した者に副官の地位を授けてやる！」

　それを聞いて、紅い騎士たちの間に動揺が走る。

　何とも愚かな命令であったが、副官の地位に就けるともあれば、話は別だ。その後の人生が、劇的に変わってしまうのだから。

　目が眩んだ数人が、副官に対して槍を向ける。

「副官殿、フレイ様の命令です…………大人しく投降して頂きたい」

「武器を捨てろ！　元々、あんたはヨソ者で気に入らなかったんだ！」

「火の一族でない者が、副官の地位に収まっているなど分不相応であるわ」

　ようやく、態勢を立て直したと思えば、お次は内輪揉めであった。

愚かな将を上に据えれば、如何に優秀な軍隊であろうと形骸化し、使い物にならなくなる。

今の火精霊騎士団の体たらくは、その典型であった。

そんな愚劣な内輪揉めを続ける火精霊騎士団の前に、一台の馬車が停まる。そこから降りてきたのは一人の少女であった。

「ようやく、追いついたわね…………あんたたち、私の神都で何してくれちゃってるのよ！」

さり気なく神都を私物化しながら、ルナが叫ぶ。城内に目をやれば、あちこちから夜を焦がすような火の手が上がっており、戦場そのものであった。

ルナの体から金色の波動が立ち昇り、それを見た騎士の一人が叫ぶ。

「お、おい！　あれは噂の『金色《こんじき》のルナ』ではないのか！」

「…………三聖女の末女か！」

「聖下に対し、無礼な書を送ったと聞いている…………あれも討伐対象よ！」

「聖女だと…………アレは俺の獲物だ！　誰も手を出すな！」

イーグルに対してもそうであったが、皇国の人間はとかく功に焦りがちであった。国家として厳しい競争社会を敷いているため、目立った功績を挙げなければ蹴落とされてしまうのだ。

味方といえど、決して油断のできない相手である。

かつて魔王に敗れた大神官は失敗を恐れ、運任せの無謀な召喚を行った。ラビの村へ送られた先遣隊なども、本隊の到着を待たずに急襲するつもりだったのである。

彼らが如何に功績に焦がれ、失敗を恐れているか、実感できる一幕であろう。

皇国は激しい競争社会によって、あらゆる分野で他国より抜きん出た力を持ったが、裏側から見れば国としての連帯感などは無きに等しく、大きな作戦などにおいては、足の引っ張り合いになることも珍しくない。

そんな彼らの前に、亜人とサタニスト、そして、教皇に無礼な書を送ったとされる聖女――3つも御馳走が並んだのだから、目も当てられない。

誰かが雄叫びを挙げて駆け出すと、我も我もと紅い騎士たちがルナへ殺到した。歴戦の猛者であっても逃げ出したくなるような光景であるが、ルナは小さく鼻を鳴らす。

「フン、その紅い甲冑……私の下僕が世話になったようねっ！」

ルナが威勢良く叫び、ラムダの杖を突き付ける。

その先端から金色のオーラが吹き荒れ、一つの呪文が発動した。

「あの子が受けた痛みは、私が百倍にして返してあげる！」

――黄金破光線《レイ・オブ・ゴールドダスト》！――

金色に輝く極大光線が密集した軍勢へと突き刺さり、悲鳴を上げる暇すらなく、視界の全てが眩い光に包まれていく。

金色の粒子が徐々に薄まり、騎士たちは恐る恐る目を開けたが、そこに飛び込んできた光景は信じ難いものであった。

軍勢の中央に、ぽっかりと穴が開いていたのである。ルナの放った極大光線は敵軍の中央部を貫通し、そこに存った全てを消滅させてしまったのだ。

何が起こったのか判らず、呆然とする紅い騎士たちの耳に、勝ち誇った声が響き渡る。

そこには起伏の少ない胸を仰け反らせながら、高らかに笑うルナがいた。

「私は古代悪魔をも屈服させた世界で最も尊く、偉い聖女なの！　あんたら程度の雑魚じゃ話にならないわ！　教皇とやらを呼んできなさいっ！」

色々な意味で問題しかない発言であったが、ルナが古代悪魔を打ち破ったことは事実であり、今の魔法を見た紅い騎士たちの顔も驚愕で歪んでいく。

「何だ、今の魔法は………あんなものは教義になかったぞ！」

「古代悪魔を討伐しただと⁉　あれは天使様がやったのではなかったのか⁉」

「お、おい………あいつらは何処にいった⁉　皆、消えてしまったぞ！」

混乱する火精霊騎士団をよそに、ルナは既に第二射の態勢に入っていた。彼女の天賦の才は、これほどの大魔法を放っても、更に連射できることである。

――連続詠唱《コンテニュー・マジック》　黄金雷槌《ライトニング・ゴールド》！――

今度は敵軍の全体に雷が降り注ぎ、あちこちから絶叫が上がる。雷に打たれた騎士は黒焦げの死体となって転がり、紅い軍勢が黒い塊へと変貌していく。

中には反撃を試みる者もいたが、降り注ぐ雷に次々と打たれ、物言わぬ屍となった。

「だ、ダメだ！　こんなの防ぎようがない！」

「ぐわぁぁぁぁぁぁぁ！」

「誰か、誰か助けてくれぇぇぇぇ！」

逃げ惑っていた者も、数秒後には黒い塊となって地面に転がり、神都の正面口は飛行機の墜落現場のような有様と化した。ルナが戦場に現れて僅かな時間でしかなかったが、火精霊騎士団は軍隊としての機能を完全に失ってしまったのである。

「ダッサイ連中ね…………敵わないと判ったのなら、平伏して可愛く鳴きなさい」

ルナは鼻高々の様子であったが、敵からすればとても笑えない存在であったろう。

たった一人で戦場に現れ、戦局を覆してしまうなど、それは人間と言うより兵器と呼んだ方が早いのだから。現在のルナはまさしく、兵器と呼ぶに相応しい存在であった。

勝ち誇るルナの隣に、イーグルが音もなく舞い降りる。

「見なさい、イーグル！　あんたを苛めた連中はぜーんぶ、黒焦げにしてやったわっ！」

「…………どんな場面でも変わらないね、君は」

朝食のパンでも焼いたように話すルナを見て、イーグルの顔に苦笑が浮かぶ。

そこに転がっているのはパンではなく、黒焦げの死体なのだから。一瞬で壊滅状態へと陥った自軍を掻き分け、団長のフレイが姿を現す。

「二等国の劣等種どもが……いい加減にしろ！　貴様ら如きが優越種の王たる僕に刃向かおうと言うのか！　栄光ある火の一族よ、あの大罪人を処刑しろ！」

叫び散らすフレイを見て、さしものルナも唖然とした表情になる。敵の指揮官が、幼い子供のようにしか見えなかったからだ。

「ね、ねぇ…………アレが敵の指揮官なの？　嘘でしょ？　嘘だと言って」

「残念ながら、あれがリーダーさ。名家の生まれというだけで、今の地位に就いている」
説明するイーグルからしても、馬鹿らしかったであろう。だが、馬鹿が権力を握ると恐るべき惨状を生み出すのは、何処の世界でも同じである。

呆然と佇む二人を見て、何を勘違いしたのか尊大な態度でフレイが叫ぶ。

「何をコソコソと話している！　大人しく投降するなら、火炙りだけは免除してやるぞ！」

「……ハァ？　あんた馬鹿なの？　私は黄金に輝く聖女なのよ！　プリンセスで、ホーリーで、ゴールドなの！　理解できたなら、今すぐ死になさいっ！」

「ふざけるなよ、劣等種！　その薄汚い口を切り裂いてやる！」

フレイが剣を抜いたのを見て、イーグルが前に出る。

彼との決着は、人任せにするつもりはないのであろう。

「ルナ、下がっていて」

「しょうがないわね。あんな馬鹿、私の魔法で吹き飛ばしたかったけど、ここは譲るわ」

いつもは口煩いルナであるが、今回ばかりは大人しく引き下がる。ここでケリを付けなければイーグルは過去に囚われたままになると理解していたからだ。

対するフレイも、自信ありげに剣を突き付ける。それはフランベルジュと呼ばれる炎を模した波打つ剣であった。

こんなものを人体へと斬り付ければ不定形に肉を抉り、治癒も不可能な傷跡を残す。

フレイのような残酷な男には、ピッタリの剣である。

「まさか、僕の手を汚すことになるとはね……まぁ、良い。全身を抉って躾けてやる」

フレイは剣を構えると、恐ろしい速度で間合いを詰める。相手を侮っていたイーグルは慌てて飛び退いたが、相手の踏み込みは鋭く、振り下ろされた剣を辛うじて回避した。

イーグルの記憶ではフレイが剣を振っているところなど一度も見たことがなく、厳しい修練に耐えていたような様子もない。

相手の刺突を躱しながら、イーグルはすぐさま一つの答えに辿り着く。動きこそ速いが、剣の動きが直線的であり、どうにも素人臭いのだ。

「どうやら、加護付きの武具で強化しているようだね」

「今頃気付いたのかい？　僕のような一流の男には、加護など必要ないと断ったんだけどね……父上が強引で困ったものさ。ま、金さえあれば何でも手に入るということだね」

フレイの言う通り、その全身はあらゆる加護に覆われていた。どの品を見ても、超一流のものばかりであり、しゃべる金塊のような存在である。

彼が身に付けている武具を並べれば、その異様さが際立つ。
・風の靴《ハイ・スピード》（敏捷＋10　ジャンプ力にも補正）
・鬼神の籠手《ガントレット・オブ・オーガ》（攻撃＋5　重さを感じなくなる）
・炎水晶の監獄《プリズム・プリズン》（防御＋5　火・炎属性の攻撃を無効化　一定確率で攻撃を反射）
・スカーレットリング（全能力＋3　火の一族が装備時には＋5）
・フランベルジュ（火属性の追加ダメージ）

その姿を見ていると、全身をドーピングしまくっているようなものであり、金で買ったチートとも言える。結論から言ってしまえば、彼には厳しい修練など必要なかったのだ。

有り余る金と地位が、一流の戦士へと押し上げてくれるのだから。余談だが、《加護》の上には《祝福》があり、その上には《奇跡》と呼ばれるものがある。

そのどれもが人知を超えた内容ばかりであり、それと比べればフレイはまだマシな類であったのかも知れない。

無作為に剣を振り回しながら、フレイは己の優位を確信したように嘲笑う。

「どうした、鷹！　今更、怖じ気づいた訳ではないだろうな？」

「お金では、決して手に入らないものもある。君には一生、理解できないだろうけど」

「しみったれた劣等種は、馬鹿の一つ覚えのようにそれを言う。我ら火の一族の手に、届かないものなんて存在しないのさ！」

そう言いながらフレイは鋭く斬り込んだが、イーグルは空高く舞い上がり、遙か上空から相手を見据えた。皮肉なことに、その状態こそが既に手が届かないものが存在する証左でもある。

生まれ変わった翼は淡い銀色の光を放ち、神々しさすら感じさせるものがあった。

「君たちが振るう剣も、炎も、もう僕には届かない────！」

イーグルは鷹のように急降下すると、フレイの右肩を蹴り上げる。その一撃で肩の骨が砕けたのか、フレイの口からみっともない絶叫が上がった。

「あぁぁあぎぁぁあっ肩があぁぁぁ！　きさッ、こ、の、穢らわしい亜人がぁぁぁ！」

余りの激痛に、フレイは恥も外聞もなく地面を転げ回る。

恐らく、一度も殴られたことすらないのだろう。痛みを知らないからこそ、他人に対してあれだけ残酷になれたとも言える。

七転八倒するフレイを見下ろしながら、イーグルは褪めた口調で言う。

「君たちが殺してきた相手は、その何倍もの苦痛を味わったんだ。その足りない頭で少しは反省することだね」

「黙れぇぇぇ！　お前たち、何をぼーっとしている！　この亜人を捕らえろ！」

その声に、紅い騎士たちが慌てて駆け寄ったが、その命は瞬時に散ることになった。

――金槍衾《ゴールドスプラッシュ》！――

ルナの放った金色の槍が幾つも突き出され、紅い騎士たちの全身を貫く。

「イーグルの邪魔はさせないわよ。あんたらみたいな馬鹿は、全員ここで死になさい。ううん、面倒だから自害して。ほら、早くしなさいっ！」

ルナが滅茶苦茶なことを言い出していたが、彼女が放つ魔法を恐れて、紅い騎士たちは完全に萎縮してしまったようであった。

イーグルは長い因縁にケリを付けるべく、一際高く飛ぶ。

「これで終わりだよ、フレイ…………！」

「こ、こんなことは、認めん……！　恥辱の極みだが、ここは一旦引く……！」

フレイはよろめきながら立ち上がり、懐から光り輝く原石を取り出す。

それは《転移石》と呼ばれる古代の断片《オーパーツ》の一つであり、使用者を設定した場所へと一瞬で運ぶものであった。

フレイの父が、万が一を考えて渡しておいたものである。

「フふ……ハハハッ！　残念だったな、鷹！　優越種の王たる僕が、汚らしい亜人なんかに殺される訳がないだろう？　見ていろ、今度は全軍を引き連れてくるからな！」

フレイは憎まれ口を叩きながら、転移石を高々と掲げる。それで彼の身は一瞬で消え、皇国にある豪華な城へと戻る筈であった。

しかし、フレイの目に映ったのは、自室ではなく地面に転がった己の手。

「あ、あ、手がぁぁぁぁ！　僕の手がぁぁぁぁぎぃぃぃぃ！」

絶叫するフレイをよそに、副官は目にも留まらぬ速さで剣を収め、元の位置へと戻る。

恐らく、イーグル以外には視認することも難しい速度であった。大きく生まれた隙を見逃さずイーグルはフレイの土手っ腹に目掛けて、錐揉み状態で急降下する。

「皆の無念を思い知れ……！　フレイ、君はここで終わりだッ！」

イーグルの脳裏に、悲惨な放浪生活が浮かんでは消えていく。それら全てが過酷な試練としか思えないものばかりであったが、彼女はたった一人で、それを乗り越えてきたのだ。

逆の立場であれば、フレイはきっと耐えられなかったに違いない。

迫り来る死に対し、フレイは直視しかねるように叫んだ。

「こん、の……劣等種がぁぁぁぁぁあぁぁぁぁぁっっっ！」

　そんな叫びも虚しく、イーグルの放った蹴りは腹部を貫通し、フレイの命脈を完全な形で断ち切ることに成功した。

　大きく穴の開いた胴体を見て、フレイは大量の血を吐き出しながら崩れ落ちる。

「こん、な、認めんぞ……僕は、選ばれた勇者……なん……だ………」

「………君は負けた。そして、死ぬ。フレイ、君は勇者なんかじゃない。只の殺人鬼さ」

　その言葉は、フレイに対する最大限の侮辱であったろう。

　顔を真っ赤に染めるフレイであったが、その命はもう尽きかけている。

「愚かな鷹、め…………必ず、兄上が…………この恨みを…………」

「兄だって？　望むところさ。何年かかろうと、火の一族は僕が殲滅する」

「亜人ども……必ず、殺ぁ……」

　フレイの絶命と同時に、イーグルもよろめきながら崩れ落ちる。ルナが慌てて抱き起こしたがその両足は真っ赤に染まり、傷だらけであった。

「イーグル、大丈夫⁉　足に、こんなにも傷が…………！」

「あの鎧に、妙な加護があったよう…………だね…………」

　それはフレイの、せめてもの意地であったのか、嫌がらせであったのか。いずれにせよ、足の傷は深く、かなりの重傷であった。

　ルナは副官を睨み付け、あらん限りの罵倒を並べようとしたが、駆け寄ってきたフジに米俵のように抱え上げられてしまう。

「ちょ、ちょっと！　何すんのよっ！」

「どうかご容赦を。ルナ様がいなければ、姉御が出陣できませんので」

フジは近くにいる副官へ目をやったが、その姿には殺気もなく、戦意もなさそうであった。

副官は両手を軽く挙げ、敵対するつもりはないと無言でアピールする。

「………では、ルナ様。失礼します」

「離しなさい！　姉様が居なくても、敵なんて私一人で………って、いやゃぁぁぁ！」

フジは問答無用で走り出し、聖城へと向かう。

ルナの叫び声が小さくなっていく中、イーグルも副官へと視線を移す。彼の一閃が、フレイの命脈を絶ったようなものであったからだ。

普通に見れば、あれは利敵行為に他ならない。

「………アレは、何のつもりだい？」

「あのまま行かせれば、フレイ様は全ての責任を私に押し付けたであろう。教皇聖下も、喜んでトカゲの尻尾を切ったに違いない」

「相変わらず、君たちの国は最低だね……他者を押し退け、自分のことばかり………」

イーグルは力なく呟いたが、副官にも返す言葉がなかった。

むしろ、頷いて同意を示したい気分であったろう。副官はフレイが身に付けていた武具を回収しながら、淡々と告げる。

「悪いが、私は行かせて貰う。その足では、追ってこれまい」

「君たちは敵だ。その顔も、絶対に忘れない」

「莫大な賞金首に、顔を覚えられるとは光栄だ。ついでに、これも覚えておいて欲しい。皇国の人間が、全て腐っている訳ではないと」

その言葉に今度はイーグルが黙り込む。皇国の人間というだけで、全てが悪と決め付けるのは流石に暴論であったからだ。

黙り込んだイーグルを見て、副官は更に続ける。

「私が言っても説得力はないだろうが、火の一族には気を付けろ。何処までも執念深く、国元の兄は弟と違って本物の実力者だ」

「相手が誰であろうと、関係ないさ」

「ところで、君たちは古の時代、上位ユニットと呼ばれていたらしいな」

「………じょうい、ゆにっと?」

「君のお陰で決心がついたよ………私は皇国から離れ、禁書と呼ばれる書物を調べようと思う。勇敢な鷹よ、また会おう」

そのまま立ち去ろうとする副官を見て、残された紅い騎士たちが声を上げる。

こんな場所に置いていかれては、堪らないと思ったのだろう。

「副官殿、ど、何処へ行かれるのか！」

「見て判らないのか？　負け戦から逃げ出すところだよ」

「な、何を言うか！　副官であるなら責任を果たせ、責任を！」

「火の一族とやらは優秀なのだろう？　なら、自力で退路を切り開くことだ」

副官はそれだけ言うと、《風飛行《フライ》》を詠唱し、その場から立ち去った。

残されたのは、絶望した表情で立ち竦む、紅い騎士の群れ。

団長と副官が消え、敵地に取り残されたのだから、その心境たるや悲惨の一言である。

押し寄せてくる聖堂騎士団やサタニストを前にして、抵抗する者も居たが、殆どは嵐のような暴力に巻き込まれ、残された兵は無残にも踏み潰されることとなった。

宿敵を倒したイーグルもどうにか立ち上がり、城壁の上へと舞い上がる。聖城へ目をやると、大きく門が開かれ、クイーンが出陣するところであった。

「あれが、ルナのお姉さんか………」

神都を巡る戦いは、いよいよ最終局面を迎えようとしていた。

女王の出陣

聖城の門が大きく開かれ、移動式玉座に腰掛けたクイーンが姿を現す。

それに付き従う108騎の男たちはパンクな衣装に身を包んでおり、既に目が血走っていた。

クイーンと共に闘えることが、嬉しくてしょうがないのであろう。

見る者を威圧し、萎縮させる効果しかないであろう玉座から、クイーンが顎を振る。

それを合図として、全員が狂乱したように走り出す。

「ヒャッハー！　汚物は消毒だぁぁぁぁぁぁっ！」

「姉御のお通りじゃーッ！　道を空けんかい、このカスども！」

「ハッヒフッヘフォーーーーーッッッ！」

どう贔屓目に見ても、凶悪な山賊集団にしか見えない男たちであったが、彼らはれっきとした正規軍である。ようやく外に出られたことが嬉しいのか、クイーンの頬にも赤みがさす。これは余談だが、ルナは鎖でグルグル巻きにされ、聖城の広間に転がされていた。

神都に蠢くサタニストを見て、クイーンはぼそりと漏らす。

「フジ、全員に伝えろ。視界に入ったゴミは残らず皆殺しだ」

「てめぇら、姉御からの命令じゃぁ！　一人百殺！　全員、ここで死ねぃ！」

「「おおぉぉぉぉぉぉッッッ！　皆殺しじゃぁぁぁぁ！」」

最早、何処から突っ込んで良いのか判らない有様であったが、その士気の高さだけは、本物であった。彼らはクイーンと共に闘い、そして死にたいのである。

立ちはだかるサタニストを蹴散らしながら、移動式玉座は視界に入る全てを踏み潰し、神都の中央部にまで来て、ようやく車輪を止めた。

玉座から飛び降りたクイーンに、阿吽の呼吸でフジが得物を投げる。

伝説級と呼ばれる神槌シグマを肩に引っ提げながら、クイーンは高らかに嗤う。

「クソ虫どもが………〝待〟ってたぜェ‼　この〝瞬間《とき》〟をよォ‼」

その言葉を合図に、クイーンの大虐殺が始まった。

彼女が宣言した通り、視界に入った者は全て頭をカチ割られ、時には臓腑をブチ撒け、近付くだけで手足が千切れ飛んでいく。

その姿は、全自動殺戮マシーンとでも呼んだ方が早かったであろう。忠誠を捧げるクイーンの暴れっぷりを見て、麾下の荒くれたちも全身を血で染めながら叫ぶ。

「今日も姉御の暴れっぷりは最高じゃ～～！　見てみぃ、まるで人食い鮫じゃぁ！」

「ぎゃはははは！　滾るぜェーーー！」

「殺せ！　殺せ！　このクソどもの血で、姉御のために池を作ったらんかい‼」

まさに、破竹の勢いであった。

元々、サタニストは失うものが何もない集団であることが最大の強みであったのだが、荒くれたちは、それよりも酷い死兵なのである。

彼らは、クイーンの馬前で死ぬことを望んでおり、それが本望なのだ。故に、斬られようと、背中に矢が突き刺さろうと、お構いなしである。

こんな常軌を逸した集団を前にしては、流石のサタニストも正気に戻らざるを得ない。彼らは失うものこそないが、世を引っ繰り返したいという最低限の望みは持っているのだから。

今風に言えば、無敵の人とも呼べるサタニストであったが、死を望みながら襲いかかってくるような集団の前には脆いものであった。

クイーンも久しぶりの喧嘩に興奮しているのか、既に返り血で真っ赤である。

「クソ虫ども、これがてめぇらの墓標だ――――ッ！《十字乱撃》」

神槌が素早く縦横に振られ、そこから十字の衝撃波が生まれた。迫り来る衝撃に呑み込まれ、サタニストは肉や骨を撒き散らしながら、次々と斃れていく。

鮮血の女王――――その異名に相応しい姿を見て、逃げ惑うサタニストであったが、一人の大男がクイーンの前に立ちはだかった。

「久しぶりだな、穢れた聖女…………！」

「あぁ？　誰だよ、てめぇは」

「この傷を忘れたとは言わせんぞ！　貴様に顎を砕かれたザインだ！」

ザインと名乗った男は顎を指し、憤慨したように言う。確かに、彼の指差す先には歪な裂傷があり、過去にブン殴られでもしたのであろう。

だが、クイーンからすれば記憶にすらない男であり、面倒臭そうに返す。

「知らねぇよ。第一、そのミミズみてぇな傷が何だって？」

「貴様ぁぁぁぁぁ！　この恨み、思い知らせてやるッ！」

ザインは斧を片手に、果敢にも斬りかかったが、あっさりと躱される。

その力量差は明らかであったが、クイーンは良い玩具が来た、とでも言わんばかりにスキルを発動させていく。完全に遊びモードであった。

「ミミズ野郎………てめぇは長く遊べるんだろうな？《剛体》《金剛体》」

クイーンはスキルを重ね掛けし、防御力を飛躍的に高める。それを見ても、ザインは力任せに斧を振り下ろしたが、指一本で止められてしまう。

「なっ………きさっ、このっ………！」

「やっぱ、ミミズじゃねぇか」

呆れたような表情で、クイーンは相手を蹴り飛ばす。このままでは勝てないと判断したのか、ザインは懐から蟹のハサミのような物体を取り出した。

サタニストの中には破滅者《トランサー》と呼ばれる者が存在するが、それらは《最後の欠片《ラストピース》》と呼ばれる、おぞましい魔道具を手渡される。

使い物にならないトランスの中毒者を生贄へと捧げ、魔族を召喚する地獄のようなシステムであった。利用できるものは、最後まで利用するのがユートピアのやり方である。

相手が手にしたブツを見て、クイーンは珍しく忠告した。

「てめぇはトランス中毒には見えねぇが………それが何なのか、理解してんのか？」

「ハハッ、怯えているのか？　これはユートピア様から頂いた、貴重な魔道具よ！　悪魔の力を授かり、聖なる力を滅ぼす存在になれるのだ！」

「化物になって死ぬぞ？　まぁ、どっちでも良いけどよ」

「ハハハハッ！　貴様の顎も砕き、その顔を踏み潰してくれるわ！」

ザインは忠告を無視し、禁断の魔道具を口に放り込む。暫くして、その顔が紫色へと変化し、苦しそうに胸を掻き毟り始めた。

「ぉごッ……ど、どうして………ぐぅぅぅ！　ユートピ……ア……さ……」

「ほれ、言わんこっちゃねぇ。ま、きっちりカタはつけてやんよ」

ザインの腹部から巨大なハサミが突き出し、その体が爆発四散する。

周囲に赤い霧が立ち込め、力ある魔獣が姿を現した。

「グゥゥゥ…………！　聖女……クイーン……憎、イ…………」

ザインの体は一回り大きく膨張し、見た目は巨大な熊のように変化した。熊と違うのは、その体毛が緋色であり、頭から二本の角を生やしていることだ。

その腕は丸太を何本も重ねたように太く、巨大な爪は鋼鉄をも切り裂きそうであった。

見上げるような巨体を前にして、クイーンは鼻を鳴らす。

「書庫で見たスカーレット・ベアか。生で見んのは初めてだな」

緋熊とも言うべき巨体が、クイーンを見て興奮したように走り出す。魔獣と化しても、未だにクイーンしか目に入っていないようであり、相当な恨みがあるようであった。

クイーンは恐るべき速度の突進を躱し、両拳から必殺の攻撃を叩き込む。

「とっとと…………くたばれやッ！《修羅車《しゅらくるま》》」

緋熊の横腹に6発もの連弾が突き刺さったが、その巨体は小揺るぎもしない。分厚い体毛が、物理攻撃を軽減してしまうのであろう。

緋熊は丸太のような両腕を回し、クイーンへと迫る。こんなものを食らった日には、人間の体など紙のように引き裂かれるに違いない。

「面白ェ…………少しは殴り甲斐が出てきたじゃねぇか！《倍撃》」

クイーンの足下から、亀裂が走る。

自身の攻撃力を倍化させる、とんでもスキルを発動させたのだ。クイーンはそのまま、勢いに任せて神槌を土手っ腹へと叩き込む。

「グァァァァオォォォォ！　喰、う！　貴様の、脳まで喰らってやるぞ…………！」

今の攻撃は効いたのか、緋熊は堪らず呻き声を上げる。

クイーンは何処吹く風、と言った様子で更にオリジナルのスキルを発動させた。ルナも金色と呼ばれるオリジナルの魔法を使うが、クイーンのそれは、もっと直接的なものである。

「遊ぼうぜ、ミミズ野郎…………！《お前を殺す》《いいから黙って俺に殴られろ》」

前者は対象の痛覚を倍化させる、地獄のようなスキルである。後者は心が折れ、逃げ出したい相手を強制的にその場へ留める、これまた鬼のような内容であった。

実にクイーンらしい、いや、彼女にしか生えてこないようなスキルである。

「ウッヒャヒャ――――ッ！　おぅ、何発耐えられんだ、てめぇはよぉ――――ッ！」

クイーンは怪鳥のような雄叫びを上げ、緋熊へと殴りかかる。高速で振り下ろされた神槌を、緋熊は片手でブロックしたものの、その顔が痛みに歪んでいく。

どころか、絶叫となって辺りに響き渡った。

「グォオオオオオオオオオ！　いた、痛いィィィぃぃぃあああァァァー！」

余りの激痛に、緋熊が地面を転げ回る。

クイーンは容赦なく、その巨体に目掛けて何度も神槌を振り下ろし、滅多打ちにしていく。

「どうしたぁ⁉　喧嘩はまだ、始まったばっかだろうが！　踊れ踊れ！」

歓喜の表情で嗤うクイーンを見て、配下の荒くれたちも思わず笑顔となる。この残酷な女王に忠誠を誓うだけあって、性癖まで壊れているようであった。

「懐かしいのぉ、姉御のしごきじゃァ！　見てみぃ、あの魔物も泣いて喜んどるわい！」

「っかー！　あの熊野郎、姉御のしごきを独り占めしやがって！」

「まさか、魔獣に嫉妬する日が来るとはな…………だが、姉御の笑顔には変えられん」

クイーンはご満悦の表情でしばき回していたが、緋熊からすれば堪ったものではない。

何故か、足が言うことを聞かないのだ。この場から、この女から離れようとすればするほどに動かなくなるのだから、洒落にならない。

「ぐぎィ…………足、が、グウゥゥゥゥううう！」

「おいおい、逃げ出すにはまだ早ぇだろ？　いいから黙って俺に殴られろ」

まるで呪いの言葉である。実際、その言葉は文字通りの効果を生むのだから、緋熊からすれば頭が破裂する思いであったろう。

「ドウシテ……何故、動か………あぁぁぁ！　誰かだずげでぐれぇぇぇ！」

かつて、ザインと呼ばれたサタニストは、生まれて始めて後悔の念を抱いた。

この女王に刃向かったこと、悪魔信奉者へと堕ちたこと、数え切れないほどの悪事、それらが全て、百倍返しの苦痛になって返ってきたのだから。

情けない悲鳴を上げる相手に飽きてきたのか、クイーンはのたうち回る緋熊の腹へ飛び乗り、神槌を大きく振りかぶった。

「てんで締まらねぇ野郎だったな。んじゃ、地獄で愉しんでこいやァ――――！」

神槌が、緋熊の顔面を粉々に押し潰す。

大量の血飛沫を浴びたクイーンは、明け方の空に向かって哄笑を上げた。

「ヒャーーハッハッ！　サタニストは一匹残らず挽き肉だぁァ――――！」

その叫びに、配下の荒くれたちも一斉に雄叫びを上げ、拳を突き上げる。

彼らにとって、クイーンの喜びは自身の喜びでもあるのだ。

「「姉御、お疲れ様でした！　ごっつぁんですッッッ！」」

最早、どちらが魔物か判らない光景であった。少なくとも、今のクイーンを見て聖女であると思う者は一人も居ないであろう。

大部分のサタニストが討たれていく中、不意に大きな影が神都の上空へと現れた。

見上げた先にいたのは、先程の緋熊よりも更に巨大な怪物――空中に停止していたそれが、徐々に降下してくる。

鋭い顔付きとなったクイーンを守るように、周辺を制圧したフジが傍らに立つ。

「姉御、遅くなりました。それで、あの魔物…………いや、魔獣に見覚えは？」

「…………文献にも残ってねぇ魔獣だな。古代種かも知れねぇ」

聖城の書庫には古今の様々な天使や悪魔、魔族に関する資料が収められているが、この魔獣に関する情報はなかった。それも当然であったろう。

上空から降下してくるそれは人工的に造られた存在なのだから。警戒を隠さない二人の前に、街路からウォーキングが姿を現す。

「久しいな、聖女を名乗る狂戦士《ベルセルク》よ…………」

「あぁ？　誰だよ、てめぇは」

クイーンは興味のない相手を覚えたりはしないが、傍らのフジはすぐに相手が誰であるのかを理解し、身構えながら叫ぶ。

「姉御、こいつは奈落を持ち込んだ野郎です！」

「…………ッ！」

その言葉を聞いて、流石のクイーンも険しい表情で神槌を構える。

かつて、ヤホーの街で不意討ちを食らったことを思い出したのであろう。あの日、クイーンとルナは奈落に飲み込まれ、絶命寸前まで追いやられたのだ。

身構える二人をよそに、ウォーキングは奇妙なほどの静けさを保っていた。

その姿も、クイーンからすれば不気味なものでしかない。

「どうした、今日はお友達の奈落は持ってきてねぇのか…………？」

「あれは秘蔵の闇でな。要するに、品切れというわけだ」

無論、クイーンはその言葉など信用しなかったが、ウォーキングが本当に告げたかったのは、次の言葉であった。

「狂戦士よ、ここは一旦引くがよい。素直に聞き入れるとは思えんがな…………」

「あぁ？　寝言は寝てから言え、クソ以下のサタニスト野郎が」

クイーンは中指を突き立てながら、堂々たる姿でファックと返す。

コンプライアンスなど欠片もない態度であったが、それこそがクイーンのクイーンたる由縁であろう。酷い返答を受けても、ウォーキングの態度は何も変わらなかった。

「あの魔獣は、かつてユーリティアスを支配していたジャックという男だ」

「…………あれが、ジャックだと？」

クイーンの耳にも、狂犬ジャックの名は当然のように入っている。奴隷から闘技場の王となり果てには国家を牛耳る立場にまで成り上がった、北方の名物男なのだ。

「今のアレは、古の悪魔王にも匹敵する力を持っている。だが、時間切れが近い」

「何を言ってんのか、さっぱり判らねぇよ」

「判らんのなら言ってやる。勝てないから逃げろ、そう言っているのだ」

反射的に殴りかかろうとするクイーンを、フジが懸命に抑える。フジの見たところ、目の前の男にはまるで戦意がなく、嘘を言っているようには見えなかったのだ。

フジは落ち着いた声で、ウォーキングの真意を質す。

「奈落まで持ち出したサタニストが、どうして姉御の身を案じる？」

「いずれ時間が切れ、この騒乱は終わる。そんな狂戦士であっても、戦後の復興に必要な神輿となるだろう。馬鹿馬鹿しいが、その女は民に必要とされている」

「なるほど…………見たところ、お前さんはサタニストから足抜けするようだな」

かつては山賊の親玉として、聖光国を荒らし回っていたフジである。

今では改心してクイーンに仕えてはいるが、それ以前はドが付く悪党であり、ウォーキングの変遷を何となく察することができたのだ。

「疲れたのだよ、何もかもが…………この戦乱が終われば、私は」

その言葉を言い終える前に、恐るべき魔獣が地上へ舞い降りた。ウォーキングが告げた通り、その魔獣はかつてジャックと呼ばれていた独裁者である。

七つの大罪と呼ばれる一柱、傲慢の力を宿した半魔獣人とも言える姿と化していたが、かつて魔王と相対した時とは違い、その背には漆黒の《逆十字《アンチクロス》》がビッシリと埋め込まれている。

背骨に沿うように何本も埋め込まれたそれは、露出した骨のようで気味が悪い。

ジャックは閉じていた目を開き、獣のような唸り声を漏らした。

「頭がイタい………ここハ、何処だ…………うグぅぅぅ！」

ジャックは頭を掻き毟《むし》りながら、苦痛に喘ぐ。

その姿を見て、クイーンはようやく、ウォーキングに対してまともな会話を試みた。

「勝手に苦しんでるみてぇだが…………ありゃ、どういうことだ？」

「あの男は、瀕死の状態にあった。それを《逆十字》で凶暴化させ、強引に延命しているだけに過ぎない。いずれ、時間が切れるとはそういう意味だ」

ジャックは苦しさの余り、右手を振るうと横にあった家屋が倒壊し、足を踏みならすと地面が割れ、近くにあった噴水が破壊された。

「殺ス…………！　俺の邪魔ヲする連中は、全員殺して……ヤル…………！」

状況がまだ把握できていないのか、ジャックは聖堂教会の建物に頭から突進して破壊すると、隣接していた薬屋や宿屋まで倒壊させていく。

クイーンはやれやれ、と言った姿で神槌を担ぎ上げた。

「時間切れとやらの前に、神都が崩壊すんじゃねぇかよ」

「…………よせ。建物は再建できるが、命は戻らない」

「ハハッ！　サタニストの分際で、聖職者みてぇなことを言いやがる……こりゃ、傑作だ！」

「私は本気で言っているのだ！　アレはもう、人の手でどうこうできる存在ではない！」

クイーンはその言葉を無視し、フジに向かって指示を飛ばす。

相手の自滅を待つ気など、さらさら無いらしい。

「フジ、他の連中を纏めて、神都に入り込んだゴミどもを始末しろ」

「…………姉御。その男が言う通り、あの魔獣は危険です」

「二度は言わねぇ。行け」

「…………っ。はっ！」

クイーンは暴れ回るジャックへと近付き、軽い挨拶を放り投げる。その言葉は、狂える魔獣と化したジャックの耳にも通じたようであった。

「よぉ、負け犬。てっぺんから犬のクソにまで落ちた気分はどうだぁ？」

「ぐぅぅ、コノ俺を、誰ダト思っている…………！　このクソアマがぁァぁ！」

ジャックは巨体を感じさせないスピードで突進したが、クイーンはそれを回避しながら相手の臑を強打した。相手が魔獣であれ、クイーンの一撃を食らえば足が砕け散る。

しかし、ジャックは蚤に刺されたほどにも感じていないようであった。

「硬ぇ野郎だな…………」

「俺は、俺ハ、再び玉座を取り戻ス…………！　誰にも邪魔させねぇ！」

クイーンは続けざまに連打を放ち、一発二発とヒットさせたが、三発目はジャンプで躱され、四発目に至っては、スウェーで回避されてしまう。

先程までの獣じみた動きとは違い、急速に記憶を取り戻しているようであった。

「何だぁ？　犬のクソが人間みてぇな動きをしやがって」

「…………ぐぅぅ、あれは聖城か？　お前は誰だ？　俺は何故、こんなところに居る」

「お前の事情なんて知らねぇよ。酔いが醒めたってんなら、消え失せろ」

「そうはいくか。あの城を見ているだけで、頭が割れそうなぐらいに苛立ってくる……クソ、頭がいてぇぇ………！」

人工的に造られた魔獣とはいえ、聖城に対する苛立ち、不快さは遺伝しているのだろう。

ジャックはそのままフラフラと聖城へと向かう。

「あの城を、あの城だけは、残しておく訳にはいかん………必ず、この手で……」

「てめぇ、シカトこいてんじゃねぇぞッ！」

クイーンはその背に神槌を叩き込むと、そのまま背中を駆け上がり、ジャックの頭部へ必殺の一撃を振り下ろす！

だが、ジャックは不快げに手を払い、クイーンを叩き落とす。目の前の敵よりも聖城に対する憎しみの方が勝るのであろう。

ジャックは聖城に近付くにつれ、耐え難い苦痛を感じたが、怒り狂ったように結界へと向けて拳を乱打した。その様は素手で戦車を殴るのに近いものがあったが、相手が相手である。

強化されたジャックの拳が結界へと突き刺さる度に、城が揺れるようであった。

普通の魔物であれば、聖城にこれだけ接近した時点で、既に聖なる波動に焼き尽くされているであろう。だが、ジャックは幸か不幸か、半分は人間である。

耐え難い苦痛に焼かれながらも、攻撃する手は止められないという地獄の中にあった。

クイーンは血の混じった唾を吐きながら、フラフラと立ち上がる。

「…………ったく、殴り甲斐があり過ぎても、厄介なもんだな」

クイーンは面倒そうに吐き捨てると、更なる強化スキルを発動させた。

――――《三倍撃》発動！――――

（攻撃力を三倍に強化するが、人間の肉体では耐えられない。自身に継続ダメージ）

クイーンの目が充血したように真っ赤に染まり、唇の端から血がこぼれ落ちる。これはかつてモンキーマジックも駆使したスキルであったが、人間には使えたものではない。

脆弱な人間の肉体が、骨が、その負荷に耐えられないのである。

クイーンは歯を食い縛りながら、驚異的な一撃をジャックへと叩き込んだ。

「ごぁ…………このクソアマぁぁぁッッ！　邪魔するなぁぁぁぁ！」

「ガキみてぇに城を見て、はしゃいでんじゃねぇよタコ」

ジャックはようやくクイーンへと意識を向け、その両拳を相手に向けてブン回す。その一撃を食らっただけで、致命傷となるであろう。

クイーンは紙一重でそれを躱しながら、神槌をジャックへ叩き込んでいく。

「かつての独裁者が、城相手に砂遊びってか？　哀れなもんだな」

「黙れぇぇぇ！　俺は、今でもユーリティアスの王だ！」

ジャックは半身を捻り、爆発的な速度でクイーンへと突進する。それを見たクイーンは咄嗟に《光壁《ライトウォール》》を展開したが、相手のパワーは想像を遥かに超えていた。

「――――獅子虎猛襲打《ライガーナックル》ッッッ！」

　トラックが衝突したような音が響き渡り、クイーンの体が一直線に吹き飛ぶ。その先にあった商家まで粉々となったが、クイーンは神槌を杖代わりにどうにか立ち上がる。

　防御を極限にまで高め、魔法の障壁まで展開したにもかかわらず、クイーンの肉体はボロボロであった。それだけ、今のジャックは理外の存在と化している。

「クソアマが…………誰が王であるのか、理解できたか？」

「そんな姿になって、何が王だ。笑わせんじゃねぇぞ…………」

「強情な女がいたもんだ。まだ躾が必要らしいな」

「…………てめぇも人間辞めてんだから、俺も辞めるとすっか」

「何だと？」

　クイーンはそれだけ言うと、ダラリと両手を広げ、明け方の空を仰ぐ。両目を閉じた横顔には神聖な気配が漂っており、彼女が本物の聖女であることを示すようであった。

　やがて、クイーンの全身から聖なる波動が溢れ、周囲の空気がひりついていく。

　底冷えするような気配に、近くにいたウォーキングまでぶるりと体を震わせる。心配になって戻ってきたフジも、クイーンを見て悲鳴のような声を上げた。

「姉御、それだけはいけませんッ！　また、あの日のように…………！」

　フジが何かを叫んでいたが、クイーンから溢れ出る波動は止まらず、とうとう、聖なる存在を呼び寄せてしまう。

　クイーンの体から溢れる波動は、上空で奇妙な形となり、見る者を凍らせた。

それは巨大な球体のようでもあり、大きな目玉のようでもあり、視界に入っただけで、寿命が削られそうな造形をしている。

大きな目玉の周囲にはびっしりと小さな目玉が付いており、不気味なお面のような顔も幾つか張り付いていた。

球体の後方には目玉付きの羽が何枚も生えており、聖なる波動と冷酷な気配が混ざりあった、呪われた超常生物と言ったところである。

やがて、クイーンの口から美しい調べが紡がれ、その全身が眩い光に包まれていく。

「God will not let you be tempted beyond what you can bear ――――」

―――― 座天使の祝福　「混沌破滅天使《クレイジーエンジェル》」発動！ ――――

（全能力が時間経過と共に上昇　最大＋44　時間経過と共に理性が減衰していく）

クイーンは言葉が紡げる間に言っておきたかったのか、フジへ伝言を残す。

「フジ、全員をここから避難させろ。俺がイカれちまったら、お前が殺せ。良いな？」

クイーンが発動させたものは祝福と銘打たれているが、中身は呪いに近い。

遠い昔、彼女はこれを使い、多くの部下を失った。

理性を失った、自らの手によって。

かつて、北方の周辺諸国が連合を組み、数万の軍勢で押し寄せてきたことがあったが、それを撃破した際に使ったのが、この祝福である。敵が総崩れになった頃には彼女の理性は溶け果て、その殺戮は部下にまで及んだ。

後に、「ゲートキーパーの悲劇」と伝えられる事件の真相である。

こんな封印していた能力まで使わなければ、勝てないとクイーンは判断したのであろう。

対するジャックも、相手が聖女と呼ばれる存在であることに、ようやく気付く。

「そう、か……聖城があるってことは、ここは聖光国。お前が、あのイカれた聖女か」

「化物に言われる筋合いはねぇよ。てめぇの姿を鏡で見ろってんだ」

クイーンは力強く地を蹴り上げ、一気に距離を詰める。

神槌を顔面へと叩き込むと、そこから嵐のような猛撃を放った。対するジャックも身体能力の全てを駆使し、それを迎え撃つ。

音速の攻防が続く中、クイーンは愉しそうに口を曲げ、最後の言葉を放り投げた。

「互いに時間がねぇなぁ……？　俺ぁ、もうしゃべれなくなるからよ、最後に言っておくわ」

「クソアマの分際で、遺言でも残そうってか？」

「耳かっぽじってよく聞けや――――くたばれ、糞野郎」

クイーンは侮蔑を隠そうともしない表情で中指を突き立て、ジャックの怒りを爆発させる。

そこから先の攻防は見る者を震わせ、足を張り付かせるような内容となった。ジャックの拳が何度突き刺さろうとクイーンは一歩も引かず、それ以上の速度で殴り返す。

「どう、して………………！　混沌の力を宿した俺が！　こんな人間如きにぃぃぃぃぃぃ！」

ジャックは苛立ちのあまりに叫んだが、対するクイーンは言葉を紡ぐ理性が残っていないのか、イカれた表情で嗤うのみであった。

「そんな目で、俺を見るなぁぁ！　俺は王だ！　もう奴隷じゃねぇ！」

かつて向けられた、侮蔑に満ちた視線を思い出したのか、ジャックは大声で叫ぶ。彼は復讐を糧に成り上がり、一国を牛耳るまでになったのだから。

奴隷として売られ、闘技場で常軌を逸した獣や魔獣と闘わされては、逃げ回る。人々はそれを見て、手を叩きながら大笑いしたものだ。

生き延びれば僅かな小銭を与えられ、寒さとひもじさに耐えながら牢で眠る。そんな境遇から成り上がったジャックは、己が最強であることを疑いもしなかった。

しかし、どれだけ拳を振るおうとも、目の前の女は物ともせずに立ち向かってくる。

その姿は、化物相手に闘い続け、遂には勝利を掴むまでになった、過去の自分を彷彿とさせるものがあった。それだけに、ジャックは激しい苛立ちを募らせる。

「倒れろ！　さっさと倒れやがれ！　俺は王の立場を手に入れた！　俺は支配者だ！」

岩のような拳が幾度となく突き刺さり、クイーンがとうとう片膝をつく。トドメを刺さんと、ジャックは渾身の力を込めて足を振り下ろす！

地面が砕け散り、大きく陥没したが、クイーンはまだ絶命していなかった。

振り下ろされたジャックの足をクロスした腕で防ぎ、その口からは、言葉にもならない言葉が紡がれる。

「――・――――・―・――――・――――」

それはいつもの口汚い言葉であったのか、それとも相手を嘲笑ったものであったのか。

いずれにせよ、ジャックには不快極まりないものである。やがて、クイーンの体に様々な形をした無数の時計が浮かび上がり、恐るべきスキルが発動された。

――――決戦スキル　「死亡遊戯《ノーリミット》」発動！――――

（死亡判定を受けても、暫く行動が可能。時間経過により、再判定）

再び立ち上がったクイーンを見て、ジャックの血管が切れそうになる。

「しつこいんだよ、クソアマぁぁぁ！　てめぇの負けを！　敗北を認めやがれッッ！」

それに対し、クイーンは舌をダラリと垂らし、またしてもファックを突き付けた。その理性は殆ど残っていなかったが、時間経過と共にクイーンの全能力が強化されていく。

ジャックの攻撃は殆ど当たらなくなり、クイーンの手数は加速する一方であった。

神槌を頭部に振り下ろしたかと思えば、即座に横腹へと叩き付け、ローキックを放った直後に今度は下から顎を跳ね上げる。

最早、その動きは人間よりも魔獣に近かったのかも知れない。それだけに、人の許容範囲などとうに超えてしまっていた。

筋肉は断裂し、骨はひび割れ、限界を超えた心臓も破裂寸前である。

本来のジャックであれば、この猛撃にはとても耐えきれずに膝を突いたであろう。祝福状態のクイーンは、それだけ異常な個体であった。

だが、悲しいかな、相手は大罪の悪魔から《混沌》の力を与えられた超常的存在である。

しかも、逆十字によってその力は数倍にも膨らんでいた。

互いに時間制限がある戦いであったが、軍配が上げられたのはジャックである。生物として、耐久力に差がありすぎたのだ。

一瞬の隙を突いて、ジャックは相手の腹部に拳を叩き込み、クイーンの口から大量の血反吐が吐き出される。

倒れ込んだクイーンに対し、ジャックは渾身の力で踏み潰そうとしたが、その体勢がグラリと揺れた。フジが全力で、足にタックルをかましたせいである。

予想外の乱入者に、ジャックは何度も拳を振り下ろしたが、フジはしがみついて離れない。どころか、大声で叫んだ。

「そこのサタニスト！　姉御を聖城まで運べッッ！」

時間が止まったような感覚にいたウォーキングは、その言葉に目を覚ます。目の前の攻防が、余りにも人間離れしており、意識まで飛んでいたのだ。

「運べ、だと？　私が………あの、聖城に⁉」

二重の意味で、ウォーキングは混乱した。

サタニストである自分に、あろうことか聖女を運べと言うのだ。

しかも、かつては忌々しく見上げていた聖城に。

「迷ってる場合か！　てめぇは後悔してんだろうが……これまでの生き方に！　なら、今日から生き方を変えやがれ！」

フジの叫びに揺れるウォーキングであったが、どうしても足が動かない。

目の前のジャックが、埒外の魔獣が、余りにも恐ろしすぎたのだ。

「聖城の中に運べば、姉御の身はひとま………ぐぁぁぁぁ！」

ジャックは小煩さそうにフジの頭を掴み上げると、力任せにブン投げる。フジのような巨漢であっても、ジャックの前ではまるで子供扱いであった。

地面をズンズンと揺らしながら近付いてくるジャックを見て、ウォーキングの全身は金縛りにあったように動けなくなる。

ごく自然に、首から下げたペンダントへと手が伸びた。そこには、亡き娘の遺髪が収められており、ウォーキングにとって命にも替えがたいものだ。

（私は、どうすればいいのだ………妻も娘も失い、私にはもう………）

その時、ウォーキングの耳に懐かしい声が聞こえた。

それは小さな鈴が鳴るような、亡き娘の声であった。

《お父さん、頑張って。私は、いつも頑張ってるお父さんの背中が大好きだったよ》

その声に、ウォーキングは背を押されたように一歩を踏み出す。

それは幻覚であったのか、生命の危機が見せた思い込みであったのか、それとも——座天使が降臨した残照であったのか。

いずれにせよ、その声は彼が一歩を踏み出すには十分すぎるほどの理由であった。

（父さんは………父さんはな、いつもお前たちのことを………！）

ウォーキングの目尻に涙がたまり、やがて溢れ出す。

踏み出した一歩はどんどんと加速し、遂にはクイーンを担ぎ上げるまでになった。上級悪魔に匹敵するであろう魔獣を前にして、途方もない勇気である。

駆け出したウォーキングを見て、ジャックは口から衝撃波を放つ。空気の砲弾とも呼べる攻撃を食らい、ウォーキングは枯れ枝のように何度も地面を転がった。

「逃げるんじゃねぇ……そのクソアマは、俺の獲物だ………っ！」

「…………ッッッ」

ウォーキングは全身の骨が砕かれたような激痛の中、よろめきながら立ち上がる。クイーンを再び担ぎ上げると、ぐらつきながらも聖城へと向かう。

ジャックも駆け出そうとしたが、踏み出した右足に激痛が走り、堪らず倒れ込む。ジャックは既に死んだ肉体を、強引に現世へと繋ぎ止めているだけの状態である。

背に埋め込まれた漆黒の逆十字は、殆ど真っ白になっており、時間切れが迫っていることを、無言で示唆していた。

「逃げ………るんじゃねぇ！」

ジャックは人の頭ほどある石を握るや、凄まじい力で投げつける。

それを背に食らったウォーキングは、口から大量の血を吐き出し、骨が何本も折れる嫌な音が耳に入ったが、その足を止めることはなかった。ぼやける視界の先には聖城があり、その正面口には亡き妻と、娘の姿が見えていたからだ。

それが幻覚であることを心の何処かで知りながらも、彼は歩みを止めなかった。

「父さんは、間違っていた……お前たちを失い、その悲しみを、いつも誰かのせいにして」

それはウォーキングの懺悔であったのか、心からの吐露であったのか？　その歩みは覚束ないものであったが、決して折れない強靭な意志が宿っていた。

涙で滲む視界の先には、心配そうにこちらを見ている妻と娘の姿が見える。

ウォーキングは二人を安心させるように泣き笑いの表情を浮かべながら、力強く頷く。

「待っていろ………父さんはもう、絶対に負けないからな………！」

つんのめりながら歩くウォーキングに対し、ジャックが必死の形相で迫る。

聖城の中に入られては、もう手が出せなくなることを本能的に察知していたからだ。凄まじい速度で迫ってくるジャックを見て、ウォーキングは足を速めたが、とても間に合わない。

ジャックの拳がウォーキングの背を砕かんとする刹那、視界に銀の光が反射した。

その直後、耳をつんざくような地響きが鳴ったが、ウォーキングは振り向きもせず、聖城へと駆け込み、そのまま倒れ込んだ。

心臓は破裂しそうな鼓動をしており、荒い呼吸だけが耳に入る。

視界には無骨な石の城門だけがあったが、そこにウォーキングを覗き込むように妻と娘の姿が映り込む。二人の表情はとても柔らかく、労っているようであった。

それを見て、ウォーキングの頬が数十年ぶりに緩む。二人を失ってから、彼が笑みを浮かべることなど久しくなかったことだ。

やがて、二人の姿は幻のように歪み、視界から消えていく。

二人の姿を焼き付けるようにウォーキングは目を閉じ、再び目を開けた時には、別人のような容貌となっていた。その目にも、力強い光が宿っている。

　ウォーキングはどうにか立ち上がると、クイーンへと駆け寄る。

「聖女、生きているか？　目を覚ませ！　おい、聖女！」

「――・――――・――・――」

「誰か、誰かいないのか！　薬師や、魔法使いを呼べ！」

　クイーンは壊れた表情で何かを呟いていたが、もう言葉にもならないようであった。その声を聞いて、大勢の女官たちが駆け寄ってきたが、誰もが絶望の表情となる。

　正確に言えばクイーンには既に死亡判定が下っており、スキルによって延長されているだけの状態であったからだ。

　こんな状態の者に薬や回復魔法などを与えても何の意味もない。ウォーキングも絶望の表情で立ち尽くしたが、外から聞こえてくる大音声が聖城の中へと鳴り響いた。

「天に華咲く龍と成り、いかに険しき山あれど、踏みてぞ越えん我勇姿《わがゆうし》――――ッ！」

　ウォーキングにはその口上がさっぱり理解できなかったが、クイーンは突然、上半身を起こしズルズルと城門の方へと這い寄っていく。

「ま、待て、聖女！　お前はまず治療を…………！　おい、誰か、この女を止めろ！」

「――・――・――さ――ま――」

「…………な、何だ、何と言った？」

ウォーキングはクイーンの下へと駆け寄り、どうにか言葉を聞き取ろうとする。それが聖女の遺言であるかも知れないと。

だが、クイーンは急速に理性を取り戻しつつあるのか、とんでもない声量で叫んだ。

「零《ぜろ》さまあああぁぁぁぁぁっぁぁぁぁぁぁぁぁぁぁぁぁっぁぁ‼」

突然の絶叫に、近くに居たウォーキングがひっくり返る。とある男の背中を見て、クイーンは理性を取り戻したのだが、今度は別の方向にぶっ壊れたようであった。

「私です、クイーンですっ！　零さまぁぁぁこっちを向いてぇぇぇぇぇぇ！」

死亡判定とやらは何処へ行ったのか、クイーンは乙女全開の姿で叫ぶ。訳が判らないままに、ウォーキングが視線を向けると、そこには仇敵とも呼べる男が立っていた。

その背に、巨大な龍を背負う忌々しい男が。

「た、龍人《たつびと》………！　まさか、この女を守るために…………⁉」

ウォーキングの言葉にクイーンは一人身悶えていたが、男は軽く振り返ると、憎々しいまでの態度で雄々しく叫ぶ。

「後は俺に任せとけ。瞬きすんじゃねぇぞ——天下無敵を背負った、男のタイマンってやつを見せてやっからよォ‼」

零は暗雲を切り裂くように叫ぶと、ジャックに向かって走り出す。聖光国の全土を巻き込んだ内戦は、最後のフィナーレを迎えようとしていた。

その目に焼き付けろ

話は少し遡る――

ドナの城から離れた魔王は、《全移動》で各地を回りながら黒煙を追っていた。

その先々では放火と殺戮の跡が残されており、辺りには酷い臭いが溢れている。辛うじて息があった男に、魔王は包帯を巻いてやりながら問う。

「これは、誰の仕業だ？」

「…………こ、うこくの…………騎士団が…………」

「そうか、火傷はすぐに治る。ゆっくり休んでいろ」

魔王が言った通り、男の全身を覆っていた火傷が瞬時に癒えていく。魔王は険しい表情で立ち上がると、馬の足跡へと目をやる。

火煙と足跡の先には、聖光国の中心地である神都があった。

（皇国とやらに喧嘩を売られたのは、これで何度目だ？　そっちがその気なら、こっちもやってやろうじゃねぇか…………後悔させてやるぞ）

魔王は《全移動》で神都へと飛び、そこに広がる惨状を見て愕然とした。

あちこちから黒煙が上がり、街路は敵味方の死体で溢れ返っていたのだ。喧嘩どころか完全に戦争状態である。見渡しの良い時計塔へ飛ぶと、その惨状はより明らかになった。

（あそこで戦ってるのはヤンキー聖女か？　ルナはどうした？）

状況を把握しようと、魔王はあちこちへ視線を飛ばしたが、理解が追いつかない。

神都を巡って様々な勢力や、因縁のある人物が死闘を繰り広げていたなど、部外者の魔王には判る筈もない。とても、この騒乱の中心人物とは思えない貧しい見識であった。

肩に乗ったままのスノーフェネック、もとい、神獣も困惑したように鳴き声を漏らす。

「キュー……」

「お前にも判らんよな。何がどうなったら、こんな酷いことになるんだか……」

「キュー……？」

お前と部下の方がもっと滅茶苦茶にしてたぞ、と言わんばかりに神獣が鳴く。魔王は聖城前の戦いへ目を向けると、「あっ」と短く漏らした。

「あいつは、ジャックか……⁇」

先日、ユーリティアスの国境付近で連れ去られたのを見たばかりである。どうしてジャックが聖光国に居るのか、魔王にはさっぱり判らない。

ヤンキー聖女が魔獣と化したジャックと打ち合っていたが、形勢は相手に傾きつつある。

「まぁいい。ここまで喧嘩を売られたからには……こっちも喧嘩好きのスタイルで応えてやろうじゃねぇか！」

「キュー？」

「お前はちっさくて弱そうだからな。怪我しないように何処かで遊んでろ」

「キュー！」

ガキ扱いするな、と言わんばかりに神獣が鳴いたが、魔王はお構いなしに管理画面を開く。キャラクターチェンジを迷わず選択し、時計塔が銀の閃光に包まれていく。

神都に住まう民衆からすれば、それはいつか見た光景であった。かつて、闇公爵と恐れられるオルイットと、零は聖城前でタイマンを張ったのだ。

あの時も神都は壊滅の危機に陥っていたが、今回の被害はその比ではない。その上、閃光から現れた零は魔王の意に反して意気消沈していた。

「俺が、悪者………はは、ハ……どうせ、俺なんて………」

（おいおい、凹んでる場合か！　いつまで拗ねてやがる！）

予想外の反応に魔王は狼狽したが、今の零は喧嘩どころの話ではなかった。

オルイットのメイドから言われた言葉が、未だに突き刺さっているのであろう。

零は殺人鬼や、巨悪と呼ばれる存在と戦い、それをド派手に打ち破ることがアイデンティティなのだ。それを真っ向から否定された挙句、悪者呼ばわりされたのだから堪らない。

大袈裟に言えば、自己崩壊の危機に陥っていた。

だが、空を貫くような閃光を見て、神都の民衆は次々と塔の周辺へと集まり、零の姿を見るや割れんばかりの大声を上げる。

「た、龍人様だぁぁぁぁぁ！」

「み、皆に知らせてこい！　零様が現れたってな！」

「零さまー！　お願い、助けてー！」

人々の縋《すが》るような声に、視線に、零は呆然と立ち竦む。

徐々に傷付いた心が戻ってきたのか、虚ろな目に光が戻り、ふらふらと塔から顔を出す。その瞬間、零の耳に心地よい大歓声が鳴り響いた。

「零さまぁぁぁ！　どうかクイーン様を助けて…………！」

「零様、どうか神都を…………神都をお救い下さい！」

「皆、この街は龍に守られている！　俺たちも立ち上がろう！」

それらの声を聞く度に零の背筋が真っ直ぐに伸びていき、表情にも覇気が満ちていく。何とも単純な姿であり、ある意味では純な男であった。

「そ、そうだよな……俺は、悪者を倒すヒーローで、いつも皆から応援されて…………」

かつての会場では殺人鬼と呼ばれるプレイヤーだけを狙い、そのビルドは悪人の討伐へと偏りまくっていた零である。標的に定めた相手には鬼神のように強いが、それ以外にはてんで弱い、一種の名物男だったのだ。

助けを求める切実な声を聞いて、零の心に俄然、闘志が沸いてくる。

「そうだよ、これだよこれ！　やっぱ、俺はこうでなくっちゃな！」

（お前、どんだけ単純なんだよ…………！　何でこんな馬鹿な設定にしてしまったんだ！）

魔王は内心で頭を抱えたが、とっくに手遅れの話である。

泣いた鴉《からす》がもう笑う、と言った具合で零は高々と跳躍すると、聖城へと向かう。

眼下にはボロボロになったクイーンと、それを必死に運ぶ男がいたが、その背後からは魔獣が迫っている。零は聖城の壁上へ到着すると、何を思ったのか大きく跳躍した。

全くする必要のない空中での一回転捻りを加え、零が跳び蹴りをお見舞いする。

仮面ライダーのような蹴りを放ちたかっただけなのであろうが、それを食らったジャックは、顔面を凹ませながら大きく吹き飛んだ。

ジャックほどの巨体が宙を舞い、地表を削りながら後ろにあった聖堂へと激突した。圧倒的な力を前にして、寄り集まった民衆も静まり返る。

零はここぞと言うタイミングを狙っていたのであろう。遠山の金さんもかくやと言った勢いで背の龍を見せ付け、大音声を上げた。

「天に華咲く龍と成り、いかに険しき山あれど、踏みてぞ越えん我勇姿《わがゆうし》――ッ！」

（おわぁぁぁ！　いきなり訳の判らん詠唱すんな！　俺の心が死ぬだろうが！）

中の魔王は七転八倒していたが、それを聞いた民衆は拳を振り上げ、大歓声を送った。何せ、龍人と信じる存在が、勇を鼓すように吠え猛ったのだから。

絶望の淵にあった民衆からすれば、堪らない一幕である。

背後からはクイーンの叫び声も聞こえ、零の闘志はいよいよ頂点に達した。

「後は俺に任せとけ。瞬きすんじゃねぇぞ――天下無敵を背負った、男のタイマンってやつを見せてやっからよォ‼」

昭和の暴走族丸出しの台詞に、魔王の心臓は潰れそうになったが、事態はもう止まらない。

猛烈な勢いで接近してくる零を見て、ジャックは瓦礫を撥ね除けながら立ち上がる。

そのまま拳を振り上げると、虫でも潰すように地面へと叩き付けた。だが、そこには零の姿はなく、ジャックは慌てて周囲を見回す。

上から聞こえる声に目をやると、零は背後にあった建物の上でヤンキー座りをしていた。その速度は、時間切れが迫るジャックの目に追えるような範疇にはない。

先程から聞こえる龍人、という異様な呼称を思い出し、ジャックは呻き声を上げた。

「お前が、あの龍人だと…………!?」

無論、ジャックの脳内にある龍人とは、獣人たちを率いるリーダーのことを指している。

零は着ている衣装から「銀龍」と呼ばれ、それが異名になっていたことから違和感なく龍人の呼称を受け止めており、堂々と嘯いてみせた。

「龍を背負える男なんざ、俺以外にいるかよ――――」

言いながら零は地上へ下り立ったが、内心では首を捻っていた。

ビルドの中心たる《狂乱麗舞》の効果が、半分程度しか発揮されていなかったからだ。零からすれば不可解な現象であったが、ジャックは完全な魔物ではない。

半分が人間であったため、効果が半減しているのである。

対するジャックも不敵に笑い、最期の闘争を噛み締めるように言う。

「地獄の手土産に、龍の首ってのも悪かぁねぇ」

「てめぇ如きに、龍の首が取れるかよ」

「だったら、教えてやる…………混沌を宿した、王の力ってやつをなぁ！」

「……〝教え〟て貰おうじゃねぇか。銀龍に上等かましたマヌケが〝誰〟なのかをよぉ!?」

ジャックは燃え尽きる命を爆発させるように、猛攻撃を仕掛ける。それは魔獣としての力に、闘技場の王であった格闘術まで合わさったもの。

これまでの数倍鋭く、力強い動きであった。

零はそれらを紙一重で躱しながら強烈なカウンターを叩き込んでいく。彼は誕生の瞬間から、殺人鬼や巨悪と闘い続けることを宿命付けられた男だ。

その動きや独特の勘は尋常ではなく、まさにＰＫＫの極地といった存在である。

零は掌に拳をぶつけながら、鋭い視線をジャックへと向けた。

零は敵とみなした３つの勢力には《狂乱麗舞》が発動し、魔王に匹敵するほどのステータスに達する。これだけで、局地災害のような存在であろう。

更に、先制攻撃を仕掛ければ《正義漢》、反撃すれば《大乱》が発動する。

一度の攻防で、毎回１００ダメージの上乗せが発生するのだから、笑い話にもならない。

こんな存在と殴り合えるのは、神話時代の古代悪魔ぐらいであろう。

それと同時に、かつての会場には零を遥かに凌駕する、怪物としか思えないビルドを構築したプレイヤーがごろごろと転がっていたのだから、まさに修羅の国である。

とまれ、ジャックは龍の化身としか思えない相手を前にして、自然と口角が上がっていた。

最後の闘争相手に、相応しいと思ったのであろう。

聖光国の全土を巻き込んだ内戦。

その最後の戦いは――ほろ苦さが残るものとなった。

ジャックが拳を振るえば、数段早い速度で懐へと入り込まれ、気付けば顎が跳ね上がり、重い正拳突きを何発も食らう。

それでも、ジャックは怯まない。

命の刻限に抗うように、我武者羅《がむしゃら》に拳を振るう。

どれだけ被弾しようと、ジャックは頑丈な戦車のように暴れ続けた。最後の瞬間まで、闘争を愉しんでいるような姿に、流石の零も呆れたように問い掛ける。

「まるで、生き急ぐような姿だな。一時間後に地獄で待ち合わせでもしてんのか？」

「まぁ、そんなところだ」

そう返しながらも、ジャックの動きは止まらない。

零はそれらを受け流し、時に弾いたが、かなりの重みがあるのだろう。徐々に顔が引き締まりジャックの目を見据えるようになった。

死を覚悟しながら立ち向かってくる相手に、何か思うところが出てきたのだろう。零が渾身の一撃を腹部に叩き込むと、堪らずジャックが膝を突いた。

「てめぇは、どれだけの人間を不幸にしてきた？　まるで、怒りや怨念の塊じゃねぇか」

「俺は、王だ……かつて受けた痛みと屈辱を、奴等に、倍にして返した……それだけだ……」

ジャックの意識は朦朧としてきたのか、頭を左右に揺らす。

零は何とも言えない表情でそれを見ていたが、やがてジャックの背中から逆十字が抜け落ち、その肉体が人間の姿へと戻っていく。

それを見ても、零は全く驚かなかった。かつての会場には、超常の力を手に入れ、姿形を変化させるようなスキルなども普通に存在していたからだ。

既に死の淵を彷徨っている相手に、零はしみじみと漏らす。

「復讐したってか？　その割にゃぁ、てめぇはちっとも幸せそうに見えねぇなァ？」

「黙れ！　血には血を、これが俺の生き方だ！　こうする以外に………あの国で生き残る術などなかった。この世は喰うか喰われるか、それだけだ………」

「………悲しい野郎だな。ダチの一人でもいりゃぁ、違う生き方も」

ジャックはその言葉が終わる前に立ち上がり、よろめきながら拳を振るう。

そこには全盛期の力など残されておらず、何度も繰り出される拳を零は無言で躱す。とうとうジャックは両膝を突き、荒い息を吐く。

明け方の空を睨み、ジャックは一流の悪党らしく、最期は太い笑みを浮かべて見せた。

「どうやら、これまでのようだ。お前の名は？」

「………零だ」

「ゼロ、か。良い名だ。願わくば、俺も……………」

ジャックはそこで言葉を区切り、口を閉ざす。彼が何を言おうとしたのか、周囲にいる者には判らなかったが、零には何となく察することができた。

きっと、ゼロからやり直したいと願ったのだろうと。ジャックの顔から生気が失われていくのを見て、零はカラリと笑う。

恩讐などを超えた男臭い笑みが、ジャックの網膜に映り込む。

「来世があるなら、ダチを見つけるんだな。天下無敵を背負える、俺みてぇな男を」

「ぬかし、やがれ………」

ジャックは満足したように笑うと、そのまま絶命した。

一国を恐怖で支配した悪党らしく、最後の最後までらしい態度を貫いたとも言える。

ジャックの肉体が徐々に崩れ、黒い粒子となって消えていく。その散り様は魔に属する者の、宿命であり、徒花でもあったろう。

「あばよ――――」

散りゆく桜を見守るように、零も空を仰ぐ。

戦いが終わったのを見て、重傷を負ったフジがよろめきながら姿を現す。

「申し訳ありません、霧雨《きりさめ》様………力及ばず………不甲斐ない姿を………」

「体を張ってここの連中を守ったんだろ？　格好良いじゃねぇかよ、おめぇ」

「ぁ、いや、その………」

零のストレートな言葉に、照れ臭そうにフジが俯く。

実際のところ、彼はクイーンのために戦ったのだが、何処かで聖光国の民に対する罪滅ぼしの気持ちもあったのだろう。

「そういや、お前の名を聞いてなかったな」

「わ、私は………フジと申します！」

「フジ、か。んじゃ、後始末を頼む」

「お、お待ちを！　あね………ぁ、いや、クイーン様からどうか一言、ご挨拶を」

いつものように姉御と言いかけて、慌ててフジが言い直す。

その声に零が城へと目をやると、クイーンは門から這い出ようとしていたが、ウォーキングが足にしがみつき、必死に止めているところであった。

「ハハッ、まるで囚われのプリンセスだな。相変わらず、お転婆なお姫サンじゃねぇか」

「プリン、セス………ははっ………」

フジは若干、顔を引き攣らせながら愛想笑いを浮かべた。

龍人の目から見れば、姉御もプリンセスのように映るのかと。零の感性がそうなのか、または種族間で埋めがたい何かがあるのか、フジには判別不能であった。

零が聖城へ向かうと、死にかけていたクイーンの顔に赤みが差す。

後ろを歩くフジは、その姿を見て安堵の息を漏らした。かつて祝福を受けたクイーンは理性を失い、多くの血が流れたのだから。

「よぉ、相変わらずボロボロじゃねぇか。か弱い女が無茶すんなって言ったろ」

「ご、ごめんなさい………おれ、じゃなくて、私は零様に………」

クイーンは顔を真っ赤にしながら立ち上がろうとしたが、力が入らない。

零は無言でお姫様抱っこの形でクイーンを抱えると、聖城の前へと連れていく。

そこに、世紀末な格好をした男たちが、ボロボロの姿で集まってきていたからだ。

この男は女性に対し、全く免疫がないのだが、負傷した女を介抱したり、運んだりすることは平気であるらしい。

「随分と気合いの入った連中がいるけどよ、あれはお姫サンの部下か？」

「××△～～■■～～～△●～～～～！」

クイーンは意味不明な音を発していたが、零は気にせずドンドンと近付いていく。

世紀末な男たちは血だらけであったが、満足そうに笑い、肩を貸しあっていた。零はかつての仲間たちを思い出しているのか、目を閉じて笑う。

一方、こちらに近付いてくるクイーンの姿を見て、男たちは雷に打たれたように硬直した。

まず、抱きかかえられるクイーンの姿など見たこともなかったからだ。その上、か弱い乙女であるように猫を被っているのだから、二重の意味で洒落にならない。

凶悪な見た目をした男たちは、ひそひそと小声で交わす。

「お前ら、絶対に笑うなよ？　フリじゃないからな！」

「てめぇこそ！　姉御の幸せがかかってんだ、零様との再会に水を差すなよ！」

「でもよ、姉御があんな、しおらしくしてさ………ぐぷぷっ………」

「口を閉じろ、馬鹿！　殺されるだろうが！」

後ろを歩くフジも込み上げる何かに堪えているのか、その顔は真っ赤である。

クイーンに至っては顔全体がリンゴのようになっており、この中で澄ました顔をしているのは何も知らない零だけであった。

クイーンの部下たちは背筋を伸ばすと後ろで手を組み、直立不動の姿勢となったが、後方からフジが懸命にサインを送る。

いつもの姿勢では余りにも無骨であり、姫（？）を迎えるような空気ではなかったからだ。

男たちもサインに気付いたのか、一斉に片膝を突いて頭《こうべ》を垂れる。

それを見た零は、暢気な様子で口を開いた。

「どいつもこいつも、いい面構えをしてやがる。お姫サンの部下にしちゃぁ、上出来だ。俺ぁ、もっとこう、ナヨナヨしたのをイメージしてたからよ」

普通の人間からすれば、クイーンの部下など山賊にしか見えないであろうが、零からすれば、ビッと気合いの入った連中として映ったようであった。

「お姫サンからも、何か言ってやったらどうだ？　こいつらも体を張って、ここの連中を守ってやったんだろう？」

「え………あ、あの、ぇーと………」

零の暢気な言葉に、クイーンは言い淀む。

いつもの彼女であれば、気合いの入れ直しと言わんばかりに顎が外れそうなビンタの一つでもお見舞いしていたであろう。

それが、クイーンなりの部下へのねぎらいなのだ。

しかし、恋い焦がれる零の前で、そのような蛮行を振るう勇気はクイーンにはなかった。

彼女は回らない頭で必死に考え、どうにかして喉から声を絞り出す。

「み、皆さん…………おつかれ、いえ、ご苦労様、でした………」

その声に、部下たちは一斉に顔を伏せ、肩を震わせる。

とてもではないが、顔など上げていられる状況ではない。絶対に笑ってはいけない罰ゲームのようなものだ。フジも顔を真っ赤にしながら空を仰ぎ、脇腹をギュッと抓《つま》む。

何も知らない零は、その様子を見て感心したように笑みを浮かべた。

「随分と慕われてんだな？　どいつもこいつも、泣いてんじゃねぇか」

「そ、そう……ですかね………？」

「おめぇらも、男を張ったんだろうが？　顔を上げて、胸を張れ！」

零は気軽に言うが、顔など上げられたものではない。誰か一人が笑えば、連鎖して大変なことになるのが目に見えていたからだ。

これまでの戦闘より、命を削られるような状況に男たちは肩で喘ぐ。フジはこの危機的状況を脱するべく、どうにか機転を利かせる。

「………その、霧雨様。どうか、勝ち鬨をお願いしたく。民衆も集まってきたようで」

「ご機嫌なことを言うじゃねぇか！　集会の最後は派手に締めねぇとなぁ！」

神都にもようやく、霧が晴れるような光が差し、住民たちはこぞって聖城へと押し掛けてきていた。噂の龍人を、一目見たいと思った者が多かったのだ。

かの鮮血の女王を、お姫様のように抱きかかえる姿を見て、群衆の興奮は頂点に達した。

龍の血でも引いていなければ、そんな蛮勇が生まれる筈がないと。生命の危機から脱したこともあってか、群衆の興奮度は最初からクライマックスであった。

「龍人さまぁぁぁぁぁ！　ありがとうーーー！」

「クイーン様、とてもお似合いです！」

「龍人様、ありがとうございます！　皆様、ありがとうございます！」

「零さまー！　この街にずっと居て下さい！」

声が涸れるような大歓声が木霊《こだま》する中、零はクイーンを下ろすと群衆に背を向けた。正しくは背に描かれた龍を、群衆の目に焼き付けるために。

「この銀龍を目に焼き付けろ！　悪の因果は、全て俺が断ち切る――――！」

零はド派手に拳を振り上げると、人差し指を天へ突き付けた。

悪びれる様子など欠片もない、最強であることの証明、ナンバーワンの宣言である。

「天上天下唯我独尊！　この俺が居る限り、悪人どもに安息の地はねェ――――！」

零の宣言を聞いて、集まった群衆たちも拳を振り上げ、絶叫する。

その声は中心部から瞬く間に他の地区へと広がり、やがて、神都全体が熱狂の渦へと包まれていった。お祭り男の名に相応しい姿であったが、中に居た魔王は、色んな意味で死にかけていたのは言うまでもない。

こうして、聖光国の全土を巻き込んだ内戦は終結した。

しかし、多くの内戦がそうであるように、戦後の処理が一番厄介であり、下手を打つと新たな諍いまで生み出してしまう。
大きな嵐は去ったが、魔王にとってはここからが正念場である。あの男を最も苦しめる会議がすぐにでも待っているのだから。
あの男が無事に会議を乗り切れるかどうかは、未知数である。

――管理メッセージ――

混沌の使徒を撃破――トロフィー獲得

龍の威光――上昇度：小（25／100）

戦後処理

――旧ドナの居城――


各地の戦火が未だ燻る中、聖光国の主要人物がドナの居城に集結していた。

激戦を繰り広げた要塞は死体で溢れ返り、とても会議の場としては適さなかったため、ドナの居城が選ばれたのである。

絢爛豪華な会議室を舞台に、今後の聖光国の運命を左右するであろう暫定の戦後処理が行われようとしていた。参加している面子は、田原に悠、それにホワイトとクイーン、最後にアーツとサンボである。

魔王も後ほど、形だけ参加することになっていた。

ルナは退屈な会議などに興味はなく、イーグルを連れて村に帰る途上にあり、マダムも独自の思案を重ねた結果、この会議には参加していない。

参加者の顔ぶれを見ると現場で直接戦った者ばかりであり、遠慮もあったのだろう。マダムの思慮深さを思えば、アーツの顔を立てたと見えなくもない。

アズールはそれらの間を縫うように紅茶やコーヒーを並べていたが、その手並みや気品溢れる姿は一流の執事そのものであった。会議の冒頭では、ホワイトの口から正式に堕天使様の降臨が語られ、室内の空気がより重くなる。

聖女筆頭の口から正式に発表されたそれは、いずれ国内外に一大衝撃を走らせるであろう。

聖光国が保持する記録では、智天使の消滅がおよそ2千年前。諸説あるが、それ以来、天使の姿を見た者は居ないとされているのだ。

それが突然、目の前に現れた。

聖光国はその日から、激流に流される小枝のように翻弄され、気が付けば、武断派と社交派が手を組み、冷え切った関係にあった芸術派とも和解を果たしたのである。

そして、夜が明けたのと同時に――貴族派が消滅した。

とてもではないが、人間にできることではない。

異様な緊張感が漂う中、内心ではヘラヘラと笑いながら田原はテーブルの下でガッツポーズを作る。魔王が特別な存在になればなるほど、その権威は高まり、人々は自然と頭を垂れ、田原は仕事がしやすくなるのだから。

(いいゾぉ～、ホワイトちゃん！　その調子でたのまぁ！)

別に打ち合わせをした訳ではないのだが、魔王が起こす奇跡、としか思えない力を何度となく見たこともあってか、ホワイトも隠す気がなくなったのだろう。

むしろ、進んで話したいし、広めたいといったような面持ちであった。

そんな空気の中、何も知らない魔王が姿を現す。クイーンを除く全員が立ち上がり、一礼する姿を尻目に、魔王は議長席へと腰掛けた。

「遅くなった。諸君、楽にしてくれ――」

（あぁ〜〜、これからしんどい時間が始まるなぁ。勘弁してくれ………）

只でさえ、会議の際には側近たちとのやり取りで精神が削られるのに加え、零から受けた精神攻撃からも立ち直っておらず、魔王は既に瀕死の状態にあった。

一方で堕天使バージョンの姿を初めて見たアーツとサンボは、驚きなどを通り越して、固まりかけていた。頭では理解したつもりであったのだが、心と体がついてこない。

記憶にある姿と、今の姿は何もかもが違いすぎたからだ。

その年齢は10代後半にしか見えず、背には漆黒の波動を放つ堕天使の翼がある。若返った、などの単純な話では済まされない。

怯む心を叱咤しながら、アーツは懸命に口を開く。

「………恐れながら、火急の報告が」

魔王は鷹揚に頷き、目を閉じる。

冒頭から面倒な話にならないよう、祈っているのだろう。

「国外に逃亡しようとした貴族派の将兵、その他、皇国の兵と思わしき数名をゲートキーパーで捕らえたとのこと。如何致しましょうか？」

（敗残兵ってやつか？　そんな連中、どうでも良いわな………）

アーツからの報告に、魔王は軽く思案を巡らせたが、興味すら湧かない話題であった。

そんなことより、一刻も早くこの会議を終わらせて脱出したいのである。

「そんな連中に関わっている暇はない。解放して、好きなところへ行かせてやれ」

「い、いや、それは些か問題があるのでは…………？」

困惑するアーツをよそに、田原が横から口を挟む。

こっちはこっちで、早く議題を進めたいのであろう。

「あー、早く本題に入りてぇから翻訳させて貰うとだナ。逃げた連中を匿った国にゃ、攻め込む際の良い口実になるってとこだ。長官殿が一見、慈悲深そうなことを口にする時には、必ず裏がある。覚えておいてくれ」

（ふざけんなよ、お前！　いつも誤解されるようなことばっか言いやがって！）

魔王は内心で叫んだが、誤解もクソもない。

悪魔どころか、悪の親玉とも言える堕天使ルシファーと認識されているのだから。とは言え、
アーツはその説明に納得したのか、深々と頷く。

「これは、お恥ずかしい…………当方の浅慮でしたな。部下に早速、伝えて参ります」

アーツは優秀な男だが、その能力や思考は軍事面に偏っている。

戦争を起こす際の口実にすると言われれば、名案であると言わんばかりの態度となった。

（おいおい、納得しちゃったよ！　今の腹黒案、まさか俺の考えになんのか⁉）

魔王は冒頭からブン殴られたような気分で項垂《うなだ》れる。最早、何を言っても田原から最悪の解釈をされると思ったのか、何もしゃべるまいと心に誓った。

その沈黙を合図と受け取ったのか、場を取り仕切るように田原が口火を切る。

彼はまず、用意していた書類を各人へと回した。

今回、悠は会議を通して全員の発言や、表情などをチェックする役目を担い、会議の進行は、全面的に田原へ任せることにしている。

其々が書類を手にし、それらを捲っていく。

そこに記されている内容は、場を驚愕させるものばかりであった。アーツは北の大地に関する記述を読み、魔王に呻くような視線を向ける。

「………ルシファー様は、我々の領土を全て没収すると言われるのか」

（ちょっと待てよ！　それ書いたの田原だろうが！　あいつに言ってくれ！）

魔王は内心で慌てながらも、ゆっくりと田原へ視線を移す。

自然、アーツの視線も田原へと向かう。

これに関しては領土を以って軍人を養う古い形態ではなく、近代的な形として、給与を以って軍人を養っていくという案であった。

現代の人間には当たり前の話であっても、この世界では異質な案である。それは国軍ではなく傭兵団のような組織であったからだ。

田原は煙草に火を点けながら、更にアーツを仰天させる。

「爺さん、早合点すんなって。今後は西のあがりから、あんたらに給与を支払い、国軍の規模を最低でも5倍に拡大して貰う」

田原が軽く計算したところ、貴族派の領土から産出される水の魔石は年におよそ2千億余りの売り上げを叩き出している。

大金貨にしておよそ、10万枚という途方もない大金だ。

それらは貴族派が値上げに値上げを重ねたものではあったが、その値であっても買い手が付くということは、それだけ水の魔石に価値があるということだ。

ドナの領地には魔石以外にも鉄鉱石や鉛、銅などを産出する鉱山もあり、少量ではあったが、金銀が見つかることもある。

他の領土と比べ、その経済格差は目も当てられない規模であった。

「………5倍の規模に、給与？」

アーツは訝しげな目を向け、二人の間で舌戦が始まった。むしろ、それは互いの常識や意識の摺り合わせであったのかも知れない。

「まっ、何はともあれ次のページを見てくれや。今後、水の魔石は国外に向けて2割値下げした状態で卸そうと思ってナ」

「仰る意味が判りかねる。接収した鉱山からの利益を減らすことに何の意味が？　第一、国外に卸すとのことだが、国内への流通はどうなさるつもりか」

アーツから鋭い質問が続く。

本来であればホワイトも口を挟む場面であるのだが、彼女は黙したままだ。ルシファー様なら悪いようにはしない、などと盲信しているのであろう。

無論、当人は何も考えておらず、目を閉じて半分寝ている様子であった。クイーンなどは口をぽっかり開けて、幼児のようにニコニコと笑っている。

零との甘い再会（？）が、未だに忘れられないのであろう。

色んな意味でどうしようもない面子が並んでいたが、それでも会議は進んでいく。

「俺がこれまで見聞きしたところから計算したんだが、この大陸の人間は、月に金貨が1枚でもありゃ生きていけるんだってナ？　あんたら武断派の領地じゃ、銀貨7枚ってところか」

「………それが、何か？」

アーツからすれば、北方の貧しさを正面から指摘されているようで、いい気はしない。

実際、この大陸に住まう一般的な人々は現代の価格で計算すれば、月に10万もあれば食っていくことができる。

切り詰めて生活すれば、７万ほどあれば飢えまではしないであろう。

貧民層に至っては、それ以下だ。

聖光国の北部に住まう、武断派の人数はおよそ2万人。

ざっと月に14億、年にして１６８億円ほどの経済の中で生きてきたことになる。

貴族派は魔石の収益だけで、武断派の軽く十倍以上の経済力を持っていたことになるのだから、この絶望的なまでの格差は埋めようがない。

他にも農作物や工芸品、生糸や絹糸、特産品のワインなどを加えれば、その差は広がる一方であり、貴族派はそれらの利益を2千年にわたって溜め込んできたのだ。

アーツは貧しさに喘ぐ北の同志たちを想い、何とも言えない気分になる。

だが、田原はそんな暗い思考を吹き飛ばすように言う。

「まず、あんたら武断派への給与として、年に大金貨5万枚を支払わせて貰う」

「……………なに⁉」

「これまでみてぇな、農作業やら内職やらは中止だ。軍事教練が全てだと考えてくれ」

大金貨5万枚————およそ、1千億。

これまでの5倍以上の収入増であり、しかも、農作業から解放されるのであれば、軍事にのみ専念する強力な国軍が誕生するであろう。

アーツは頭では理解を示しながらも、やはり、疑心の方が勝るようであった。

「冗談としか思えぬ値はともかく、我々を根無し草の傭兵にでもしようと？」

領地を取り上げられるなど、この大陸に住まう貴族からすればありえない話であった。反面、聞きようによっては途方もなく甘い話でもあり、アーツは警戒心を募らせる。

領土を没収した後に、話を反故にされては途端に干上がることになるのだから。

「根無し草どころか、こいつぁれっきとした契約さ。信頼の置ける軍隊がなけりゃ、何も始まらねぇからナ。人数が増えりゃ、それに応じて給与も増やす」

別段、田原はアーツを丸め込もうとしている訳ではなく、本音で語っている。

かつて、少数精鋭で守っていた不夜城は、津波のように押し寄せるプレイヤーたちに敗北したのだから。彼が強力な軍隊を欲するのは、至極当然の話であった。

とは言え、そんな事情を知らないアーツからすれば簡単に頷ける話ではない。

アーツは臆することなく、思うところを堂々と言ってのけた。

「そのような契約が今後も続く保障は何処にある？　我々から領地を取り上げた後、そんな話は与《あず》かり知らぬとされては堪ったものではない」

「な～に言ってんだか。んな時のために、聖女様がここに居んじゃねぇか」

「む…………」

　そんな田原の返答に、アーツは言葉を詰まらせる。

　実際、聖女の役割として儀式や諸国との外交があるが、貴族間の調停や、揉めごとが発生した際には裁判官のような役割も併せ持っていた。

　こうした話の、保証人とするには打ってつけの存在と言っていい。

「…………ホワイト様は、今の話をどう思われますか？」

「ルシファー様なら、悪いようにはいたしません。私が保障します」

　大きな胸の前で祈るように両手を組み、ホワイトが目を閉じる。

　ホワイトは天使の輪を装備した完璧な状態であり、神聖な光を放つ聖女からそう言われては、アーツとしては反論することが難しい。

　渦中の人物である魔王は、議長席で既に夢の世界へと旅立っており、塩タンを片手に3杯目のビールを開けたところであった。

　救いを求めるように、アーツはクイーンへと同じ質問をぶつける。

　幼児状態にあったクイーンも、目を覚ましたように天井を見上げ、気楽に返す。

「良いんじゃねぇの？　保障が欲しいってんなら、俺もくれてやる」

「クイーン様まで………」

「そこにいる黒い天使様が、んなセコいことをするようなタマに見えるか？　んな暇があるなら直接ぶっ殺しにくんだろ」

　酷い発言であったが、あながち間違ってもいない。議長席で目を閉じ、沈黙を守っている風に見える男は、喧嘩を売ってくる相手には容赦しないのだから。

　同じ結論に達したのか、アーツも続く言葉がなかった。

　一方のクイーンも、頭の中は零のことで埋め尽くされており、他のことなど余事である。

　辛うじて理解しているのは、次の一点のみであった。

「クソうざってぇ豚どもが、一日で消えた。俺は、それだけで満足だ」

　短いながらも、これがクイーンの本音なのだろう。

　何といっても、貴族派の大勢力が一夜にして消滅してしまったのだから。武断派に姑息な罠を仕掛けるような必要などなく、単純に武力に訴えれば済む話である。

「………お二人からそう言われては、私としては従う他ありません」

　無念の表情を浮かべるアーツに対し、田原は慰めるように言う。

　アーツの軍事的才能を、田原は大いに買っているのだ。

「気持ちは判らなくもねぇけどよ、そう心配すんナ。あんたらには、これからバリバリと働いて貰わなきゃ困るンだわ。長官殿も、あんたらを重視して銭湯まで設置したんだろうしナ」

「………っ。あの施設には、その、皆《みな》が助かっております」

「ラビの村以外に、長官殿が設置した例はなくってナ。マダムの領地であってもだ」

外側から見れば、魔王から寵愛されているとしか思えないマダムであったが、確かに、彼女の領地であっても、魔王が何かを設置したことはない。

噂の人物はようやく目が覚めたのか、顔を上げると、意味深な笑みを浮かべた。起きた途端、全員がこちらを見ていて怖かったのだ。

困った時は、意味ありげに笑っとけの精神である。

アーツはもう一つの報告をすべく、魔王へ問い掛けた。どんな返答であれ、今後の判断材料の一つにするつもりである。

「ス・ネオの国王より、1万枚もの大金貨が届けられております。陣中見舞いとのことですが、同時に戦勝祝いでもあると」

現在の価格にすると、２００億もの大金である。

一般人がこんなものを見た日には、目が飛び出すであろう。だが、問われた魔王は話に付いていけず、田原に話を振って逃げようとした。

「どうやら、かの地の王は先見の明があるらしい――」

戦勝祝いという単語だけは耳に入ってきたのか、魔王は田原へと目をやりながら、容儀だけはそれらしく呟く。打てば響くように、田原も恐ろしい台詞を口にした。

「そりゃ、あの国は長官殿が念入りに整えた舞台だ。末永いお付き合いをお願いしたいわナ？」

（だから、俺は何もしてねぇよ！　むしろ、ルナが暴れてたじゃねぇか！）

ヘラヘラと笑う田原を見て、魔王はルナに責任を押し付けようとしたが、彼女は鼻歌交じりに村へと帰宅中であった。

二人のやり取りを聞きながら、アーツは空寒くなる。キッド商会からも、陣中見舞いと称して大量の軍需物資が届けられているのだ。

一見すれば、それは援助のようにも見えるが、別の見方もできる。既に国外の勢力とも密接な関係にあることを示唆する、脅しでもあると。

今更、武断派が抗ったところで、国外まで巻き込んだ大勢力に立ち向かえる訳がない。

そこまで考えて、アーツは魔王の深慮遠謀に震え上がる思いであった。無論、この男にそんな思惑などある筈がなく、全て先方が勝手に行ったことである。

魔王はこれ以上、自分の責任にされたくないのか、放り投げるように言う。

「戦勝祝いであるなら、宴にでも使われるとよい」

「うた、宴にですと……!?　1万枚もの大金貨を??」

アーツからすれば、理解不能な話であった。

２００億もの金を、どうやって宴で使うのかと。見かねた田原が、くつくつと笑いながら助け船を出す。いや、それは本当に助けであったのかどうか。

「北部は景気が悪すぎるってこった。遠慮は要らねぇから、ド派手に使っちまってくれ」

「何と……!?　私には、とても理解しかねる……」

アーツは呻くように頭を左右に振ったが、田原は本気である。

　聖光国は貴族に富が偏りすぎており、一般市民が使う通貨と言えば、銅貨や、大銅貨あたりが精々であった。銅貨を半分に切った半銅貨や、四つに切った四分銅なども出回っている。

　小さな村に至っては、物々交換で済ますところも珍しくない。

　田原からすれば、無理矢理にでも通貨をバラ撒き、各産業を刺激するつもりであった。魔王の適当すぎる発言は、見事に田原の意中を射貫いていたのである。

「長官殿様々ってかぁ？　太っ腹な上司が居ると、仕事も捗るってナ」

（こいつ絶対、変な勘違いしてるだろ……俺はもう、この話題に触れないからな！）

　そんな決意を胸に、魔王は地蔵になると心に誓う。

　元々、居ても居なくても何の問題もない存在である。地蔵になっている方が会議はスムーズに進むであろう。

　田原は議題を進めようと、改めて口火を切る。

「まっ、国内も落ち着いたことだしナ。長官殿がこれから、あんたらの好きな奇跡ってやつを、わんさか見せてくれんじゃねぇか？　んじゃ、次のページだ」

　そこには水の魔石に関する記述があり、値下げによる影響などが細かく記されていた。

　田原としては価格破壊を断行していくことによって、他国の業者を一掃し、市場を独占しようとの狙いがある。

「いいか？　２割の値下げってのは初撃だ。相手が値下げ競争に乗ってきたら、こっちも次々と値下げし、最終的には半値にまで落とす」

「半値、ですと………!?」

アーツはその発言に、思わず目を剥く。

大袈裟でも何でもなく、あらゆる生物の生存には水が欠かせない。

これだけは、ケチることができない分野である。

それを徹底的に安く売り出していくことに対し、アーツは武人として、得体の知れない恐怖を感じたが、その勘は正しかった。次のページには価格競争に敗北し、倒産して手放された鉱山を順次、買い占めていくと記されていたのだ。

最終的に、あらゆる鉱山を全て手中に収める方針であるらしい。田原は未来のマネーゲームに思いを馳せているのか、愉快そうに煙草を揺らす。

「質によってピンキリらしいが、水の魔石ってのは大体、月に銀貨1枚ってとこだろ？　俺らの国でいう水道代だわナ。これが安くなりゃ、諸国に住まう皆さんも諸手を挙げて長官殿の慈悲にバンザイすんじゃねぇか？」

無論、市場を完全に独占した後なら、価格の変更も自由自在である。供給を止めてしまえば、戦略兵器にもなりうるであろう。

田原の発言を聞きながら、魔王の心臓が段々と波打ってくる。

（こいつ、何かヤベェことを考えてるだろ!?　頼む、俺を巻き込まないでくれ………！）

不穏な気配を嗅いだのか、魔王はおもむろに机から離れ、窓辺へと立つ。会議から背を向けるように一服を始めたが、その顔は完全に青褪めていた。

そんなことを知ってか知らずか、田原はサイコロでも振るように言う。

「この国が生まれ変わったことを諸国に知らせる、良い宣伝になるわナ」

そこには当然、ルシファー様が復活した、再降臨した、などの噂も付属して流れることになるだろう。田原からすれば、注目を集めることは決して悪いことではない。

噂を聞いて、聖光国を訪れる者も居るだろう。

旅行客の増加は、各地に金が落ちることを意味し、様々な業者に恩恵を齎《もたら》す。中には、この国で働こうと思う連中も出てくるかも知れない。

労働者の増加は、田原にとって最も歓迎すべきことである。景気に沸く聖光国を見て、喧嘩を吹っ掛けてくる勢力なども出てくるであろう。

田原からすれば、これもまた大歓迎の話である。

「最後になるが、井戸と滑車の設置が終わるまで国内には無料で水の魔石を配給する。長官殿、滑車を千個ばかし頼めるかい？」

（お前、俺を殺す気か！　千個って何だよ、作ってる途中で絶対飽きるだろ！）

魔王は内心で叫びながらも、振り向いて軽く頷く。

ホワイトも水の魔石を無料で配給するとの言葉に、安堵したように息を吐いた。ドナが供給を止めてから、国内が大混乱に陥っていたのだから無理もない。

田原はここで魔石の話を打ち切り、地図が記されたページへと話を進める。そこには聖光国の全土が描かれており、５つの地区に分けられていた。

～大天使、真奈美へと捧ぐ～　作：お兄ちゃん
ゲートキーパー
北部
武断派
各種軍事施設を建設※最重要地区
東部
ルナ管轄
始発駅を設置
船着場を設置
東から高速道路を敷設
大渓谷を消去（予定）
西部
ホワイト・クイーン管轄
収益は主に北部へ宛がう
財貨を回収後、国家予算へ
聖貨の収拾
中央部
聖堂教会 神都を管轄
その他の貴族を配置
直轄領として大部分を確保
南部
バタフライ姉妹管轄
社交派と芸術派を配置

「こいつは叩き台だが、まずは見てくれ」

それは田原が以前から練っていたものであり、悠も軽く目を通す。

ドナに与しなかった貴族などを、豊かな中央へと移封させると言った内容であった。

とは言え、大半の貴族はドナの陣営に付いたことからも、その数は決して多くはない。

その上で、神都は聖堂教会の管轄下に置くとある。

南部の領土はバタフライ姉妹の管轄下とし、社交派と、少数の芸術派を移転させるとの原案が記されていた。

地図には理解できるものと、できないものがあり、サンボなどは頭を抱える。

それは、横に並ぶアーツとて同じであった。北は取り上げる一方で、南部は社交派と芸術派に丸ごと与えるというのだから、不公平もいいところである。

アーツとしては一言どころか、二言も三言も言いたい気分であった。

「南部には貴族派の領地に劣らぬ鉱山群があり、肥沃な大地と、何処までも続く綿花畑がある。普通に考えるなら、南部を接収するのでは？」

豊かな南部には手を出さず、天候不順の不毛な大地が広がる北部を取り上げるなどアーツには理解できない話である。そんな土地であっても、先祖代々住んできた人間からすれば感情的にも納得できる話ではない。

田原はそれに対し、噛んで含めるように言う。

「確かに南部は豊かだわナ。だからこそ、貴族の大半はそこに住まわせるって訳さ」

「そこに領地を持つ貴族が、肥え太るだけでは？」

「その通り！　俺たちは今後手広く商売するが、やっこさんらは、その客って訳さ。金持ちには金持ちのままで居て貰わなきゃ困るンだわ」

「彼らが……客…………？」

「地図にも少し書いたが、北部は全土を要塞化する。いざその時になって、先祖代々の土地だの権利だのと揉めるのは御免でナ」

「全土の…………要塞化⁇」

北部の国境には、難攻不落のゲートキーパーが聳《そび》え立っている。更に全土を要塞化するなど、アーツには思いもよらないことであった。

だが、田原の構想は未来を見据えたものであり、その規模も桁違いのものである。

「北部と中央の境には10万の兵を養うに足る貯蔵庫を並べ、戦略物資を納める地下保管庫を、最低でも20カ所は用意するつもりでナ」

「す、少し、お待ちを…………」

「いんや、本題はこっからだ。地上には中規模拠点を10カ所設置し、同じ数だけ訓練所を併設する。長官殿、悪ぃけどこっちも頼めるかい？」

（お前、どんだけ俺をコキ使うつもりだよ！　終わる頃には爺になってるだろ！）

先程、滑車を千個も頼まれたばかりであり、魔王は憤死しそうになる。貴族派との戦いより、こちらの方が遙かにキツイ戦争であった。

田原の計画を聞いたアーツも改めて震撼する。本気で10万の兵を駆り集め、それに猛訓練を施すつもりなのだと。

そこから導き出される答えなど、一つしかない。

「卿は、いずこの国と戦争を始めるつもりなのか………」

「いずこも何も、この大陸に存在する、あらゆる国家群を長官殿は切り従えるつもりなんでナ。答えとしちゃ、全世界としか言いようがねぇナ？」

「全世界に、戦争を仕掛けると………？」

冗談としか思えない発言に、アーツは目が眩みそうになる。

窓辺に立つ魔王も、密かに手を震わせていた。

気が付けば、知らない間に世界大戦の引き金のような立場に置かれていたのだから。安心して惰眠を貪っていた場所が、爆発寸前の火薬庫だったようなものである。

（全世界に宣戦布告とか、漫画かよ！　こいつら、俺を何処に連れて行く気だ!?）

過激な会話を止めようと、魔王はようやく振り向いて沈黙を破る。

地蔵化していても、激流に流されるまま滝壺に落とされそうであったからだ。

「未来の話も良いが、まずは足下を固めねばな」

その言葉を聞いて、ホッとしたようにアーツとサンボは地図を見ながら会話を交わす。

神都は聖堂教会に、中央にはその他の貴族が、西部はホワイトとクイーンが管轄する。北部の要塞化はさておき、以前に比べれば随分と整理された案ではあった。

「ワシにはよく判りませぬが、以前と比べればマシになったのですかのぅ？」

「これまでの、内憂外患を全て詰め込んだような状態に比べればな」

以前の聖光国は三人の聖女を名ばかりの神輿とし、武断派、貴族派、社交派、芸術派と分かれ、地下からはサタニストまで湧き出てくる地獄のような地であったのだ。

それと比べれば、どんな叩き台であっても億倍マシであろう。

アーツも何とか理解しようと地図を食い入るように見ていたが、極めて気になる文言があり、興味津々の面持ちで言及する。

「田原殿、この真奈美と書かれた御方は………」

「こりゃ、おったまげたわい！　大天使と記されておるではないか！」

「おう、マジモンの大天使だからナ。近々、長官殿が召喚してくれるらしいわ」

その発言に、ホワイトとクイーンにまで衝撃が走る。大天使を召喚するなど、それこそ神話に登場してくる内容ではないかと。

「ルシファー様が………天使を召喚⁉」

「おいおい、マジかよ………」

得意気な田原の顔を見て、悠は冷めきった表情で睨みつけた。

何も言わずとも、その顔には「馬鹿じゃないの？」と書いてある。

とは言え、大天使の召喚などと言われては、全員の目が魔王に集中せざるを得ない。

振り向いたのも束の間、魔王は再び背を向け、ゆるゆると煙草に火を点けた。

見る側からすれば、じれったくもあり、何とも思わせぶりな態度である。

だが、その内心は焦りで発火しそうであった。

（馬鹿野郎！　俺はお前の妹を呼ぶって言っただけで、大天使なんて言ってねぇよ！）

魔王は指に嵌められた指輪へと目をやり、一人身悶える。

座天使から与えられたそれは、貴族派との戦いを経て明らかに変化した。そこには神聖な力が漲《みなぎ》っており、願えば奇跡も起こせると確信できるほどだ。

「先程も言ったが、未来の話より明日《あす》だ。今の我々には、やるべきことが多い」

言葉を失った魔王は、堪らず逃げを打ったが、その言葉は浮かれ気味にあった場を引き締め、姿勢を糺す効果を生んだ。その後は更に詳細を詰める形で会議は進み、改めて後日、ラビの村で大会議を行うという宣言で幕を閉じた。

会議の終了後、アーツとサンボは直ちに兵を纏め、ゲートキーパーへの帰還準備を進める。

連れてきた兵の大半は、貴族派の死体を運ぶ任務に従事しており、それらはゼノビア新王国の兵たちと同じく、かつての戦跡に次々と投げ捨てられていた。

数が数であり、墓など建てていてはキリがないとの判断である。

アーツは更に伝令を出し、ゲートキーパーから人を呼び寄せる手配をした。悠から手渡された物品が、余りにも膨大であったからだ。

大声で指示を出すサンボの隣に、さり気なく悠が並ぶ。

この二人も、思えば久方ぶりの再会である。

「サンボ様、あれから目の具合は如何ですか？」

「おぉ、桐野殿！　ご覧の通り絶好調じゃぁ！　何度お礼を言っても足りんわい！」

悠はにこやかに笑い、サンボも嬉しそうに胸を叩く。サンボからすれば、悠は視力を取り戻してくれた大恩人であり、救いの女神そのものである。

「お礼など………何かありましたら、いつでもラビの村に」

「ワシの方こそ、桐野殿に何かあれば真っ先に駆け付けますぞぃ！」

それを聞いて、悠は花が咲いたような笑みを浮かべ、サンボも豪快に笑った。

悠はバタフライ姉妹に加え、オルガンやケーキ、サンボと言った実力者たちと抜け目なく誼《よしみ》を通じており、今回も巧く利用した形である。

いつか起こる争い――――いや、戦争に備えているのであろう。

悠が去った後、入れ替わりにアーツがやってくる。積み上げられた木箱を見て、改めてアーツとサンボは言葉を失ったように立ち尽くした。

その中身が、全て大金貨なのだから。

「この場でポンと大金貨10万枚とは、何とも剛毅な話ですなぁ…………」

「2年の先払いと言っていたが………その上、この物資は………」

並べられた膨大な物資に、アーツとサンボは目が眩むような思いであった。ドナが集めていた小麦や肉、野菜や塩、高価なワインなどが所狭しと並べられており、これまで、食うや食わずで戦っていたのが嘘のような光景であったのだ。

「アーツ殿、これは要塞を空にせんと、とても運ぶ人数が足りませんぞぃ！」

「……荷馬車も、な」

「これを見れば北の同志たちも、お祭りじゃと大はしゃぎしおるわい！」

「ははっ、祭りか…………そうだな。いや、そうするべきなのだろう」

サンボの言に珍しくアーツが笑みを洩らし、肩の力を抜く。

見上げれば既に夜明けの空が広がっており、黎明の光が瞼《まぶた》を照らす。それはまるで、この国を長らく覆ってきた暗雲が晴れていくことを示唆しているようでもあった。

「アーツ殿。ルシファー様とは、どのような御方なのでしょうなぁ」

しみじみとサンボは語る。

会議では言葉を惜しむように静かであったが、その存在感が尋常ではなかったからだ。

「少なくとも、私はあの御方を神聖な存在だとは思っていない。只…………」

「ただ？」

「あの方が進める政策は、民衆に優しい雨を降らせるであろうな」

会議では聖光国の民に対し、無償で水の魔石を提供すると言っていたのだから。今回の騒乱で疲弊しきった民衆からすれば、干天の慈雨のように映るに違いない。

「ふぁっふぁっ！　この乾いた国に雨を降らしてくれるなら悪魔であっても歓迎しますとも」

サンボの返答にアーツが笑い、運搬の手筈を整えながら城を出発していく。

その姿を、田原と悠が窓から見下ろしていた。

「元気な爺さんたちだナ。あんな風に歳をとりてぇもんだ」

「随分な大盤振る舞いだったわね」

「あの二人にゃ、立派な国軍を育てて貰わねぇとナ。こっちで基盤は用意するが、屈強な軍隊を創設するにゃぁ、時間も金も、オマケに手間もかかる」

「軍隊なんて、コストがかかるばかりで非効率的だわ」

「只のドンパチだっつーなら、その考えでも良いけどよ。国としちゃ、誰の目にも判りやすい軍事力ってやつが必要なんだよ。俺やおめぇが幾ら強かろうが、まともな軍隊もいねぇ国なんざ誰が安心して暮らせんだよ」

「…………効率の悪い話ね」

アーツたちが出発した後、入れ替わるように大規模な荷駄隊が入場してくる。優雅な男たちが掲げているのは、バタフライ家の紋章が刻まれた大旗であった。

「田原、あれは何？」

「マダムの妹ちゃんに連絡して、運び人を用意して貰った。美術品を専門に運ぶ連中をナ」

「はぁ？　予備バッグに入れて運べば一瞬じゃない。無駄が多すぎ」

「おめぇはさっきから効率ばっかだナ！　良いか？　こういうのは派手に街道を歩かせながら、大いに宣伝として使うんだよ！　貴族派が敗れました、ってナ！」

田原はそれもあって、アーツたちに驚くほどの荷物を持たせたのだ。彼らが意気揚々と街道を進む様は、戦勝パレードそのものと言える。

終わりが見えない荷馬車の群れを見て、誰もが貴族派の敗北を知るだろう。噂だけではなく、現物で念入りに知らせていくという狙いである。テレビもネットもない世界だからこそ、田原はその目と耳に知らせること、そして、口コミを軽視しない。

「しかし、あの世紀末みてぇな聖女ちゃんは凄かったナ？　おめぇさんのことだから、てっきり無礼だの何だのと噛み付くかと思ったンだが」

「あれは完全に色ボケしているわね。誰に入れ込んでいるのか知らないけど、何の脅威にもなり得ないわ」

「いやはや、恋する女ってのは怖いねぇ〜。誰とは言わんがよ」

田原は目線を動かしながら皮肉を吐いたが、悠はそれにも気付かない様子で踵を返す。

その背は邪悪な気配に満ちており、聖貨の回収に向かうつもりなのであろう。

こうして、主要メンツによる暫定の戦後処理が終わり、聖光国の体制は一変した。

民衆はルシファー様が再降臨したという噂話に驚愕し、様々な反応を示すであろう。中には、魔王と呼ばれる男がそうであったのか、と結びつける者もいるに違いない。

その肝心の魔王は、カジノのオーナールームへと全移動し、久しぶりにアクとの再会を果たしていた。

明日へ

魔王の視界に、見慣れたオーナールームが映る。

応接室の壁は一面のガラス張りであり、朝焼けの空の下、既に多くの人間が動き出していた。

この男が各地をフラフラしている間も、村は休まずに動き続けていたのだろう。

「流石に疲れたな。少し寝るとするか」

肩に乗った神獣は、風景が変わったことに落ち着かない様子であったが、オーナールームにはほどよくクーラーが効いており、嬉しそうに尻尾を振った。

「お前は熱さに弱いんだったか？　この村は年中、常夏だぞ」

「キュー………」

聞いてねぇぞ、ふざけんな、と言わんばかりに神獣が鳴く。魔王がベッドルームへと入ると、キングサイズの豪華なベッドには不自然な膨らみがあった。

布団を捲ると、そこには丸くなった姿でアクが熟睡している。

「旅館ではなく、ここで寝ていたのか？」

各部屋には当然、ロックがかかっているが、オーナールームのロックは特別製であり、カードキーではなく、指紋認証まで行わなければならない。

この部屋に登録されている指紋は魔王の他に、アクのみだ。

「ふぇ…………魔王、様？」

「おはよう、と言うべきか。それとも、ただいまか？」

「魔王様っ、おか…………えぇぇぇ！　つばっ、翼が」

寝惚け眼《まなこ》だったアクが、堕天使の翼を見て飛び起きる。そこには、普段とはまるで違う魔王が居たのだから無理もない。

むしろ、魔王であると認識できただけ大したものであった。

「あ、元に戻るの忘れてた。まぁ、いいか」

「だっ、ほ、本当に、魔王様は堕天使様だったのですか⁉」

「こんな姿は仮初に過ぎんさ。まぁ、大人の事情というやつだな。それより白いリスっぽいのを拾ったんだが、アクは――――」

「か、可愛いぃいぃ！　何ですか、その子は！　白いです！　小さいです！」

「まぁ、そうだな…………」

「可愛すぎますよ！　こんなの生物としての限界を超えてます！」

「落ち着け、アク」

予想以上の反応に、魔王は困惑気味に返す。

アクが恐る恐る手を伸ばすものの、神獣は警戒しているのか、その手から逃れるように魔王の肩から頭へと移動した。

「このリス野郎、人様の頭に…………あっ、でもひんやりとして気持ちいいな」

「ズルイです！　魔王様、僕にも触らせて下さいっ！」

うっとりと目を閉じる魔王の姿に、耐え切れなくなったのかアクが叫ぶ。やれやれ、と魔王が抱きかかえてやると、アクは再び手を伸ばす。

真っ白な体毛を逆立たせながら、神獣の目がアクの全身を観察するように動く。やがて、害のない存在だと判断したのか、長い尻尾を動かし、少しだけ触らせた。

「尻尾が！　さらさらで、フワフワしてますよ、魔王様っ！　さらフワですっ！」

「柔軟剤のＣＭか！」

思わず魔王が突っ込んでいたが、アクは夢中な様子で尻尾を撫でたり、突いたりする。次に、堕天使の翼にも触れ、その目をうっとりとさせた。

「こっちも凄く艶がある黒色で……手に馴染むような触り心地が………」

「何でも鑑定団か！」

続けざまに魔王が突っ込んでいたが、疲れたのかアクを下ろし、背の翼を外すと無造作に放り投げた。もう、滅茶苦茶である。

「えぇぇぇぇぇ！　は、外れるんですか、その翼は!?」

「こんなもんはオモチャだ、オモチャ。何が堕天使なんだか……駄菓子の方がまだ食えるだけマシってもんだ。この世界の連中はどうかしてやがる」

あらゆる意味で台無しであったが、魔王はそのままベッドへ寝転がって布団をかぶる。

アクしか居ない時は、丸ごと素が出るらしい。

「私は少し眠る。この白いのと遊んでいるといい」

「白いのって………魔王様、この子に名前はないんですか？」

　アクが布団の端を捲り、するすると魔王の懐へと入り込む。神獣も、最高品質を誇るベッドの柔らかさに驚いたのか、布団の上を忙しく飛び跳ねていた。

　とてもではないが、眠れるような状態ではない。

「んー、名前？　リスでいいだろう」

「そんな適当な名前は嫌です！　可愛い名前を付けてあげましょうよ」

　適当な名前、と言われて魔王も考え込む。動物に名前など付けた経験がないため、その口から垂れ流されるものはセンスの欠片もなかった。

「色が白いし………白い恋人とか、北の国から、とかでいいだろう」

「ダ、ダメですっ！　何だか、名前じゃない気します………」

「可愛い名と言われてもなぁ………冷えピタとかで良いんじゃないのか？」

「あぁん、もう！　ちゃんと考えて下さい、魔王様っ」

「なら、バルスなんてどうだ？　威勢よく爆発しそうな名だろう」

「ダメです！　その名前は、絶対ダメな気がします………」

　眠気に負けた魔王が適当な単語を並べていたが、アクは体を揺らしながら、嬉しそうに耳元で騒ぐ。傍目から見れば、ペットを前にしてはしゃぐ娘と、残業で疲れた父親のようであった。

　この光景を見れば、誰もが腰を抜かすだろう。

まして、ドナの要塞であれだけ暴れまわった後なのだから尚更だ。

「魔王様、この子の種族は判りますか？」

「確かスノーフェネックとか言ってたな。智天使が愛でた獣らしいが………」

「やっぱり、この子は特別な子だったんですね！」

「まぁ、アクの好きなように呼んでやるといいさ。後で象も来る予定だしな」

「………ぞう?? それも、この子みたいな動物ですかっ」

「そうか、象を見たことがないのか………まぁ、そいつも土産の一つだ」

目を閉じ、魔王は心地よい眠気に揺らめく。

北での騒動を終えたかと思えば、続けざまにドナの要塞へと攻め込み、零となって大暴れした挙句、最後は会議でトドメを刺された形である。

肉体はともかくとしても、精神的に限界であった。

「は、はいっ、楽しみにしています。それよりも、魔王様は、その、随分と、若く………」

アクが恐る恐る、遠慮がちに言う。

神獣への驚きが終わると、次は魔王の変貌ぶりが気になってきたのだろう。いきなり、十代の姿になっているのだから当然の反応だ。

「私にとっては、年齢など只の数字に過ぎんさ………」

魔王や側近たちは大野晶が創生したキャラクターであり、歳を取ることはない。それは人類の夢とも呼べる不老の存在でもある。

とは言え、《記録改竄》で幾らでも年齢など上下させることができるのだから、文字通り只の数字でしかない。

魔王が悠に命じれば、周囲の年齢とて只の数値と化すだろう。

「その姿も、とても格好いいと思います」

「そうかぁ？　まぁ、笑われないだけマシと思うべきか…………」

「僕は元の姿も、今の姿も好きですっ」

「ははっ。外見や年齢に捉われないのは、良い女になる、証拠かも、な…………」

それだけ言うと、魔王は目を閉じ、夢の世界へと旅立った。神獣も布団の上で丸くなったかと思うと、そのまま眠りに落ちる。

アクは魔王の体に抱きつきながら名前を考えていたが、やがて眠りへと落ちていった。

一国を揺るがす大政変が進行する中、この部屋だけは別世界のようである。

例えば台風がそうであるように、中心は案外静かなものだが、周囲はそういう訳にもいかず、巨大な暴風が吹き続けていた。

魔王が寝ている間も、田原と悠は《情報操作》を駆使した噂を大々的に流し続けている。

ホワイトやクイーンも聖城へと戻り、様々な布告を行っていた。

それらの大政変を引き起こした男が、クーラーの効いた部屋で暢気に爆睡しているのだから、破れた貴族派からしたら憤死ものであったろう。

後に、再降臨の夜と記される狂乱の宴が終息したが、他のメンツはどうしていたのか？

――――ルーキーの街――――


ユキカゼとミカンが監獄迷宮へと潜り、最下層へ到達せんとしていた。

二人は魔王から大金貨を受け取り、正式な仕事として復興の手助けをしながら、街中や迷宮の様子を見回っているのだ。

逆侵攻の発生後、監獄迷宮は封鎖されていたが、田原が手練手管で街を接収したため、封鎖が解かれることになったのである。

最下層である、20階の地を見回しながらミカンがぼやく。

「仕事とはいえ、さっさと上に戻りたいわねぇ………」

各地の迷宮には様々な特色があるが、監獄迷宮は名前の通り薄暗く、湿気も多い。下に潜れば潜るほど、陰鬱な空気となり、朽ちた牢獄だけが増えていく。

「………これは、おじ様から依頼された大切な仕事」

ユキカゼはいつものように、飄々としながら奥へと進んでいく。迷宮を解放する前に、異変がないか調査へと入ったのである。

20階層は以前と変わらぬ姿であったが、かつて魔王が踏み込んだ時は違った。あらゆる生物や物資が巨大な炉へと運ばれ、そこから魔物が生み出されていたのである。

魔王はそれを見て、〝リサイクル工場〟と評したが、言い得て妙であった。

「……ミカン、驚かないで聞いて欲しい」

「あんたの口から、まともな言葉が出るとは思ってないわよ」

「…………この階層に、おじ様の残り香を感じる。くんくん」

「変態かっ！　あんたねぇ、大切な仕事って言うなら、真面目にやりなさいよ」

「…………ミカン、驚かないで聞いて欲しい」

「お次は何⁉　あいつの髪の毛とか足跡を見つけたとか言わないでよ」

「…………階段がある」

「は⁇」

　重ねての説明になるが監獄迷宮は20階が最下層である。あらゆる冒険者が最初に挑む迷宮でもあり、内部は完全に調べ尽くされ、丸裸にされた迷宮なのだ。

　今更になって、新発見などありえない。

「嘘でしょ…………これ、とんでもない大発見じゃない！　やばっ、これヤバイって！」

　ミカンは嬉しそうに飛び跳ね、ガッツポーズを作る。冒険者にとって、新たな発見とは最高の名誉であり、自身の声望を高めるものだ。

　そして、命名権まで与えられる。

　今回のケースで言えば、新たに発見された通路に対し、●●階層、●●回廊、などと名付けることが可能であろう。現代にもマゼラン海峡や、ドレーク海峡と呼ばれるものがあるが、これも発見者の名を冠したものである。

「ど、どうする⁉　何か私たちの名前を入れて、格好良いものにしないと！」

「…………ミカン、興奮しすぎ。あと、地下への穴に名前を挿入するとか変態すぎ」

「あんたに言われたくないわッ！　新しい道に、名前を入れるなんて当然でしょ！」

「…………ミカン、驚かないで聞いて欲しい」

「あー、何度目よ、それ！　あんたの中で流行ってんの⁉」

「…………メッセージが、ある」

「え⁇」

下の階層へと下りる壁面に、ナイフで削ったような文字があったのだ。

Dear Akiraとあり、どうやら特定の個人へと宛てられたものであるらしい。


――――Have you got everything?――――


そのメッセージに、二人は困惑気味に互いの顔を見合う。暫くすると、文字はサラサラと砂が流れるように消え、何事もなかったように普通の壁面へと戻った。

ミカンは無言で大剣を抜き、ユキカゼも杖を構える。二人は戦闘態勢を整え、仄暗い不気味な階段を下っていく。新たに発見された道は、後に多くの者をルーキーの街へと引き寄せることになるが、それはまた別のお話。


――――ユーリティアス　王都――――


王都で留守番をしていた光秀《みつひで》は、利三《としぞう》と丸餅を焼きながら平和な時間を過ごしていたのだが、その均衡はすぐに破られてしまう。

ゴルゴンからの使者として、アジャリコングが送り込まれてきたのだ。

当然、そこには黒き石の発掘調査や、輸送路の確保など、多くの任務が含まれている。

「キング殿の領地へ赴くのならば、某《それがし》も同行しようではないか！」

「そうかい。なら、丁度いい…………お前がいれば道中、退屈しねぇなぁ？」

アジャリコングの目がすっと細くなり、光秀の目を射貫く。

それを受けて、光秀も軽く笑った。彼女は数百年の戦乱が続く、日ノ本という修羅の国でも、上から数えた方が早い存在である。

合戦も、腕試しも、名を上げることも、決して嫌いではない。

「その方、腕に自信があるようだが、某と利三には通用せんぞ」

「道中、どっちが〝上〟か教えてやるよ…………」

二人は闘犬のように唸り、息がかかるような距離で睨み合う。先日の戦いでは、最後に魔王が滅茶苦茶にしたため、二人の中では決着が付かずじまいなのであろう。

こうして、波乱含みの一行が聖光国へと移動を開始した。


――北方諸国　ミルク――


何処までも続く大草原で、ミンクとオルガンが野営していた。

この地は温暖であるのだが、夜になると骨が鳴るほどに冷えるため火が欠かせない。ミンクは何枚もの毛布を被り、芋虫のように寝転がっていた。

オルガンは寒暖差を感じないので、平然としたものである。

「いつ来ても、ここの夜は寒いわね。まるで、ニヴルヘイム。ラグナロクの敗者………」

「何を言っているんだ、お前は」

ミンクは呼吸するように厨二な台詞を吐き、オルガンがそれに突っ込む。

いつもの、変わらぬ光景である。

一つ違う点を挙げるとすれば、オルガンの何処か柔らかくなった表情であろうか。

「だが、この星空はここでしか見られない」

見上げた夜空には、息を呑むような星々の輝きがあった。いつかの夜に、魔王と星を見ていたことでも思い出しているのか、オルガンの頬が緩む。

「確かに凄い星空だけど………ニヴルヘイムの氷は、闇の衣を纏った私の身にも」

「………うるさい奴だな。思い出の一つにも浸れない」

オルガンは小煩さそうにフードを外し、頭の角へと手をやる。

途端、火精霊が野営地の周囲に集まりだした。

本来は魔法で召喚でもしない限り、人間の目に見えることはない火精霊であったが、この角が気になるのか、それとも心地良いのか、ハッキリとその姿を現す。

「はぁー、温まるわぁ………ムスペルヘイムの火が、闇の衣を優しく照らすよう………」

「何が闇の衣だ………」

オルガンは閉口したように苦笑したが、集まってくる火精霊には優しい目を向けた。精霊は、いつも何かを語りかけてくるのだ。

「ねぇ、オルガン。この集まってくる火精霊って、何を伝えようとしてるの？」

「さぁ、言語が違うので私には判らん。只…………」

「ただ？」

「彼らはいつも、一つの単語を発している」

「…………一つの単語って、何よ？」

「これは直感でしかないが…………彼らから、強い畏敬と敬いを感じるんだ」

「それ、魔王がくれた角なのよね？　呪われそうだし、捨てた方が良いんじゃないの？」

「馬鹿を言え。これは、私の宝だ」

オルガンはこれまで見せたことのないような表情で、角を撫でる。

その姿は、彼氏からのプレゼントをうっとり眺める女そのものであった。昔のオルガンが今の姿を見れば、赤面のあまり魔法を連発して今の姿を消し去るであろう。

「何だか暖かくなってきたし、私は寝るわ……モルペウスが私を夢の国へ呼ん……Ｚｚｚｚ」

「普通におやすみ、と言えんのか…………」

オルガンは呆れたように呟きながら、自身も横になる。

火精霊たちはオルガンを、いや、魔王が生み出した角を飽きることなくジッと見ているようであった。その口は相変わらず、一つの単語を呟いている。

当てずっぽうではあるが、オルガンはそれをこう解釈した。

――――創造主、と――――

（何とか理由を付けて、早く会えないだろうか………）

オルガンはそんなことを考えながら、ゆっくりと目を閉じる。

二人はこれから、ゼノビア新王国へと赴くのだ。その地で、新たな騒乱が待ち受けているとは知らずに。内戦が終結し、散らばっていた関係者たちも、新たな明日を迎えようとしていたが、最大の集団はスラムの住人たちを連れた一行であったろう。

――北方諸国　聖光国への街道――

スラムの住人たち、2千を引き連れた蓮が街道を静かに南下していた。

途上、田原から一連の動きを《通信》で知らされ、蓮の表情が僅かに綻ぶ。

その内容は、彼女にとって心地良いものであった。

《そうですか、マスターがそれらの子供たちを救出したと。民草に嘆きを齎す、悪しき貴族まで一夜で打倒してしまったのですね》

《んだナ。長官殿は一度動き出すと、稲妻みてぇだからよ》

良いように捉えれば、確かに蓮の言葉通りに映るだろう。

実際、田原はその方向で徹底的に《情報操作》を行っていくつもりである。それらが及ぼす、巨大な効果はやがて聖光国全体を覆う声望となっていくに違いない。

無論、やったことといえば山賊も真っ青になるような略奪と、面倒な連中を纏めて消し去っただけなのだが、蓮はそう受け取らない。

彼女から見たマスターは、いつも自分に光と、愛情を与えてくれる存在なのだ。

《んじゃ、噂の勇者クンにもよ〜〜〜く、伝えといてくれや》

《はい》

田原との通信を終え、蓮の表情が元に戻る。

そして、氷のような視線を隣の集団へと向けた。アイズが選別した、犯罪者集団である。

その数、実に４００名余り——

一口にスラムの住人と言っても、全員が真っ当な人間であるとは限らない。中には根っからの盗人も居れば、犯罪者も居る。

アイズと新人はそれらを一個の部隊として纏めたのだ。

集団の右側には蓮が馬を並べ、左側はヲタメガが馬を並べており、集団は両人に挟まれる形で移動している。

今でこそ大人しく歩いている集団だが、当初は悪態をついたり、歩くのを止めたり蓮に軽口を叩いたりと散々であった。

その度に蓮は槍を振るい、鬼のような懲罰を与えたため、今では誰も無駄口を叩かずに背筋を伸ばし、両手を大きく振りながら歩いている。

とても犯罪者の集団とは思えぬ真剣な面持ちで、無数の足音が太陽の下を往く。姿勢をほんの少しでも崩せば、すぐさま槍で殴打されるからだ。

「中列7番目の方。姿勢が崩れています——」

「ひぃぃ！　お許し下さい！」

「――後列23番の方。手の振りが小さいですよ」

「れ、蓮様！　お許しを！　次からは気を付けます！」

まるで厳しい座禅をしながら歩いているようなものである。集団の最後尾を固める三連星は、それらを見て感心するように口を開く。

「まるで、軍の行軍だな」

「この短期間で、見違えるような足取りになっておる」

「ふん、気に食わん雌だが…………調練には慣れておるらしい」

ヲタメガや三連星は本来、軍を率いる将官であり、行軍というものには慣れっこであったが、問題のある集団を率いる労苦は、骨身に染みて知っている。

ヲタメガと教皇の関係は悪化の一途を辿り、まともな軍兵すら与えられないのだ。

未熟な若者や、足腰の弱った老人、時に軽犯罪を犯した者に赦免をチラつかせて徴兵する例もあり、これらと悪戦苦闘しながら彼らは戦ってきたのである。

これまでの行軍であれば、三連星が鬼軍曹のようになって新兵を容赦なくしごき、鞭の役割を果たしつつ、ヲタメガは兵に慈愛ある態度で接することによって、阿吽の呼吸で飴と鞭の両輪を担ってきたのだ。

しかし、今回は三連星すらドン引きするような態度で蓮が集団へと挑んだため、三人は急遽、「訳知りの、面倒見のいい先輩」として、役割を変えて集団へと接するようになった。

彼らが居なければ集団の多くが脱落しただろうし、蓮は矯正が不可能であるなら、村に入れることなく、容赦なく置き捨てるつもりであったのだ。

結果から見れば、この行軍という名の調練は見事に成功したと言える。

絶対零度を思わせる鬼のような美少女と、眩い光を放つ慈愛に満ちた聖勇者。

そして、苦労を分かち合ってくれる三人の先輩騎士に囲まれ、集団は見る見る内に矯正されていくこととなった。

こんな面子に囲まれれば、誰であろうと真人間へと変わらざるを得ない。

大陸でも有数の矯正施設に入れられたようなものである。

軍隊のように歩を揃え、緊張感に満ちた表情で歩く集団を見て、三連星は改めて口を開く。

「しかし、これだけの集団を何に使うつもりだ？」

「2千人もの数だ……住居を用意するだけでも大変であろうに」

「聖光国は水に乏しい。まして、東部は荒涼たる大地が広がるばかりではないか」

三連星の危惧は正しい。

その認識は、大陸全土に住まう者たちの常識である。

もっといえば、追い詰められた山賊や夜盗が逃げ込むような場所であり、豊かなライト皇国に住まう者からすれば、殆ど〝流刑地〟に近い。

聖光国へと近付くにつれ、ヲタメガもそのことを考えているのか、表情は険しくなるばかりであった。そんな勇者に珍しく蓮が馬を並べ、通信の一部を語る。

ドナを頂点とした貴族派が敗れ、囚われた子供たちが救出されたこと、貯め込まれた財宝を、盛大に民へと還元すること、水の魔石を無料で民に与えること――

　蓮の口から語られるそれらは、美談としか言いようがないものである。

　表面上、確かにその内容は事実であった。

「あの方には、本当に躊躇がないのですね……」

「今後も、小賢しい小人などマスターの前に悉く平伏するでしょう」

　蓮の態度は自信に満ちており、何処までも揺るぎない。実際に田原は魔石など幾らでも無料で配るであろうし、カジノも利用しながら財宝の還元も行うつもりである。

　評判を高めつつ、豪奢極まりない黄金の神殿で娯楽まで与え、通貨を配っていく。その狙いは貴賎を問わずに金銭を行き渡らせ、それを以って様々な消費を促すことを目的としていた。

　彼らは突然舞い込んだ金に浮かれ、普段は口にできない贅沢な食事などを取るだろう。中には酒を飲む者も居るだろうし、贅沢な宿屋に泊まる者も出てくる。

　新たに服を仕立てる者も居れば、靴を買う者も居るだろう。様々な消費活動は産業を刺激し、農民や職人たちを豊かにしていく。

　田原は他にも、街道の整備や高速道路の建設、鉄道の敷設まで目論んでいるが、これも極めて大規模な国家事業として、多くの人間や物資が動くことになる。

　これらの交通網が完成すれば、聖光国の民にとって大きな財産となるに違いない。

　トドメに、あの男が設置するであろう無数の施設――〝奇跡〟まである。

これら魔王陣営が進めていく政策によって、停止していた経済は凄まじい勢いで回転していくことになるだろう。

今のヲタメガには、それらの内容など知る由もなかったが、一つだけ判ることがある。

あの黒き天使が、前代未聞の規模で金銀をバラ撒こうとしていると。

「…………あの方は、強引に金銀を動かそうとしているのですね。いえ、洪水のような勢いで、一国に流し込もうとしている」

金というものは、人体における血液と非常に似ている。

巡っている内は問題ないが、動かなくなれば死ぬしかない。

血液の流れが滞り、瀕死の状態にあった聖光国は、これによって息を吹き返すだろう。

諸国を巡り巡ってきたヲタメガには、その狙いがよく理解できた。反面、度を越えた好景気はいずれ破綻を迎えることもよく知っている。

ヲタメガの、そんな危惧を察したかのように蓮は言う。

「マスターが齎す資源や景気には、終わりがありません」

「終わりが、ない？」

「是即ち――――〝無限〟ということです」

ヲタメガには、それが何を意味しているのかは判らない。只、あの堕天使の言葉が脳裏へ蘇るばかりである。それは甘い誘惑でもあり、脅迫のようでもあった。

――――私なら、実際に奇跡とやらを起こしてやるぞ？――――

――オカルトでも伝承でもなく、現物でそれを見せてやると言っているのだ――

(奇跡、ですか………。貴方は、本当にそれを行使できると………?)

ヲタメガのように皇国で育った者からすれば、奇跡という言葉はとてつもなく重い。

半信半疑な思いを抱えながら、スラムの住人たちがどう扱われるのか見定めるため、緩やかに馬を打たせた。

こうして、2千名もの集団が聖光国へと近付きつつあったが、この貧しい集団が魔王に更なる力を与え、聖光国を塗り替えていくことになるとは、流石の聖勇者も、三連星も、予想だにしていないことであった。

長きにわたる内戦が終わり、夜が明けていく。

それは、聖光国に住まう誰も見たことがない、眩い〝明日〟が始まる合図であった。

あとがき

９巻を購入して頂き、誠にありがとうございます！

作者の神埼黒音《かんざきくろね》と申します。

まずは、新刊の発売が遅くなってしまい、誠に申し訳ありませんでした。９巻の情報が出ないので、心配された方も多かったと思います。

別にサボっていた訳ではなく、帯にある通り、アニメ化企画が動いておりまして。

これの準備やら作業やら、裏ではゼーハー言いながら仕事をしておりました。と言うか、これを書いている９月１日現在も、その作業は全く終わっておりません。

ええ、全く終わっていないんです（白目）

10巻の執筆は大丈夫なのか!? 間に合うのか？ 10巻、息をしているか、10かーーーんん！

まぁ、そんな訳で去年から慌ただしく過ごしておりました。

このお話を頂いたのは随分と前なのですが、情報解禁までは何も言うことができないので、アニメの話を振られても泣く泣く、無言を貫いておりました。

多くの方がアニメ化を望み、待ってくれていたと思うので、今回は脚本会議にもできるだけ出席し、私自身も納得できる内容に、と頑張っております。

スタッフの皆さんも情熱溢れる方たちばかりなので、完成品を見るのが今から楽しみですよ！

では、アニメの話はひとまず置いておいて、9巻の内容にも少し触れていきますか。

今回は貴族派との決戦、ということで聖光国のほぼ全土で争いが発生しましたが、まぁ、当然の如く魔王陣営の圧勝という結末を迎えました。

ドナの出荷を待ち侘びていた方も多いと思うので、楽しんで頂けたなら幸いです。

私個人としては、お気にだった皇国のフレイ君が、一発退場になったのが悲しかったですね。

対する聖光国のボンボン、クルマ君まで退場になってしまうなんて………。

あの魔王め、何てことをしやがる！

小物を生き生きと描く、私の楽しみを奪いやがって………あれ、退場に決めたの自分だっけ？

まぁ良いや、あんな小物（笑）

そんな訳で、一つの大きな戦いが終わりましたが、魔王の周囲は益々、キナ臭くなっていきますね。

10巻の原稿を見ると、タイトルは既に決定しており、そこには「大戦前夜」と記されています。

引き続き、魔王様の戦いと、その行く末を見届けて貰えれば幸いです。

ではでは、次の10巻でお会いしましょう！

魔王様、
リトライ！R
漫画：身ノ丈あまる
原作：神埼黒音 キャラクター原案：飯野まこと

コミカライズ版は
がうがうモンスターにて
絶賛連載中!
公式サイトで今すぐ読む
https://gaugau.futabanet.jp/

Mノベルス

魔《ま》王《おう》様《さま》、リトライ！⑨

2023年10月2日　第1刷発行

著　者　神《かん》崎《ざき》黒《くろ》音《ね》

発行者　島野浩二

発行所　株式会社双葉社

〒162-8540　東京都新宿区東五軒町3番28号
［電話］03-5261-4818（営業）　03-5261-4851（編集）
http://www.futabasha.co.jp/（双葉社の書籍・コミック・ムックが買えます）

印刷・製本所　三晃印刷株式会社

［電話］03-5261-4822（製作部）
ISBN 978-4-575-24677-3 C0093